東京ラプソディ

登場人物

伊《い》崎《ざき》律《りつ》

元は裕福な名家である伊崎家の子息だが、事業の失敗により実家は没落。父や兄も相次いで亡くなり、現在は母と貧しい生活をおくっている。没落前はピアノ専攻の音大生だった。再会した聖吾のもとで書生として働くことになる。

水《みず》嶋《しま》聖《せい》吾《ご》

ある事件をきっかけに律のもとを離れた元侍従。事業や投資で成功し、帝都でも有数の資産家として名をあげている。再会後も表向きは律を書生として家に入れるものの、幼少期同様、『御側付き』としての立場を崩さず彼を混乱させる。

瑛子《えいこ》

律の恩人であるジャズ歌手。
困窮する彼に手を差し伸べる。
物おじしない性格の独立した女性。

丹下《たんげ》

音大における律の同窓生。
享楽的な性格で怪しげな場所にも出入りし、
律に唯を紹介するなどトラブルを起こすこともある。

長沼《ながぬま》

音大における律の同窓生。名家出身で鷹揚な性格。
資産家でもある生家は音楽一家で、
敷地内にコンサートホールがある。

唯《ゆい》

歓楽街のカフェーに勤める丹下気に入りの女給。
水嶋家に引き取られた律に興味を持ち、
彼に会いたがる。

第一章　もういっそ

もういっそ、あの男の愛人になってしまおうか。

伊崎律《いざきりつ》は自分の内なる誘惑に、頭を持っていかれそうになっていた。

きっと、あの男もそれを望んでいる。

何も難しいことではない。

週に一回二時間だけ、黙ってあの男の好きにさせればいいだけだ。

四六時中空腹に耐えているより、ずっと簡単に違いない。その数時間だけ身体を任せてさえいれば、このひもじさからも逃れられる。

奉仕の対価を幾らかでも受け取れば、病に伏した母親を医者に診せることも、栄養をつけさせてやることもできるだろう。

◆

石造りの堅牢なビルの地下一階。

律は、カフェーの狭い廊下を行き交う黒服に蝶ネクタイのボーイや楽団員、派手な銘仙《めいせん》の着物の上に白いフリルのエプロンをした女給達とも挨拶を交わし、フロア歌手付き、楽団員用の楽屋に向かっていた。

薄暗い廊下のあちこちには、酒瓶の木箱が雑然と積まれ、ひと一人、すれ違うだけで肩が触れ合いそうになる。

だが、そんな楽屋のドアに貼りつくように立っている男が視界に入るなり、律はつんのめるようにして足を止めた。

「律君、お疲れ様。今日の演奏も素晴らしかったよ。さすがは音大出のピアニストだ」

その中年男は、親子ほど齢の離れた十九歳の律を、臆面もなく褒めそやした。

まだ十五、六歳の女給の少女は漫然と紫煙をくゆらせ、つまらなそうに男をちらりと横目で見る。

律もフロックコートに山高帽でモダンボーイを気取る男を仇《かたき》のように睨《にら》みつけた。

そうして威嚇しながらも、頭の中でせめぎ合う二人の自分の声がまた、大きくなるのを感じていた。

もう、いっそ。

いっそのこと、というあの声が。

◆

今から三年前の昭和四年。

ニューヨーク証券取引所での、株価暴落に端を発した世界恐慌は、東京株式取引所での株価大暴落へと発展し、日本は生糸や鉄鋼業など、対米輸出業に大打撃を被った。

東京や大阪などの大都市には失業者が溢れ、貧農子女の身売りも後を絶たなくなっている。

日本という国そのものが目に見えて衰退する中、銀行家であり、金貸しでもあるこの男は、呆れるほどに羽振りが良かった。

本来ならば、こんな場末のカフェーの客ではないのに、何がそんなに気に入ったのか、律のピアノが目当てで通っていると、常連客や給仕の女性達にも吹聴している。

「僕は何度も言いましたけど、入学してすぐ、半年で休学しています。音大出なんて言われたら、僕が詐欺師だって責められます」

輪郭のはっきりとした黒目がちな目で男を睨《にら》み、不機嫌を隠さず言い放つ。

ただでさえ、カフェーの開店時から深夜零時を過ぎるまで、ジャズ歌手のピアニストとして弾き続け、クタクタに疲れきっている。

この粘着質な男を今夜もどうやって追い返そうかと考えるだけで、なけなしの体力が奪われる。

律は聞こえるように嘆息し、艶やかな黒髪をかき上げた。

「律君。君はいつも言うが、あの一流音大に入学できたというだけで、大したものだ。君は立派な芸術家だ。休学中だからといって自分を卑下することはない」

廊下で一服している給仕の女性やボーイの目の前で、すげなくされた中年男はバツが悪くなったのか、手にした傘を前後に揺らし、愛想笑いの声を響かせた。

それでも男は楽屋のドアの前から離れない。退くつもりはないようだ。

仕方なく律が踵《きびす》を返すと、男は慌てて追ってきた。

「せっかくだから、これから食事にでも行かないか？　もちろん帰りはタクシーで送るから」

男は律に追いついて、代わり映えのしない口説《くど》き文句をたれ流す。

そうこうしている間にも、狭い廊下でステッキのように傘を振りつつ行き来する中年男が、帰り支度を済ませた女給の行く手を塞ぐなどする。真っ赤な口紅の女給達は顔をしかめ、律にまで聞こえるように舌を打つ。

「申し訳ございませんが」

律が渋々足を止め、重い口を開きかけた時だった。

「おやめなさいな、あなたねえ！　大の大人がこんな所で、こんな子供を口説《くど》くだなんて、みっともない！」

律の背中を打つようにして、女の美声が轟《とどろ》いた。

第二章　八等技芸士のフロア歌手

ドスの利いた女の罵声が狭い廊下に反響し、咥《くわ》え煙草の女給やボーイも声の主に目を向ける。

外は雪が降っているのに、女丈夫は袖のない薄紫の夜会服。

大きく開いた胸元には、一粒の大きなサファイアのネックレス。爪先の細いヒール靴を履いた、絶世の美女が男を睨《にら》み据えている。

「……え、瑛子《えいこ》さん。僕は、あの……」

律が男と瑛子をとりなすように間に割って入っても、無言で瑛子に押しのけられる。瑛子は更に進み出て、中年男を汚れた壁に貼りつかせた。

「な、なんだ、貴様！」

女性にしては背も高く肩幅もあり、豊満な肉体を誇る瑛子は、ただそこに存在しているだけで、見る者を圧倒する。男の声も、女給の失笑を買うほど激しく動揺していた。

「この子は私の大事なピアニストなの。お金でホイホイ釣れるような、そこいらの女給と一緒にしないで頂きたいわ」

「なんだ、その口のきき方は！　八等技芸士のジャズ歌手が、常連客に楯突く気か！」

それでも罵声を浴びせる男に、瑛子は細い眉を上下させた。

「でしたら、支配人にそうおっしゃっていらしたら？　私が歌手をクビにされるか、あなたの方がフロアに出入り禁止になるかは、わかりませんけど」

瑛子は付け睫毛《まつげ》をほどこした、大きな両目を眇《すが》めて笑う。最後に彼女がとどめとばかりに、真紅の唇を左右に引けば、男は滑稽なほど狼狽《うろた》した。

「……い、いい気になるなよ！　この淫売カフェーの十銭芸者が！」

「悔しかったら、淫売カフェーの八等芸者を口説《くど》き落としてご覧なさいな」

捨て台詞《ぜりふ》を吐いて去る男に、痛烈な皮肉を浴びせかけ、瑛子はくびれた腰に手を当てた。

傍観者達は裏路地のカフェーの歌手と、羽振りのいい男色銀行員の一騎打ちを黙って見ていたのだが、瑛子が圧勝した途端、がっかりしたような顔になる。歯に衣着《きぬき》せぬ物言いの瑛子に対して、良い感情を持たない者も多いのだ。

「まったく……。目障り以外の何者でもない男だわ」

「ありがとうございました。いい加減、どうやって断ろうかと困っていたんです」

苦々しげに男の背中を見送る瑛子に、律は何度も頭を下げた。

「わかっているでしょうけれど。あんな男の口車に乗って、あなたみたいに綺麗な若い男の子が、ついていってご覧なさいな。さんざんオモチャにされて食いものにされて、挙げ句に飽きたら売り飛ばされてしまうのがオチなのよ」

耳隠しの断髪をパーマネントで波打たせ、七宝焼きのイヤリングを光らせた出で立ちで、瑛子が下世話な脅しをかけてくる。

「そんな事はありませんよ。ただ僕が十九歳にしては童顔だから、男色の相手をさせようと、やっきになってるだけですよ」

実際、迫力のない小さな顔も、肌理《きめ》が細かく白磁のようだと言われる肌も、奥二重の目もふっくらとした唇も、十九にしては童顔なだけだと思っている。体格までも少年めいているせいか、初対面で十九歳だと返答するたび、大抵は、もっと年下かと思ったなどと驚かれる。

あの男もきっと与《くみ》しやすいと侮《あなど》って、声をかけてきたのだろう。

「まあ、いいわ。何か食べさせてあげるから、私の楽屋にいらっしゃい」

慈しむように笑んだ瑛子が、楽屋のドアを押し開ける。ファンから贈られた花で埋め尽くされた個室の楽屋は、甘く濃厚な香りで、むせ返るようだった。

それでも瑛子は、無名の彼女を最初にステージに上げてくれたこのカフェーの主に操《みさお》をたてて、どんなに金を積まれても、引き抜きには決して応じないと明言している。

見た目は大輪の薔薇のようでも中身は武士だと、律は瑛子を年の離れた姉のように慕っていた。

「なんだか会うたびに痩せていってる気がするんだけれど、ちゃんと食事はしているの?」

瑛子は応接セットのソファに座る律に紅茶を差し出して、思案げに顔色を曇らせた。

用意された肉厚のカツサンドにかぶりついていた律は、我に返って手を止めた。

「みっともなくて、すみません。ちゃんと食べていますけど。仕事の後はお腹が空いて」

気恥ずかしくなり、口ごもる律に、瑛子は優しげな微笑みをたたえたままで頷《うなず》いた。

「別にいいのよ、そんなこと。若い男の子がたくさん食べたがるのは当たり前。だから、ちゃんとお腹いっぱい食べているのか心配しているだけなのよ」

化粧鏡の前の椅子に腰を下ろして足を組み、紅茶のカップに唇を寄せた。

本音を言えば、カフェーのアルバイトでは病床の母を食べさせるのが精一杯。今の律は瑛子が用意してくれる夜食であったり、このカフェーの給料だけで凌《しの》いでいる。

そこまで切り詰めた生活では、滅多に母を医者に診せることができずにいる。

律は自分の不甲斐のなさに、内心ほぞを噛んでいた。

◆

半年前に父と兄が相次いで他界し、稼業が破産に追い込まれるまで、年の離れた次男として甘やかされて育ってきた。

東京の音楽大学に通学するため、実家を離れ下宿を一軒まるごと借り出して、女中や下男に傅かれていた。

この未曾有の恐慌下で、世間知らずに務まる仕事などあるはずもなく、実家の屋敷はあっという間に借金のカタにとられてしまった。

母は稼業が倒産し、父と兄を相次いで亡くした心労からか、結核を患《わずら》ってしまっている。東京を離れ下宿を引き払い、実家に戻っていたものの、東京にならば仕事があるかもしれないと、母と二人で上京した。

やっとのことで、カフェーのピアニストとして、日当だけは得られるようになったけれど、それでも、日も射さない棟割り長屋の湿った布団に、病気の母を日がな一日寝かせることしかできずにいる。

せめて医者に診せることができたなら。

「サンドイッチと紅茶、ご馳走様でした。いつもありがとうございます」

律はカラ元気で声を張り、立ち上がって頭を下げる。

瑛子の楽屋の外には差し入れを持った彼女のファンがひしめき合って待っている。

長居は瑛子の迷惑になる。

律が廊下に出た途端、老若男女のファン達がわざとのように肩にぶつかり、律を押しのけ、我先になだれ込む。

空腹が癒やされたせいか、強烈な疲労感と睡魔に襲われ、柱に当たってよろめいた。弾き飛ばされた自分は誰にも顧みられずに、存在そのものを抹殺されたかのようだ。

それもまた、当たり前かと苦笑した。無礼だとも理不尽だとも思わない。もう既に、怒りを感じる余力がないだけ。

律はひび割れた壁に手をつき廊下を歩き出す。

今度のステージは二日後だ。

つまり、明日は日銭や瑛子の善意にありつけない。

ただでさえ細い身体が削がれるように痩せ細る。重い足取りで楽団員用の楽屋に戻り、木戸を引き開けると、ステージ衣装の黒のスーツに白いシャツ、銀のネクタイはそのままで上からマフラーを回し、鞄を斜め掛けして楽屋を出た。

裏路地の左右に立ち並ぶカフェーや呑み屋は、ほとんどが閉店し、暖簾《のれん》も下ろされ、しんと静まり返っている。

電柱にもたれてしゃがみ込み、酔いつぶれたサラリーマンを睥睨《へいげい》しながら、大通りを目指す律は決して歩みを緩めない。

空前絶後の不景気で、治安も悪化してきている。

それなのに、何をどうしたら、あそこまで無防備でいられるのかと訝《いぶか》しむ。

目覚めた時には財布はもとより、時計もコートも帽子も身ぐるみ剝がされているだろう。

律は三つ揃えのブラックスーツのベストの内ポケットに鎖で繋げた、自身の財布のありかを確かめようと、思わず胸に手を当てる。

病身の母に三度三度食べさせるための、貴重な紙幣が数枚だけ入っている。

「伊崎君。伊崎律君」

神経を尖らせた律は、声がした方向に瞬時に目をやる。

歩幅こそいくらか狭めたものの、立ち止まるのは相手が誰だがわかってからだ。

律を呼び止めた三人組の男達は、背後から迫ってきて律に追いついた。待ち伏せしていた可能性は否めない。律は眦《まなじり》を吊り上げる。

「仕事帰りで疲れているのに申し訳ない。私はこういう者でして」

男達は三十代の前後だろうか。口火を切った一人はフロックコートに中折帽を粋に被った洒落者だ。あとの二人は濃紺のスーツに黒のシャツ、銀色のネクタイという、何かしらの圧を感じる装いだ。

足を止めた律は、フロックコートの男から、片手で名刺を受け取った。

「私は銀座《ぎんざ》でカフェーを経営しています。伊崎さんのピアノを拝聴して、ぜひ、うちのバーでも弾いて頂けないかと思いまして」

いびつな愛想笑いを貼りつけた男を律は黙って凝視した。

正規のスカウトマンなら、事前連絡を取りつけるだろう。それが深夜の、しかも疲弊しきった状態を狙い定めるようにして来た相手を信用するほど馬鹿じゃない。

「すみませんが」

別のカフェーをかけ持ちするなら、瑛子に相談したかった。

名刺だけを受け取って、断りの言葉を口に仕掛けた律に対して、饒舌《じょうぜつ》な男は更に言葉を重ねてくる。

「うちのカフェーは、ピアノの演奏だけなんだ。ピアニスト自身に店や客層に合わせた選曲を任せている。その辺が腕の見せ所といった感じなんだよ。ジャズは歌手がメインだから、ピアニストにファンがつくのは稀だけど、うちでは気に入ったピアニストが入る日にしか来ない客もいるんだよ。伊崎君ならすぐに熱烈なファンがつくはずだ」

断りかけた律を説き伏せるようにして男は続ける。

「君はカフェーに週に三日入っているから、空いた曜日に一日でも、何なら四日でも入って欲しいぐらいだよ。給金もカフェーの二割増しでだ。もっと条件があるのなら、話し合いにも応じるよ」

大通りの路肩に止めた車に、さりげなく男は視線を移した。話し合いに応じるのなら、ここから車で別の場所に移動しようというのだろう。

富裕層しか所有できない高価な車を、これ見よがしに見せつける、饒舌《じょうぜつ》な男の背後では、だんまりを決め込む屈強そうな男が二人、睨《にら》みを周囲に巡らせる。

怪しい匂いしかしないのに、それでも律はぐらついた。

カフェーでの勤務は三日間。あと一日でも二日でも働けるのなら。

それにより、飢えが凌《しの》げるというのなら。

理性と本能がせめぎ合い、感情が思考を上回る。

車に乗るのは危険だが、あと少しだけここで話ができないか。甘い餌ほど今は心に突き刺さる。

律があらためて名刺に視線を落とした、その時だ。

「失礼、律さん。今夜は大勢でお帰りなんですね」

「えっ？」

「皆さん、お知り合いの方ですか？」

律本人やスカウトマン達の困惑をよそに、どんどん話しかけられて、律もまた当惑した。

日本人とは思えないほど背が高く、すらりとしていて手足も長い。

紺の背広を着ているせいか、腰の位置が高く見えた。

また、洋装に合わせるように、黒髪を軽く後ろに撫でつけて、形のいい額を顕わにしている。男にしては顎が華奢で秀麗な顔立ちながら、切れ長の双眸《そうぼう》には、一種異様な凄味《すごみ》があり、色香を醸し出している。

「いえ、僕に面識はありませんが」

男のペースに乗せられて、律は諾々《だくだく》と返事をした。すると、饒舌《じょうぜつ》なスカウトマンが舌打ち交じりに豹変した。

「つべこべ言ってねえで、さっさと乗れや」

乱暴に腕を掴まれて、ぐっと前に引っ張られた。

車の中にも一人いて、後部座席のドアが中から押し開かれる。律は、四人がかりで連れ去られそうになっていた。

自分なんぞを誘拐しても身代金のあてなどないのは、わかりきってるはずなのに。

だが、先ほど律の名前をはっきり呼んだ細身の男も顔色を一変させている。スカウトマンの先導者だった男の肘を鷲掴みにした。彼は輩の肘をぐいと持ち上げるなり、がら空きになったみぞおちに、拳を深く打ち込んだ。

細身の男の足元に頽《くずお》れた男は、白目を剥いて横転した。

「うわっ！」

誘拐めいた行動に出た四人のうち、一人を一撃で横転させた男は足元に転がる男に冷ややかな一瞥をくれたあと、三人の屈強そうな男達に、ひたりと視線を据えている。

「律さん、下がっていてください」

そんな男達と対峙している彼に従い、もと来た路地まで退いた。律、律と連呼されたが、律には誰だかわからない。

彼は律から視線を戻した瞬間、自分に殴りかかる巨漢の拳をさらりと躱《かわ》し、男の顔に鉄球のような拳を次々くり出した。男の顔がへしゃげるほどに殴打したあと、最後に一人、運転手の男の背中に肘鉄を食らわせ、前屈みになった腹を更に蹴り上げ、難なく倒した。全員ほとんど一撃で打ちのめした彼は一体誰なのか。

路地に落ちた中折帽を拾い上げ、軽くはたいて砂埃を落とした。

その顔つきが感慨深げになった時、律は脳天を突かれるようにして思い出す。

「……聖吾《せいご》」

過去の彼と、あまりに印象が違いすぎた。その名を口にしたあと、唇だけを喘《あえ》がせていると、聖吾は畏敬の念を込めるようにして目元を細める。

「ご無沙汰致しております」

水嶋《みずしま》聖吾は帽子を脇に抱えると、優雅な所作で一礼した。

口をほとんど開かずに話す彼特有のもの言いと、そして微かに甘さをはらんだ声が、一気に過去へと引き戻す。

「お見苦しいところをお見せして」

足元に横たわる四人の男を見下ろすと、間が悪そうに口ごもる。そして、暴漢と化した男達は、しつこく口説《くど》いてきている銀行家の手先なのだと断言した。

痺《しび》れを切らした銀行家が強行手段に打って出たのだと。

しかし、どうして聖吾がそこまで知っているのか。

あの男の公言が激しくて、カフェー以外の誰かの耳にも入ったということなのだろうか。

そして誰か、というのが聖吾なのか。

疑問や、様々な思い出の断片が頭の中で突風のように吹き荒れた。

第三章　水嶋聖吾

水嶋聖吾が一体いつから屋敷にいるようになったのか。

律は正確には、わからない。

父親が、十四歳の聖吾を救護院から引き取ったのは、律がまだ四、五歳の頃だった。

下男にするためにというより、息子の教育係としての意味合いが強かったらしい。というのも、横浜の外国人居留地出身の聖吾は語学が得意で、西洋式の習慣にも精通していたからだ。

そんな聖吾が救護院に入るに至ったのは十二歳の時。

事業に失敗した実父が一家心中を強行したからだという。両親と兄弟四人人の家族の中で、辛くも一人、生き残ったのが聖吾だった。

律は実父に刺されたという、左脇の傷も見せてもらったこともある。肋骨の間の肉が削げて、一部が陥没。傷が完治しても陥没は元には戻らない。そう話してくれた時も、聖吾はまるで童話でも語るように微笑んでいた。

わずか十二歳で家族も住む家も失い、借金取りから逃れるために路上を転々とする生活を二年も続けていた彼が、どんな辛酸をなめ尽くしたのか。

幼かった自分が、どれだけ理解できていたかはわからない。

それでも聖吾は自分の過去を聞かせることを嫌がらなかった。大好きな人の話なら、どんなことでも聞きたがる律に対して、どんな時にも穏やかな笑みを絶やさなかった。

瀕死の重症を負いながら隣家の主婦に奇跡的に助け出されたものの、病院にまで借金取りが押しかけてきたこと。傷が癒えたら借金のカタに淫売窟に売られると、決まっていたこと。

借金取りの目を盗み、怪我が完治しないまま病院を逃げ出した彼は、浮浪児仲間とつるんで生き延びたと言う。

ただ、その間どうやって食い繋いでいたのかについては、訊ねようとはしなかった。浮浪児だった頃については聖吾は口が重い気がしたからだ。幼かった律は、彼を無心に仰ぎ見ているだけだった。

聖吾は律付きの下男として朝起きてから床につくまで、着替えから食事の給仕、入浴に至るまで甲斐甲斐しく世話してくれた。寝つきの悪い律のために、毎晩枕元に付き添っていてくれた。

聖吾の温かい掌で肩や背中を優しく撫でたり、緩やかに叩かれているだけで、心から満たされ、何の憂いもなく眠りにつくことができた淡い記憶が鮮明に蘇る。

英語や西洋式の礼儀作法の教師として、時には厳しい一面を見せながら、遊び相手にもなってくれた美しい青年。

夏には水泳を、冬にはスキーを。異国のスポーツを教授しながら、自らも華麗にこなしてみせる。律の目には、眩《まぶ》しいほどに煌《きら》めいて見えていた。

その淡い憧憬が特別な熱を帯び始めたのは、律が十二歳になったばかりの春だった。

その日のことを思い浮かべるだけでも胸が、悲鳴にも似た軋《きし》みを上げる。

二十一歳の美丈夫に成長した聖吾は、近隣の女学生にまで広く知られる存在だった。

その聖吾が密かに通う女が花街にいる。

聖吾を狙う女達の間で、そんな噂が真《まこと》しやかに囁《ささや》かれると、律は言いようのない焦燥にかられて懊悩《おうのう》した。

聖吾が通っているのは本当なのか。

本当だとしたら、相手は一体どんな女だろうかと、いつしか律もその花街に何度も足を運ぶようになっていた。けれども子供が一人で夜の街を徘徊すれば、嫌が応にも目立ってしまう。

身なりが良かったことも災いして、見知らぬ車夫に言葉巧みに連れ出され、気づいた時にはどこかの安宿に監禁されてしまっていた。

この車夫が、律の家に多額の身の代金を要求したことを知らされたのは、無事に解放され、両親のもとに保護されたのちのことだった。

警察の迅速な捜査で、三日後には無傷で救出されたものの、その車夫が偶然にも、聖吾の昔の浮浪児仲間だった事実が判明した。

そのため聖吾に共犯者という嫌疑がかけられ、彼が警官に連行されてしまった時の焦りと罪の意識と絶望を思い起こせば、今でも血の気が引くのがわかる。

だが、律の父は弁護士を雇い、躍起になって聖吾を擁護してくれた。

律を眩《まぶ》しいぐらいに溺愛している聖吾が、そんな悪事に手を貸す訳がないと、自ら警察に出向いて訴え、聖吾も容疑を断固否認した。

結果、律が誘拐されたのと同時刻に、聖吾が噂の芸者といたことが判明した。

この最悪の形で立証された聖吾の無実に、律は更に打ちのめされた。実際には花街の別の芸者に熱を上げ、通っていたのは律の兄の方で、聖吾は兄の供をしていただけだったのだ。

芸者といたのは、女郎を兼ねた芸者を買わずに楼には入れなかったから。

兄君だけを登楼させては、供する意味がなかったからだと、聖吾に釈明されても慰《なぐさ》めなんかなりはしない。聖吾が表向きは芸者の女郎と一緒にいた。その事実に何ら変わりはないからだ。

「私があんな場所にいたせいで、律さんをこんな目に」

申し訳ない、自分のせいだと、床に額を擦りつけて詫《わ》びる聖吾に応えることもできないほど、律は心を打ち砕かれていた。

賢明な律の父は、聖吾を責めたりはしなかった。

それでも聖吾は親の稼業が破産したせいで、未だ借金取りにも追われる身であった。

律の父が聖吾が抱える借金を全額返済しようと説得しても彼は拒絶した。たとえ金が返せたとしても、過去が過去として追いかけてくる後ろ暗い身の上があらためて露呈した。律に危険が及んではいけないと、自ら暇《いとま》を願い出た。

「お願い、聖吾。もう、あんな馬鹿なことは絶対しない。約束するから行かないで」

彼が屋敷を出ていく瞬間まで、どんなに泣いて縋《すが》っても、聖吾の決意を変えることはできなかった。聖吾は自分の過去の後ろ暗さが明るみに出たことを恥じていた。

今日のように底冷えのする寒い日の朝。

粗末な木綿《もめん》の羽織袴で、風呂敷包みひとつを抱え、雪の降る路地を遠ざかる聖吾の背中が、どんなに侘《わび》しく見えたか知れない。

今でもあの日の聖吾を脳裏に思い描いただけで、目頭が熱くなってくる。

律は重苦しい息を吐き出した。

銀行家が遣わせた暴徒を聖吾があえなく倒し、積もる話もあるからと、連れてこられたバーはカウンター席のみだった。薄暗いバーの末席で、ホットワインのグラスを両手で握って項垂《うなだ》れる。

何年経っても思い出すたび、自責の念と悔恨に炙《あぶ》り焼かれるようだった。

両手で持ったグラスには、沸騰させてアルコール成分を飛ばした赤葡萄酒にオレンジ果汁と蜂蜜を混ぜた、甘い花の匂いがする飲み物が白い湯気を上げている。

律が通りに面した窓の外に目をやると、洋傘をさした人の影が映っていた。

「……やっぱり降ってきましたか？」

聖吾に不意に訊ねられ、律はハッとして目を上げた。

身動《みじろ》いだ律の煽りを受けたのか、窓辺の三本立ての洋蝋燭《ろうそく》も炎をうねらせ、揺れていた。

蓄音機が穏やかなクラシックを奏でるバーカウンターの隣席には、琥珀色のウイスキーを静かにたしなむ聖吾がいる。

「うん。……みたいだね」

律は半ば夢見心地で頷《うなず》いた。

記憶の中の聖吾はいつも、地味な色味の木綿《もめん》の着物に袴姿だ。

こんな風に光沢のある紺の背広に薄灰色の細縞柄のシャツを合わせ、えんじ色のネクタイを締めた彼は見たことがなくて別人のように華やいで見える。

その聖吾が七年前と同じように、優しく微笑みかけてくる。

「だけど、どうしてここが……」

聖吾の行方が知れなくなっていたように、破綻した伊崎家の人間の行方も知れなくなっていたはずだ。

「失礼ながらツテを頼って探したんです。律さんと奥方様をあのような貧民窟に放置したまま何もしないでいることこそ、いちばん憂慮するべきはずだとわかっていました。わかっているのに、私に意気地がないせいで、何日も声をかけられずにいたんです」

「えっ……？」

「一刻も早くお助け申し上げないと、と焦りましたが、もう七年も経っていますし。もし律さんに忘れられてしまっていたらと考えると、どうしても二の足を踏んでしまって、気が引けて……」

聖吾が手にするグラスの中で氷が崩れる音がした。

「申し訳ないことを致しました。あの銀行家は今後一切律さんに近づかないよう、先ほど手筈《てはず》を整えました。もう心配はいりません」

聖吾は律に向き直り、手を握らんばかりの勢いで宣言した。

「だって、いつの間に、そんなこと」

「蛇の道は蛇だってことです」

どうしてそこまで言えるのか。聖吾は手段ははぐらかす。

律の中では話を聞けば聞くほどに、疑問が次々湧いて出る。

「だけど僕は聖吾を忘れたことなんてなかったよ」

葡萄酒とオレンジの甘い香りに酔わされて、戯《ざ》れ言《ごと》が口をつく。

「そりゃあ、今日は洋装だったから、すぐにはわからなかったけど」

七年前に散らしてしまった恋の残滓《ざんし》に、まだ心のどこかで囚われたままでいる。

飲み慣れないホットワインを口にすると、温められた葡萄酒が熱く喉を焼きながら胃に落ちる。

隣では聖吾が息を呑むような気配がした。その驚きは何に対するものなのか。言わせてみたい気がしたが、身体が火照《ほて》って熱くなる。覚えていると告げたことが聖吾から返す言葉を失わせるほど歓喜させた自分がいる。優越感にも近いような感覚が胸いっぱいに広がった。

寒風で窓の木枠がガタガタ音を立てている。程よく冷めた葡萄酒を続けざまに飲み干すと、居住まいを正した聖吾がいた。

「律さん」

耳触りのいい声を一段低くする。

「実は、律さんに折り入ってお願いがあるんです。今後もまたこんなことが起きないように、律さんに聞いて頂きたいことがあって参りました」

「僕に話?」

「ええ。そうです」

唐突すぎて驚きながらも、律はぎこちなく身体の正面を彼に向けた。

一気に飲み干したウイスキーのグラスをテーブルに置き、聖吾が一瞬、救いの言葉を求めるように天井をふり仰ぐ。

「律さん。私は……」

律のグラスに注がれた赤い色の飲み物から、濃艶な花の香りが湯気とともに立ち上る。

思い詰めた目をした白皙《はくせき》の美貌が間近に迫る。

その炯々《けいけい》とした黒曜石の双眸《そうぼう》に射抜かれて、律は血潮が滾《たぎ》るほど、熱く胸を高鳴らせた。

◆

「それで、どうするつもりなの？」

ステージの前に瑛子の楽屋を訪ねた律は、瑛子に問われて自問する。七年前に律の家を去った後、聖吾は株取引を学んだことも知らされた。

日雇いの仕事だろうが、カフェーのボーイだろうが、闇雲に働いて蓄えた種銭《たねせん》をもとにして、東京株式取引所で何度も巨額の利を得てからは事業を興し、今は満州《まんしゅう》や上海《しゃんはい》でも手広く取引を行う実業家でもあるという。

聖吾の頼みというのは、律を母子ともども自分の屋敷に引き取らせて欲しいという申し出だった。

「水嶋聖吾って、どこかで聞いた名前だと思ったら、株で儲けたお金の一部を陸軍省に寄付したとかで、話題になったことがあるのよ。少し前に」

ほら、これと、鏡の前で化粧に勤《いそ》しんでいた瑛子が律に新聞を差し出した。畳まれた新聞には、関東軍の将校と握手を交わす聖吾の写真が載っていた。

瑛子が見せてくれた新聞記事には、聖吾と関東軍の密接な繋がりも示唆されていた。当然政治家も関わっているだろう。カフェーのピアノ弾きを誘拐しようともくろんだ不届き者は、権力でもって追い払われたということか。

「満州で事業を興したのなら、関東軍にコネを作っておきたいところでしょうし。したたかで遣り手な男って感じかしら」

「瑛子さんは、どう思います？」

いくら伊崎家に恩義を感じてくれているとはいえ、聖吾が家を出てから七年にもなる。

図らずも彼が家を追われる要因にもなったのに、彼の好意に甘えて良いのだろうかと自問していた。

『この半年間、ずっと満州を回っていたので、何も存じ上げませんでした。御家の一大事に何の役にも立てなかった私ですが、せめてもの償いとして、どうしても律さんと奥方様のお役に立ちたいのです』

聖吾は戸惑う律に訴えた。かつての主家の没落を自分の咎《とが》でもあるかのように嘆いてくれた。

だが、それとこれとは話は別だ。

律が思案にくれていると、瑛子は何でもないことのように笑って答える。

「あなたには理由はなくても、あちらにはそうしたい理由があるんじゃないの？」

「えっ？」

「あなたには、まだわからないかもしれないけれど。自分が受けた恩義を、いつか何倍にもして返したい。人にはそんな情があるものよ」

瑛子はしみじみ語り、長い睫毛《まつげ》をそっと伏せた。

その言葉には、無名の彼女を舞台に上げたカフェーの主人に忠義を尽くす瑛子だからこその重みがあった。

「あなたの気持ちはともかくとして。ご病気のお母様のためを思うなら、ご厚意に甘えてみてもいいんじゃないかしら？」

鏡に向き直った瑛子が毛足の長いパフで白粉《おしろい》を顔にはたき、躊躇《ちゅうちょ》する律の背中を押すように、軽快な口調で言い足した。そんな瑛子に鏡越しに微笑まれ、目と目が合った律は決意を固めた。

第四章　二人の主人

急勾配の坂道を、車で何度も蛇行しながら上がっていくと、広大な敷地に巡らされた瓦葺きの漆喰塀と、格式の高い長屋門が現れる。

黒いボンネットの自家用車は、大名屋敷のように堂々とした表門をくぐり抜け、踏み石の通路を更に上り、複雑に入り組んだ木造二階屋を目指して走る。

東西に長く連なる雁行型の建物を背後の森と竹林が包み込む景観は、都会の一等地だということを忘れさせてしまうほどの壮麗さだ。

律は車の後部座席で子供のように窓に張りついていた。

「……まるで御殿みたいだ」

「元は旧藩主の邸宅だったそうですから、御殿といったら御殿でしょう」

思わずひとりごちた律に、隣で聖吾が微笑んだ。

薄灰色の細縞の入った濃灰色の背広に薄紫色のネクタイを合わせ、中折帽を斜めに被った聖吾は、いつにもまして映画俳優か何かのように煌《きら》めいて見える。

律は膝の上で、拳をぎゅっと握り込む。

こんな別世界のような豪邸の主人であり、夢のように美しい彼の書生として、今日からその生活をともにするのだ。

最初は母子共々面倒をみてもらうなら、自分を下男として使って欲しいと、律は聖吾に申し出た。

『あなたを私の下で働かせるなんて、とんでもない！』

聖吾は最後まで渋ったが、母子揃ってのうのうと、タダ飯を食べさせてもらう理由はどこにもない。それだけは絶対に譲れない。自分の中のプライドだ。

でなければ申し出は受けられないと、律は強固に言い張った。

その甲斐あってか、聖吾は腰に手を当て、更に根負けしたように、盛大な溜息を吐《つ》き出した。

『それでは、私の書生として、あなたをお預かりすることに致します。あなたは学校に通い、学業の合間にだけ私や家の雑務をこなす。それで、ご納得して頂けますか？』

そう渋々承諾させた経緯もあり、聖吾は今でもいい顔をしない。

それでも今日から彼のために働くことができるのだ。

再び、あの頃のように、ずっと彼の側《そば》にいられるのだと思っただけで胸が躍り、自然に頬も緩んでくる。

銀行家の男妾になる誘惑にかられそうになっていた、最悪の生活から母子共々救ってくれた主人のために、これからは鞄持ちでも靴磨きでも何でもしよう。心から大切な人のためならば、靴でも顔が映るぐらいに磨きたい。

周りの人にも教えを仰ぎ、作法や礼儀を仕込んでもらおう。

そうして一日も早く、水嶋聖吾の名前にふさわしい家令になるのだと、律は革張りの座席で背筋をぴんと張りつめる。

「そんなに緊張なさらないでください。いきなり知らない場所に連れてこられて、心細いでしょうけれど、私が全力でお守りします。ご心配には及びません」

優しげにそう告げた聖吾が、握り込んだ律の拳に手のひらを乗せてきた。

「……ありがとうございます」

こうして聖吾の体温を感じるだけで、どんな時でも手放しでほっとできるのは、今も昔も変わらない。その腕の中に全てを委ねて眠りについた、あの頃の平和と安らぎが、郷愁と共に胸にこみ上げ、律は目頭を熱くする。

七年前に飛ばされたはずのレコードの針が、再び盤に下ろされて、初恋の続きを奏で始めたかのようで、心臓が早鐘を打っていた。たとえ無邪気だった子供の頃とは、立場も情の意味合いも変わろうと、七年前と同じように、何もかも委ねていられる事実に変わりはない。

律が応えるように微笑みかけると、聖吾も眦《まなじり》を蕩《とろ》けさせて微笑んだ。

「ですが、旦那様。私は下男になるのですから、これまでのような敬語は無用です。どうぞ苗字なり名前なりで、呼び捨ててください」

重ねられた手のひらが、僅かに強張る。その一瞬だけ手の甲と聖吾の手のひらが離れた気がした。

離れないし、離さない。

聖吾はあえてのように無言を貫き、今度はぎゅっと律の手を握り締める。それが返事だとでも言うように。

やがて車は瓦の屋根が大きく迫り出す壮大な車寄せに横づけにされ、運転手によって恭《うやうや》しくそのドアを開かれた。

「さあ、どうぞ。律さん。今日からここが律さんの家ですからね」

聖吾に肩を叩かれ、律は恐る恐る車を降り立った。

車寄せの屋根の下には十数人もの使用人が並び立ち、主人の帰宅を出迎えていた。

聖吾に続いて車を降りた律の肩に手を置くと、いちばん手前で頭を垂れる老女を呼び寄せ、律に言う。

「女中頭の和佳《わか》さんです。この家のことは何でも彼女に聞いてください。律さんのお世話も彼女に任せますから」

「伊崎律と申します。ふつつか者ではございますが、なにとぞよろしくお願い申し上げます」

律は風呂敷包みを胸に抱えて、頭を下げた。

だが、和佳という老女は、申し訳程度に会釈を返しただけに留まった。

そのうえ、一言の挨拶も返答もない。

老獪《ろうかい》な目つきの奥に鋭い敵意を感じた気がして、訝《いぶか》った。

しかし、そうこうしている間にも、先に上《あ》がり框《かまち》に上がった聖吾が待ちきれないように律を振り向き、手招いた。

「律さん。お部屋にご案内します。どうぞ、こちらに」

「はい、申し訳ございません。今、参ります」

律は慌てて草履《ぞうり》を脱いで後を追う。

飴色に艶めく板間の左半分は畳敷きという、凝った造りの廊下にも面食らい、思わず縋《すが》るように聖吾の脇にぴたりと寄り添う。律とてかつては東濃随一と謳われた商家の出身なのだが、これほどまでに絢爛豪華な和洋折衷の邸宅は初めてだ。

聖吾はそんな律を愛でるように目を細め、胸を開いて抱き寄せた。

「気が向いた時には、庭も自由に散策なさって結構ですよ。前庭だけでなく、裏の山まで合わせれば、相応な運動量になるはずです」

何の前振れもなく抱き寄せられて舞い上がり、雲の上を歩くような心持ちで渡った回廊は、建具にガラス戸が用いられ、鯉が泳ぐ庭池や、老松や、築山に滝をかけた日本庭園を、絵画のように鑑賞することができる。

廊下の網代天井《あじろてんじょう》には、磨りガラスのランプが吊され、二階に向かう階段の踊り場には、はめ込み窓に、極彩色のステンドグラスで蝶と牡丹が描かれている。

東濃の商家など、足元にも及ばない壮麗さに立場を忘れ、すくみ上がって聖吾に腕を絡めていた。そうして目だけをきょろきょろさせると、聖吾がふっと含み笑う声がした。

「あとで家の中も案内しますが、間取りを全部覚える必要はありません。私も正直、どこにどの部屋があったのか、わからないぐらいですからね」

聖吾が苦笑するほど広大な屋敷は、座敷の他に、地下室や女中部屋や舞踏室、サロンなども含めると、部屋数は五十は優に超えるという。

書生に対して、屋敷の間取り図を覚えなくてもいいとの言葉が耳に引っかかったが、何しろ聖吾の足が速い。

庭に面した二階の廊下を延々歩いた突き当たりで、聖吾はおもむろに足を止めて振り向いた。

「さあ、ここが律さんの部屋です。気に入って頂けるといいんですが」

はにかむように目を細め、手前の金箔張りの襖《ふすま》を開ける。

そんな聖吾の肩越しに部屋を覗き見た律は、想定外のその趣《おもむき》に息を呑み、咄嗟《とっさ》に聖吾の背広の布地を握っていた。

廊下に面した襖《ふすま》を開けると、手前に六畳の畳敷きの次の間があり、続いて寄木細工の床板に、金唐革紙の壁紙という、和洋折衷の洋間が現れる。

更に大理石の暖炉の前には緋色の絨毯《じゅうたん》、その上にグランドピアノが鎮座していた。

ダンスホールのように広々とした、その洋間を渡って二枚目の襖《ふすま》を聖吾が開けた。

奥は十畳と十二畳の座敷が、横並びの二間続きになっている。

「手前の座敷を居間にして、奥の間を寝所になさって頂ければ結構です」

聖吾は庭に面した、南向きの障子を自ら開いて圧巻の景色を披露した。

聖吾が寝所にという、奥座敷の欄間には、透かし彫りで富士が描かれ、違い棚や床の間を設えた伝統的な書院の造りだ。それでいて、格天井から吊り下げられたアールデコのシャンデリアが、軽妙なアクセントになっていた。

「……で、ですが、旦那様。私はただの書生です。こんなの贅沢すぎます。困ります」

律はこの部屋を見ただけで、あの和佳という女中頭の不興をかった理由がわかった気がした。年端もいかない新参者に、こんな居室が与えられたら、誰だっていい気持ちはしないだろう。

律が困惑と動揺を顕わにすると、聖吾は不敵な笑みで、頬を歪めてうそぶいた。

「律さんは、私を主人と認めてくださっているんですよね？」

「もちろんです。私は旦那様にお仕えするためにこのお屋敷に上がったんです」

「でしたら、主人の私が、この部屋を使えと言っているんです。律さんは今日からここで生活なさってください」

聖吾は律の当惑顔にも臆することなく、艶然として微笑んだ。

そんなの奇弁だ。

話が違うと叫びたいのに、動揺が怒涛のように押し寄せて、思考に言葉が追いつかずにいた。律はこの壮麗な屋敷の中で、突然迷子になったかのように、茫然と呆けて立っているしかない。

なのに聖吾は、そんな律の手を掴み取り、何の問題もなかったように身を翻して引っ張った。

「あ、……の、旦那様、でも、私は」

律は前のめりになりながら、必死に反論しようとした。だが、長身で高い位置にある顔を仰ぎ見て、縋《すが》るように声をかけても、聖吾は律を顧みようとしなかった。

ひたすら引きずられるように中央階段を下りていくと、やがて聖吾が振り返り、にっこり微笑みかけてきた。

「下の部屋に呉服屋とテーラーを待たせています。すぐに採寸をして、今週中にはひと揃え作らせましょう。音楽大学に復学する手続きは済ませてますから、来週からは通えるはずです」

「ええっ？」

驚きの声を上げる律の顔にも声にも満足げにして、悪戯っぽく笑んでいる。

「とりあえず、学制服を作らなければいけませんね」

「今更私に、どうして音楽大学なんですか？　私は普通の大学に通い、朝方や夕方、晩には書生としての雑務をさせて頂くつもりでいました。それなのに」

「今更ではないでしょう？　半年前まで、律さんが通っていらした大学です」

「で、ですが、旦那様。私はもう音楽大学に復学なんて」

律は階段を駆け下りた。

そして聖吾の前に回り込む。

物憂げに眉をひそめる聖吾の胸を両手で押さえ、語気を強めて訴える。

聖吾は、せっかく喜ばせようと思ったサプライズなのに、白けさせてしまったように思え、むっつりしていた。

「旦那様のお心遣いには、心から感謝しています。私の母も、今は旦那様の熱海《あたみ》の別荘で専属のお医者様までご用意頂き、療養させて頂いております。ですが、もうこれ以上、旦那様のご好意に甘えることはできません。私なんて何の御役にも立てませんが本当に下働きでも何でも致します。そういった書生の約束で、このお屋敷に上がったんです」

確かに書生になるとは、約束した。

だが、学校に通うといっても、就職に有利な商科や工業などの専門学校だろうと、漠然と考えていた。今の立場でまさか最高学府の大学に、それも音楽学校に復学なんて想像だにしなかった。

「音楽科以外に、あなたにふさわしい学部が他にあるとお思いですか？」

しかし、決死の思いの懇願も聖吾ににべもなく一蹴され、律は二の句が継げずに息を呑む。

先程までの慈愛に満ちた眼差しとは打って変わって冷やかな目で見据えられると、蛇に睨《にら》まれた蛙のように身動《みじろ》ぐこともできなくなる。

それでも、なけなしの勇気をふり絞り、聖吾を見上げて進言した。

「ですが、音楽大学にいた頃と今とでは事情がまったく違います。今の私はこの先もっと旦那様のお役に立つために、経済学科や外国語学科のある大学に編入するべきなのではないでしょうか。私が将来、自分で自分の身を立てて、仕事で旦那様に御恩返しをするためにも、何かしらの専門知識が欲しいのです」

笑顔の消えた聖吾に反発するのは震え出すほど恐かった。だが、こんな時世に音大を出たからといって、どんな仕事が得られるというのだろう。

半年前も、ソナタやワルツが弾けたところで何にもならず、門前払いを受けてきた。ジャズやシャンソン、流行の小唄を耳で覚えて面接で弾いたことで、初めてカフェーのピアノ伴奏の職が得られたのだ。

手に職がないことが、どんなに惨めで、やるせないかが骨身にしみてわかった今、仕事に繋がる学部でなければ、身につける意味がないとすら思えてしまう。

しかし、聖吾は彼の華奢な顎を傲然《ごうぜん》と持ち上げ、言い放つ。

「音楽というものは教養です。教養は役に立つ立たないではなく、身につけることに、その意味があるのですよ？　私は今でも学歴がないというだけで、どんなに収入があっても人から一段低く見られます。私はあなたにだけは、そんな思いをさせたくはないんです」

「もちろん、上流階級の人間には教養が必要かもしれません。ただ、今の私には教養よりも手に職をつけることが必要なんです」

「律さん」

懸命に言葉を重ねる律を遮って、聖吾がきつく眉を寄せた。今までよりも一段声を低くして、律を冷たく射竦《いすく》める。

「あなたは大学で経済や外国語を学んだら、どこぞの会社か役場にでも就職しようと言うのですか？　あなたは私のもとで働くとおっしゃったではありませんか。手に職をつけて学校を出たら、ここを出ていくおつもりだったのですか？」

「いえ……、いいえ！　私はそんなつもりでは……」

聖吾の険のあるもの言いに気圧《けお》されながら、必死に首を左右に振った。これまでこんな風に、聖吾に敵意を剥き出しにされたことは一度もなかった。それだけに炯々《けいけい》とした眼差しの鋭さに息が震え、指の先まで凍りつくかのようだった。

波硝子越しに日が差す廊下で言葉を失い、律は棒杭のように聖吾を見上げることしかできずにいた。

「外国語が学びたいなら、家庭教師をつけましょう。それでも私は、律さんには高い教養と学歴をと、そうお望みだった亡き旦那様のご遺志を叶えて差し上げたいと思っています。確かに今は私が律さんの主人ですが、後見人だとも言えるでしょう。ですから、私には後見人として、果たすべき義務があるんです」

最後まで一方的に持論を述べて気が済んだのか、聖吾は表情をわずかに和らげた。

そうして肩で深々と息を吐き、凍りついた律をとりなすように、口を開いた時だった。

背後から女中頭の和佳が姿を見せた。

「旦那様。お電話が入っておりますが」

「わかった。すぐに行く」

反射的に答えた聖吾が振り返り、ほとんど冷酷な顔つきで言い渡す。

「律さんは和佳と一緒に、先に呉服屋のいる部屋に行ってってください。私も後で伺います」

一方的に話を終わらせた聖吾は廊下を戻り、大階段を下りて去る。音楽大学の話も、仕事の話も、唐突に打ち切られて立ち尽くす律に、今度は和佳が口早に告げる。

「律様。ご案内致します」

「あ……っ、はい。お願い致します」

律は長廊下を歩む和佳を慌てて追った。古めかしい丸髷《まるまげ》の老女に傅かれるほど、かえって感じる拒絶の気配に肌を焼かれるようだった。

張りつめた沈黙に、和佳の着物の衣擦《きぬず》れの音《ね》だけが鋭く響き、律はますます萎縮した。

階段を下りきり、中庭に添ってまっすぐ廊下を進むと、すれ違う使用人が和佳に続く律を見るなり板間の脇に退いて、一様に頭を下げてくる。

「こちらでお待ち頂けますでしょうか」

しばらくして、壁の右手にあるドアに掌を向け、和佳もまた慇懃《いんぎん》に一礼をした。そのまま去りかけた和佳を呼び止め、恐る恐る問いかける。

「あの、旦那様からお屋敷の皆様方には、私の件には、どのような説明があったのでしょうか」

和佳にしろ他の使用人達にしろ、自分に対する応対は、新参者の書生に対するそれではない。

確信に近い予感に怯えて震える律を、和佳はちらりと上目にした。

「……私どもは旦那様の大切な方をお迎えするとのことでしたので、くれぐれも粗相のないよう、仰せつかっておりますが」

和佳は、皺深い目じりに一層皺を寄せ、悪どく笑むと一礼した。

やはり聖吾は自分との約束を守るつもりはなかったのだ。

衝撃に目を見張る律を残し、和佳はそそくさと歩み去る。けれども律は案内された洋間のドアノブを凝視したまま、小刻みに肩を震わせる。

確かに聖吾にとって、自分はかつての主君筋の人間だ。

彼が今でも恩義を感じてくれていることは、心から、ありがたいと思っている。

それでも自分も、かつての下男に仕えるにあたり、自分なりに腹をくくって参じてきたのだ。

こうした立場の逆転に、何も思わなかった訳ではない。

けれど、母子揃って世話になる以上、誠心誠意奉公して、彼への感謝を示したい。毎日の生活の中でほんの一瞬でも役に立つことができるよう、周りの人にも指南指導を仰ごうと熱く胸を昂らせてきた。

そんな決死の覚悟も軽くいなされ、ないがしろにされた気がして、悔し涙をにじませた。

しかしすぐに、佇んでいた廊下を駆けてくる聖吾の姿が視界に入り、手の甲で涙を拭い取る。

「お待たせして申し訳ございませんでした。律さん、どうぞ。その部屋ですのでお入りください」

ドアの前にいた律に、すっかりいつもの笑顔に戻った聖吾が促した。

それでも律が開けずにいると、聖吾は怪訝そうに小首を傾げ、ドアノブに手をかけた。

「やっぱり、聖吾は僕を働かせるつもりなんてなかったんだな……」

律はその手を掴んで引き止めた。

「……律さん？」

「そりゃあ、僕みたいな世間知らずにさせる仕事なんてないのかもしれないけれど。少しでも役に立てるなら、何でもする気で来たんだよ？」

思わず恨み節を口にすると、堪えきれずに涙がこぼれた。面食らったように息を詰める聖吾。その手首を掴んだ律の右手は震えていた。

瑛子がカフェーの主人に、聖吾が伊崎家に恩義を感じているように、自分も聖吾の温情に何らかの形で報いたい。

母親の療養環境を完璧に整えられたり、一方的に受け取るだけでは申し訳なく、豪華な居室を用意されたりするたびに、罪悪感が膨らみ続けるだけだった。それとも、こんなことでいちいち泣き出す子供のくせに、「恩返しなんて考えるな」と、一蹴されてしまうのか。

軽率に仕事を任せたせいで、かえって問題になるよりは、何もさせない方がましだと思っているのかと、邪推せずにいられない。

堪えても堪えても、そんな自分が情けなくなり、項垂《うなだ》れる。項垂《うなだ》れながら手の甲で涙を払う。

「いいえ！　違うんです、律さん。そんなつもりじゃないんです」

聖吾も慌てたように律の肩に手をかけた。

「私も、あなたにして頂く仕事については考えています。律さんがここでの生活や学校に慣れてきたら、少しずつ、お話しするつもりでいますから。どうか、そんな風にご自分を責めないでください。律さん。私は決してあなたを侮《あなど》って何もさせないのではないんです」

長身の聖吾が律の肩に手を添えて、前屈みになり、律の顔を覗き込む。

「……本当に？」

途端に律は薄く目を開け、こもった声で問い質《ただ》す。新しい生活に慣れたらという聖吾の言葉が、一筋の光のように視界を明るく照らし出す。

「ええ、本当です。大丈夫ですから泣かないでください。昔からあなたに泣かれてしまうと、私がこうして手も足も出なくなるのは、ご存じだったはずでしょう？」

聖吾は苦笑交じりに息を吐く。

「そういえば、亡き旦那様も、律さんの泣き虫をいつも案じていらっしゃいました。そういう旦那様ご自身が、律さんの涙にいちばん弱くていらっしゃったからでしょうけれど」

聖吾は慈愛に満ちた双眸《そうぼう》に郷愁を滲ませ、律の汗ばんだ髪をゆったり指で撫で梳《す》いた。そうして律を落ち着かせながら、上着の内ポケットからハンカチを出し、板間の廊下に膝をつく。

「……おわかり頂けましたでしょうか？」

聖吾は泣き濡れた律の頬をハンカチで拭い、あらためて律を仰ぎ見る。まるで情けを乞うかのようにじわりと眉根をひそめられ、ドキリと鼓動が高鳴った。

聖吾はずるい。

律は胸の中で抗議した。

そんな位置からそんな目で見て、そんな声を出すなんて。

自分の魅力をどう駆使したら、効果を発揮できるかを、彼は自分で知り尽くしている。目的のためなら平気で人に頭を下げたり、膝を屈してみせるのだ。

律は渋面を浮かべると奥歯をぎゅっと嚙み締めた。涙もあっけなく引っ込んで、頬が赤くなるのがわかる。きっと聖吾は、こういう手練手管で相手を黙らせ、意のままに操ってきたのだろう。

わかっているのに抗いきれない自分の方が悪いのだ。

「……じゃあ、僕がもう少しこの生活に慣れたらなんだな？」

律は人前で泣いた気恥ずかしさから、ぶっきら棒に言い放つ。

「ええ。そうですよ」

「信じてもいいんだな？」

「もちろんです」

聖吾は安堵したように息を頬を緩め、打って変わって意気揚々と立ち上がる。

「おわかり頂けて良かったです。律さんに泣かれてしまうと、本当に心臓に悪いので」

さっきまでの困惑顔を、勝ち誇ったような笑顔に変える聖吾を見ると、いっそう腹が立ってくる。

それでも約束を反故にされてはいないのだと、律は顔をほころばせた。

「さあ、まず音楽学校の学生服を作らなければいけません。テーラーの採寸から始めましょう。できれば和装も反物をひと揃え選んでしまいたいところですが、今日中には難しいかもしれませんね」

聖吾は洋間のドアを押し開けながら腕時計に目を落とし、嬉しげに眉を開いている。その口振りからは音楽大学に復学することが前提になっているようだった。

律は話し合いの余地すらない現実を、暗黙のうちに悟らざるを得なかった。

世間一般の書生は皆、こんな風に主人に進路まで、決められてしまうものなのだろうか。

これが常識なのか、そうでないかの判断もつかず、かといって、誰に訊ねていいのかもわからない。

ただ、今は主人が聖吾である以上、決定権は彼にある。

溜息をもらした律は、胸の中で刻々と膨らみ続ける疑心の念に蓋《ふた》をした。

「失礼致します」

聖吾に腰を抱かれながら入った広間は、四隅に高価な楢《なら》の柱と長押《なげし》を廻した和風意匠の造りだった。一方で、角材を井桁に組んだ格調高い格天井には、バロック様式のシャンデリアが吊られている。床には緋色の絨毯《じゅうたん》が敷き詰められ、半円アーチの細長いガラス窓が、広い芝生の庭に面して等間隔に並んでいた。

更に壁には、薔薇の透かし文様の金唐革紙が貼られ、大理石の暖炉の上に配された巨大な鏡が、シャンデリアの煌《きら》めきを眩く映し出している。

これほどまでの邸宅を構える聖吾の今の地位と権威を思うと、今更ながら気後れがする。

十年前と同じように、無意識に聖吾の上着の裾を引いていると、頭の上で聖吾が微笑む気配がした。

「本日は御招き頂きまして、誠にありがとうございます」

壁際の椅子に腰かけていた洋装のテーラーと、着物姿の呉服屋が立ち上がり、頭を下げる。

中央に用意されたテーブルには風呂敷が広げられ、反物が山積みにされている。

聖吾は最初にテーラーを呼び寄せて、律の両肩に手をかけた。

「今日はこの方の学生服と、コートと、礼装と準礼装をひと揃え。あとは普段使いのズボンとシャツをお願いします」

「礼装と準礼装？」

聖吾の口から矢継ぎ早に言いつけられた注文に、律は驚愕の声を響かせた。オーダーメイドは学制服だけじゃないのかと、背後の聖吾を振り返る。

「だ、旦那様、あの……。私のような者にどうして御誂《おあつら》えの礼装を……」

「これからは、律さんを社交の場にお連れする機会も多くなるかと思います。急に入り用になってもいけませんので、最初に揃えてしまいましょう」

屈託のない笑顔で答える聖吾を唖然と見上げ、律は酸欠になった金魚のように無言で唇を喘がせる。

もちろん書生として、公の場や、格式高いサロンに同行することはあるかもしれない。

しかし、書生や下男は建物には入らずに、馬車や俥《くるま》で主人の帰りを待つのが礼儀であり、習わしでもある。主人と同格の礼装をした書生など聞いたことも見たこともない。

「畏《かしこ》まりました」

白い手袋をはめたテーラーに恭《うやうや》しく採寸されながら、律はおろおろとよろめいた。

一方の聖吾はといえば、呉服屋が用意した反物の中から結城紬や御召のような高級生地ばかり選び取り、神妙な顔で眺めている。てっきり聖吾の物だと思ったそれが、書生のために選んだ生地だと知らされ、思わず声を荒立てた。

「そんな高価な着物を頂く訳には参りません！　私なんぞは絣木綿《かすりもめん》で結構です！」

紬や御召の着物など、御側《おそば》付きが何でも用をしてくれる旦那衆か奥方仕様の生地だ。

労働階級が普段使いにするような生地ではない。

律が想像していた書生とは、屋敷の一角に用意された座敷で、他の書生と一緒に寝起きをし、厨《くりや》の隅で女中と一緒に一汁一菜の食膳にありつく。そんなつましくも堅実な生活を送るものだ。

それなのに、聖吾の言動が指し示すそれは自分が知っている書生の姿とあまりに違いすぎていて、頭の中が真っ白だ。

聖吾は自分をどうしようというのだろう。

屋敷に上がったら手に職をつけるために学校に通い、帰宅したら主人のために雑用をこなし、世話をする。単純にそう思い込んでいた律は、自分の身にとてつもなく恐ろしいことが起きようとしている気がして、血の気が引いた。

しかし、聖吾は慌てふためく律を組み伏せようとするように、満面の笑みを返してきた。

「ですが、これは先程申し上げた、律さんの『仕事』に必要なんです」

と、紬の中から数本の反物を呉服屋に手渡した。

聖吾は律の困惑を気にも留めず、それで着物と羽織を誂えるよう指示をした。そのうえ、黒紋付の羽織袴まで追加する聖吾を、律は為す術もなく眺めるしかない。

それでも聖吾が用意してくれる『仕事』の実情が見えないうちは、自分の口から『必要ない』とも言いきれない。

「律さんはお顔立ちに品があり、清楚でいらっしゃるから、着物の地の色が濃いと印象がちぐはぐになりますね。茶でも鼠でも、少し淡めの方が品があってお似合いでしょう」

聖吾はその後もスタイルブックを手に嬉々として素地を選び、革手袋から襟巻、外出用の帽子まで注文した。

律はといえば姿見の前に突っ立って、聖吾が顔の近くに反物を当てるに任せることしかできずにいた。

第五章　籠の鳥

ルイ王朝時代のフランス宮廷を模したという白亜の校舎のあちこちから、ピアノや管楽器や、美しいソプラノの歌声が、漏れ聞こえてくる。

ひと月前に音楽大学に復学し、階段教室で講義を受けつつ、律は物憂げに息を吐く。万年筆は板書の痕も何もない真っ白なノートに置かれたままだ。半円形で観音開きの双子窓からそっと外に目をやれば、はるか彼方に優美な文様を描く鉄の門扉が霞んで見える。

門まで続く手前の広大な敷地には、花壇が左右対称に配置され、中央に設けられた噴水が冬の淡い日差しを弾いて飛沫《しぶき》を跳ねさせていた。

休学していた頃ならば、帰宅する学生の群れに逆らって、仕事場に向かっていた頃合だろう。木枯らしの向かい風が、空腹で冷えきった身体に堪えたものだ。

しもやけのできた凍えた指で必死になってカフェーのピアノの鍵盤を叩いていた。

もらった日銭で帰りに屋台の支那蕎麦をすする。聖吾に引き取られる前の極貧生活の中での、人生最良の瞬間だった。あの頃に比べたら、今は天国のような暮らしをさせてもらっている。

何の心配も憂いもない。

それなのに気がつくとまた、あの血へどを吐くような半年間に想いを馳せる自分がいた。

律が板書もせずに呆けていると、授業の終了を報せる鐘が厳かに校内に反響した。と同時に、とりとめのない回想から引き戻されて、机の上の楽譜を閉じる。慌ただしく文具を鞄に収めた律は逃げるように講堂を後にした。

稼業が破産するまでは、この中に何の違和感もなくいられたはずが、異邦人のようだった。

「おい、待てよ。律！」

二階からエントランスホールに続く大理石の大階段を下っていると、頭の上から呼び止められた。声がした方へ顔を向けた律に、二階ホールの手摺りから同期生の長沼《ながぬま》と丹下《たんげ》が身を乗り出させている。彼等の頭上では、ドーム天井にほどこされた漆喰彫刻と金箔張り、壮大なシャンデリアが豪奢な煌《きら》めきを放っていた。

「毎日毎日、そんなに急いで帰らなきゃならない用でもあるのか？」

長沼が不満そうに眉間に皺を作っている。

「別に用はないけど……。迎えの車を待たせてるから、あんまり遅れると悪いだけ」

「用がないなら珈琲でも飲んで帰ろう。せっかく復学したっていうのにお前ときたら授業が終われば、あっという間に姿を消すし。話をする暇もないじゃないか」

ぼやいた長沼と丹下は制服の角帽を被り、赤絨毯《じゅうたん》が敷かれた大階段の中央を下りてきた。丹下は律の肩を抱き込みながら歩き始める。

丹下は、どこぞの王宮と見紛うばかりのホールの豪華さにしっくり馴染む美男子だ。すっきり整った顔立ちで佇まいも洗練されているものの、口元には締まりがない。いつも冷笑とも侮蔑ともつかない薄ら笑いを浮かべている。

「銀座に新しくできたカフェーの女給が美人だって評判なんだ。ちょっとだけ付き合えよ」

青年らしいキラキラした目が、今の律には眩《まぶ》しすぎた。

「そんなこと言われても困るよ。僕はカフェーで珈琲なんか飲めるような身分じゃないんだ」

「おいおい冗談言うなよ。お前は今あの水嶋財閥のご当主様に後見人になってもらっているんだろ？　いい歳してまさか一銭も持たされていないのか？」

丹下が安っぽい皮肉で律を挑発する。

「……そんなことはないけれど」

律は鞄を抱えてうつむいた。

書生らしい仕事は何ひとつしていない。丹下にも長沼にも、聖吾は縁戚の後見人だとしか言えずにいる。

小遣いも分不相応なほどもらっている。聖吾からも午後八時の門限さえ守ってくれるなら、友人達と遊びにいったらいいと言われていた、けれど、身内でもないうえ、既に充分すぎるぐらいの面倒をみてくれている。聖吾が一日中、朝早くから深夜まで忙しく働いて得た報酬の中から与えられた小遣いを、自分の遊びに費やす気にはなれずにいた。

「ごめん。やっぱりまた今度にするよ」

自分のために使うのは自分で働いた金がいい。

風呂焚きでも薪割りでも鞄持ちでも何でもして、その労働の対価として与えられる賃金ならばカフェーや映画館にも行けるだろう。

そうでなければ後ろめたいし罪悪感も拭えない。律はうつむいたまま小声で詫《わ》びると二人の制止をふり切った。

大理石のホールを走り抜け、主庭の石畳を誰とも目を合わせずに通り過ぎる。鉄扉の正門前には既に黒いボンネットの自家用車が停まっていた。

聖吾の書生になったはずなのに、屋敷から大学に車で通学するなんて考えもしないことだった。半年前まで音大には市電を乗り継ぎ、あとは徒歩で通っていた。

聖吾には市電で通うと散々訴えてみたが、『私が主人になったからには、律さんが犯罪の標的にされる危険は避けられない』と諭された。

実際、花街で誘拐の標的にされた過去があるだけに、できるだけ一人で出歩かないよう懇願されれば、過去に被害を被った聖吾の言に従うしかない。

律が正門から出てくると、紺の詰襟に制帽を被った運転手がすぐさま車を降り立った。

「お帰りなさいませ」

白手袋をはめた男に後部座席のドアを開かれ、恭《うやうや》しく頭を下げられる。律は背中がむず痒いような居心地の悪さを懸命に抑え込んだ。

「すみません。お待たせ致しました」

そそくさと乗り込む律を行き交う学生達がもの珍しげに見つめている。中にはわざわざ近寄ってくる者もいて、律は後部座席で小さくなる。

ここ数年で車が急速に普及し始めたとはいえ、社用で用いる公用車がほとんどだ。私的に車を動かす者は滅多にいない。

裕福な学生でさえ、市電や俥《くるま》で通う中、送り迎えに運転手付きの自動車を寄越すなど学習院に通う皇族ぐらいなものだった。

聖吾は新しい環境に慣れたら仕事をさせると言ってくれた。

けれどそのために分不相応な生活をさせる必要があるのだろうか。こんな下にも置かない扱いは、慣れるどころか肩身が狭くなるだけだ。

自分にはこれ程までの贅沢をさせてもらう理由がない。

◆

「律さん。それでは今夜はビリヤードをお教えします」

夕食後、就寝までの予定を聖吾に訊かれた律は宿題もなく、特にないと答えた。すると、洋装のシャツとスラックス、ジャケットに帽子といった外出着に着替え、革靴で撞球場《どうきゅうじょう》に来るように告げられた。

撞球場《どうきゅうじょう》はビリヤードを楽しむためだけに庭の一角に建てられた煉瓦造りの重厚な建物だ。

玄関はあるが三和土《たたき》はないため、革靴のままで中に入る。

「ちなみに、ビリヤードの経験は？」

先に来て待っていた聖吾に訊ねられ、律は左右にかぶりを振る。

「いいえ。ビリヤードなんて私は一度も……」

「律さんがあまりに礼儀正しく、家と学校しか行き来をなさらないものですから、少しは遊びも覚えた方が、後々のためになることもありますから」

遊んでこいと言いながら、本物の書生のように直帰してくる律を愛でているかのような口振りだ。

「わかりました。欧米では社交場のひとつとして撞球場《どうきゅうじょう》が用いられます。三つ揃いの背広に革靴と帽子を必ず被り、ゲームに臨むのが紳士のたしなみ、といったところでしょうか」

オイルヒーターで温められた室内は長袖のシャツ一枚でも充分だが、聖吾はジャケット、シャツ、ネクタイに加えてベストまで着ていた。

律とてビリヤードでするいくつかのゲームは知っている。

だが、東濃の旧家では、そんなハイカラな遊びをたしなむ者はいなかった。

聖吾は手球を撞くためのキューを持ち、グリップを布で拭いている。

「最初はビリヤードテーブルでラックを使い、ひと塊に組んだ的球に、キューで撞いた手球を強く当てて大きく球を散らせます。後は手球をキューで撞いて台の六つのポケットに落とすというだけの簡単なルールです。まだ日本人には馴染みがありませんが、ビリヤードで腕を奮うと、それだけ欧米人から対等な紳士として扱われます。ですので、律さんも練習なさってはいかがかと」

聖吾は自ら手入れしたキューを律に差し出した。

「私にですか？」

音楽家に進路を取らせておいて、まるで実業家がするような遊びを身につけさせると言い出す聖吾の意図が、わからない。

「ビリヤードなんて、私に必要なのでしょうか？」

「ほら、また、そういうところです。ビリヤードは紳士のたしなみとして身につけるのも大切ですが、もう少し私に打ち解けてくだされればと思っているんです」

胸板や肩口の厚みと、引き締まった細い腰が強調されて悩ましく見える立ち姿に、見惚れて呆けていたのだろう。

「律さん？」

「はい、旦那様！」

厳めしい声で呼ばれた律は、背筋を板のように固めて起立する。

「それでは実践的に伝授しましょう。まずは基本のポージングです」

緑の羅紗布敷きのビリヤードテーブルの中心に的球をひと塊、木枠を使って器用に整え、棒立ちの律の背後に回って言った。

「キューの持ち方をご覧になったことは？」

「はい。あります」

「キューは利き手で持ちます。律さんは右手になりますね。それから左手の親指と人差し指で作った輪にキューを通して狙いを定めます。白の手球を強くしっかり撞く。ひと塊の的球をできるだけ大きく散らせてください。これがブレイクショットです」

律は聖吾のあやつり人形さながらに、聖吾の指でキューを持つ指の形を作らされ、聖吾に手の甲をしっかり押さえつけられて、他の指も台につくようブリッジを整えられていた。

密着した背中に聖吾の逞しい胸板が当たる。そのうえ頬を擦り寄せるようにして語られては、手順も耳に入らない。

胸の鼓動がはちきれんばかりに猛り狂い、こめかみまでもが脈打った。

「さあ、では、一度撞いてみてください。右の肘を支点にした振り子のようにキューを動かし、手球に水平に当てましょう」

言われるままにキューで手球を水平に撞くと、狙い通りに命中した。

小気味よい音を立てて、赤、青、緑など、色とりどりの的球がテーブルに広がった。

「そうです。その通りです。お上手ですよ。やっぱり律さんは勘が良いから、教え甲斐がありますね」

二人羽織さながらに、ほとんど聖吾が撞いたにも関わらず、大きな声で褒めそやす。

律は、くすりと微かに笑う。

教え上手の聖吾は、とびきりの褒め上手。

どんなに小さな進歩でも見逃さず、必ず褒めてくれるのだ。

聖吾が御側付《おそばづ》きだった頃は、テニスもスキーもこんな風に教わった。

郷愁が律の胸にせりあがる。思い起こせば、亡き父も兄も鷹揚に律に微笑みかけてくれていた。

東濃随一の名家と謳われ、何ひとつ欠けることなく幸せだった日々。

その中には他でもない聖吾がいた。

聖吾もこの上なく幸せそうに。

何もかも満ち足りているような顔をして。

「今、律さんがブレイクショットでゲームをスタートさせました。今度は私の番になります」

手球を前にフォームを完璧に決めて構えた聖吾は美しく艶やかだ。

まだ養育係だった頃は、十一歳の律にビリヤードを教える必要はなかったからだったのか。初めて教わるビリヤードは、正装の紳士のポージングや、的球がぶつかる時の小気味よい音。すべてがいかにも大人の男のたしなみといった色香がある。

テニスやスキーを教えてくれた聖吾とは違う、大人の男の色気と艶感だ。

「目標の的球とポケット、キューの先端を結んだ直線は、シュートラインと呼ばれます。シュートラインを見定めてキューで撞きましょう」

身構えた聖吾は説明を終えるや否やキューで撞き、的球をポケットに入れ込んだ。これが見本と言わんばかりのパフォーマンスだ。

「さあ、今度は律さんです。今夜は、ひと通りの型だけなぞるつもりで結構です」

聖吾の前だと、いつも良いところを見せたくて、つい身体に力が入ってしまう。

そんな悪癖も承知の上での声かけだ。

最初から完璧を目指す方が非現実的だと、気づかせてくれている。

肩を上下させつつ、首も回した律は、聖吾からキューを受け取った。

「ああ、律さん。それでは身体とテーブルとの距離が開きすぎです。軸足になる左の膝を曲げるなり、足の幅を広げるなどして、身体を低く保ちましょう。胸がテーブルに付くか付かないかの距離感です」

左の足の位置を変えてみたり、背中を手のひらで軽く押すなど、態勢を整えるために、聖吾は足首や腰の上縁にも触れてきた。

しっかり腰骨を両手で持たれて前傾させられ、腿や膝にも触られる。なんだか聖吾に向かって尻を突き出すかのようなポージングを披露するのは、恥ずかしい。

聖吾はその背中にのしかかるようにして、肘の角度や足の位置など調整するのだ。

こんなことは、ただの指導だ。それなのに。

「どうかなさいましたか?」

時折聞かれて、律は「いいえ!」と、直立する。身体が熱くなっているのを自覚して、挙動不審になっている。

「旦那様。少し暖房が効きすぎているかもしれません。上着は脱いでも構いませんか?」

聖吾はゲームを始める前に、ベスト姿になっている。シャツの袖もまくられて、気軽な身なりになっていた。

「ああ、そうでした。すみません。本来ならば上着も着たまま、帽子も被ったままで行うゲームです。ですから慣れて頂かなくてはと思ってましたが、今日は練習ですし。そこまで要求するのはやめましょう。上着は脱いでくださって結構です」

答えながら、背後に回った聖吾が脱ぎかけた上着を女中のように袖まで下して受け取った。

「旦那様！」

律は聖吾の冗談めかした女中の真似を一喝した。

「私はいつも申し上げているつもりです。旦那様がそのような真似をなさっては、旦那様の沽券《こけん》に関わる重大事です」

口から火を吐くようにして怒鳴ったが、もらい受けた上着を肘に掛けたまま、聖吾はやにさがって笑っている。

「律さんは、いつもそうやって少しも打ち解けてくださらないじゃないですか。上着を脱がして差し上げるぐらい、黙って見逃してもくださらない」

寂しげな顔で追及されると、律も言葉が出てこない。

「せめて二人きりでいる時は、私と遊んでも頂きたいのに、あなたは朝起きてから夜寝るまでの間中、私の書生のままなんて」

憂いを帯びた顔つきに、律は鼓動をはね上げた。けれども聖吾は律の顔を見ようともせず上着を凝視し、鼻に近づけ、犬のようにくんと一瞬匂いを嗅いだ。

匂いを嗅いだ？

律は驚愕と焦りと笑いと気色《けしき》の悪さがドカンと噴き出し、あっけにとられる。

しかも、まったく何事もなかったようにハンガーに上着を通すと、ハンガーラックに掛けたのだ。

これは聖吾が今言った『遊び』なのか『悪ふざけ』なのかが判別できずに固まった。

それなのに聖吾はといえば、律の上着を掛け終えて、オイルヒーターを弱にしている。

バーカウンターに用意されたクーラーで、冷やしたシャンパンの蓋《ふた》を開け、フルートグラスをふたつ棚に並べて置いた。

「旦那様！　私の分でしたら」

「ここは遊び場ですから無礼講でいきましょう。あなたも喉が渇いたでしょう？」

「喉は渇いておりますが、私は水を頂きます」

カウンター内に許しも請わずに入った律は蛇口からフルートグラスに水を入れ、立て続けに三、四杯は飲み干した。

「喉の渇きは収まりました。ですのでシャンパンはいりません」

肩で息をするようにして、聖吾を制した律の顔をまじまじ見ていた聖吾が小さく噴き出した。

「わかりました。私は乾杯すらもしてもらえずに一人で寂しく頂きます」

残ったグラスに黄金色のシャンパンを注ぎ、細い柄を持ち、口に寄せる。その一連の所作は映画俳優か何かのように耽美だった。

「あっ、申し訳ございません。旦那様に手酌をさせてしまいまして」

「では、律さんはフルートグラスに注ぐ方法をご存じですか？」

言われてみれば、人に酌などした経験は一度もなかった。もともと酒は飲まないうえに、もしも飲めたとしても自分は注がれる立場であったからだ。

「ワインやシャンパンも上手く注げば、西洋人から一目置かれます。彼らは女性に酒を注がせる日本の文化を程度が低いと、いつも馬鹿にしますから」

聖吾はグラスで一杯たしなんで、何事もなかったようにキューを持つ。

「今度は一対一でのプレイをしましょう。ですが、あくまでも練習ですので、勝ち負けにはこだわらず」

聖吾は相手が律でも初心者でも、手を抜くようなことはない。台すれすれに胸を近づけ、肘を引き、片目を細めて打つ聖吾。

そんな彼にときめく自分を隠しきれなくなっている。

「今日はこのぐらいにしておきましょうか」

聖吾には、時間を見つけて練習するように言い渡された。

けれども、ビリヤードは紳士のたしなみだからと告げられた言葉で、律は自分の中の違和感が増幅するのを感じていた。音大を卒業するからには、就職先は公の交響楽団を目指す事になるだろう。楽団の認知度が高ければ高いほど、紳士的な立ち居振る舞い、パーティや撞球場《どうきゅうじょう》などのスマートな身ごなしを求められるに違いない。学生ではなくなる近い未来に、決して恥をかかせないよう、心配りをしてくれる。

なんてありがたいんだと感謝する一方で、聖吾の厚意が日増しに背負いきれなくなっている。

聖吾が伊崎家に恩返ししたいというのなら、自分と母を引き取って、大学に通わせてくれているだけで、充分すぎるぐらいだろう。

そんな後ろめたさを少しでも軽くしたかった。

一体、いつになったら書生らしい書生として、主人や屋敷の雑務をこなし、勉学にも励むことができるよう、配慮してくれるのか。

この屋敷での書生の仕事とは何なのか。

将来に備えて何かをするより、今するべきことがしたいのに。

「旦那様。こういった遊戯も書生に関わりがあるのでしょうか？」

二人で小一時間ほど実践したり、指導をされたりしたあとで律が切り出す。撞球場《どうきゅうじょう》を出た時に、詰問口調になった律に、聖吾が驚いた顔をする。

「当然です」

「ですが、私は、まだどんな仕事をするのかさえも」

「それについてはおいおい話をすると申し上げたはずですよ」

聖吾はネクタイの結び目に指を入れ、首を振って緩めると、目も合わせずに豪語した。しかし、信じようにも信じきれない不安が増すだけだ。

「旦那様」

語気を一層強めたが、聖吾は先に石段を駆け下りた
「練習相手が必要ですから、何なりとお申しつけください。ご学友がいらっしゃるなら、屋敷に招いてたしなんでも結構です。飲み物や食べ物なども入用ですから、遠慮なく女中にお申しつけください」

などと、話の筋を変えて逃げかける。

「書生の分際で、お屋敷に友人を招き入れ、飲み食いしながらビリヤードを楽しめと、おっしゃるのですか？」

律の語気が荒くなる。

聖吾は肩越しに振り向いた。

「例えば、の話ですよ。基本的にお相手でしたら私がします。美しいポージングと打ち方をお教えしないといけませんので」

何の感情も読み取れないような顔つきで返事をした。

そして、そのまま庭に出て、明かりのついた母屋へ向かう。

律もまた、庭に出た。

前方の、日本庭園の灯籠に火が点《とも》された広大な庭の端を突っ切って、縁側から母屋に入るまで、聖吾の背中を見つめていた。

◆

「お帰りなさいませ、旦那様」

その日、とうとう痺《しび》れをきらした律は使用人に交じって車寄せに並び立ち、帰宅した聖吾を出迎えた。

左右に分かれて居並ぶ左の列の、後部座席にいちばん近い位置には執事が、右の列には女中頭の和佳がいる。

執事と和佳の二人は、いかにも迷惑顔で呆れたように互いに目配せしあっている。だが、場違いなのは承知の上だ。

撞球場《どうきゅうじょう》は庭の離れに設えられていて、練習に臨む時には聖吾と常に二人きり。

本来ならば数名で行う球技なのだが、律は自分の腕が足りてはおらず、一対一での練習がまだ必要なのだと感じていた。

だが、離れで二人きりだというシチュエーションは込み入った話をするのにうってつけなのだが鉄壁の防御を張られたように隙がない。彼はウイスキーをたしなみながら球技することも増えている。酔った様子の聖吾には切り出しにくくてためらわれた。

練習と称したゲームが終わると、自主練習を申しつけられ、聖吾だけがそそくさと撞球場《どうきゅうじょう》を出てしまう。聖吾もこちらの顔色を読むようになり、話し合いを迫ろうとすると避けるように書斎にこもってしまうのだ。

「コートをお預かり致します」

律は執事の傍らから進み出ると、聖吾の背後に回って告げた。

けれども、弾かれたように身を翻した聖吾に険のある目で睨《にら》まれて、律は伸ばした両手を思わず引っ込める。

「そんなことは自分で致します」

聖吾は渋面を浮かべ、脱いだコートを手近な女中に手渡した。そのまま律を真正面から見下ろすと、腰に手を当て、溜息を吐《つ》く。

「いいですか？　律さん。今後、出迎えなんて決してなさらないように願います。帰宅をしたら私がご挨拶に伺います。もし、何かありましたら、いつでも和佳か使用人にお申しつけください。私をお呼びでしたなら、私の方から律さんのお部屋に参ります」

用があれば申しつけろと言いながら、眼差しと声音で突き放す聖吾に当惑し、身体を石のように硬くした。

それでもこのまま、なし崩しにはできないと、怯《ひる》む自分を奮い立たせる。

「でしたら、これから少しで構いませんので、お時間を頂けませんでしょうか」

律は聖吾の後を追いかけた。すると、聖吾はおもむろに進行方向の左に寄り、自分の右を歩くように誘導した。突然の立ち位置の変更に違和感を覚えた律は足元に目をやった。

そして、その行為の意味を瞬時に悟って瞠目《どうもく》した。

母屋の廊下は左半分が畳敷きで、右半分は板張りになっている。

だから、この屋敷では使用人は板間を歩き、主人や客人には畳敷きを歩かせるのが常だった。

ということは、聖吾は自分よりも書生である律の方こそ主人であると、無言のうちに示しているのだ。

「旦那様」

仕事をさせると言いながらいつまでたっても主人扱いをやめない聖吾。

彼の真意がどこにあるのかまるで読めずに、律は語尾を消え入らせた。寄る辺ない目で縋《すが》るように仰ぎ見ると、聖吾が傷心とも落胆ともつかない顔で律を見た。

「……わかりました。やはり、私の考えを一度きちんとお話し致しましょう」

それから観念したように深く息を吐き出した。

「旦那様」

「立ち話で済ませるような話ではありませんから、私の部屋までいらして頂けますか？」

唇を戦慄《わなな》かせている律の背中に手を添えて、母屋の二階の最奥に位置する聖吾の書斎に招き入れる。

二十畳程の洋間には、向かって右手にガラス窓が設けられているようだが、今は雨戸と障子戸が閉じられている。庭が望めるはずのその窓辺に添うようにして大きな書卓が置かれている。

卓の上には電話機と万年筆。

椅子の背後には天井まで届く圧巻の書棚がある。背表紙を見ると、国内外の様々な背表紙の本が、隙間なく詰め込まれていた。

また、向かって奥の左手の壁にもドアがある。

きっとその奥の間が聖吾のバスルームや衣裳部屋や主寝室なのだろう。

床は板間だ。

家具らしい家具は、窓辺に置かれた応接セットぐらいなものだ。

応接セットの下にだけ絨毯《じゅうたん》が敷かれ、天井灯はスズランの花を模したアールデコ風の吊り下げランプ。部屋の隅の腰高テーブルには、生花が飾られているものの、自分に与えられた居室に比べて、かなり簡素な印象だ。

「どうぞ、こちらにお掛けになってください」

勧められた応接セットの上座を辞して、出入り口に近い方の下座の肘掛け椅子に腰掛ける。そんな律のささやかな自己主張でさえも、聖吾は愛でるように見つめるだけで何も言わない。指摘をしない。聖吾はもう一方の肘掛け椅子に腰を据えた。

椅子と椅子の間にある楕円のテーブルには何も置かれておらず、装飾らしい装飾も見当たらない。

これが聖吾の部屋なのだ。

「私も、ただ他人の世話になっているだけでは嫌だと焦る、律さんのお気持ちは理解しているつもりです。私の書生として働くことが、律さんがこの屋敷に入る条件だということも承知しています」

ここ数日間の攻防戦に近かった緊張感がいくらか和らぎ、着席した聖吾は膝の間で手を組み、前屈みになっている。

けれども神妙に聞き入る律と目が合うと、すぐに視線を逸らしてしまう。微かに睫毛《まつげ》が震えている。

「ですが。……私にはどうしても、律さんを私の下で働かせることに抵抗があるのです」

聖吾は負けを認めるかのごとく眉尻を下げていた。

「どうでしょう。律さんが大学で学んで立派な音楽家になることがここでのご自身の『仕事』であると、お考えになって頂く訳には参りませんか？　律さんのためにも私のためにも」

今度は聖吾の方から縋《すが》るような眼差しを向けられ、ぐっと喉を詰まらせた。

そんなの話が違うと叫びたくても、弱りきった聖吾を見ては声高に逆らうこともできなくなる。

律は怒りのやり場を失って、ズボンの両膝を握り締めた。

「……じゃあ、やっぱり最初から僕に仕事をさせる気なんてなかったんだな」

「正直に申し上げますと、仕事をさせないことでこんなに律さんをがっかりさせるとは想像していませんでした。奥方様と律さんを大切にお守りすることが私の使命だと、それればかり考えていたんです」

聖吾は膝の間で組んだ手の親指を所在なく繰りながら、彼自身も落胆を隠しきれないように顔色を曇らせた。

「聖吾には僕にも母にも良くしてもらって感謝している。本当に言葉にできないぐらいなんだよ」

ここまで手厚く遇されて何の文句があるのかと、本来ならば、罵《ののし》られるのは自分の方に違いない。

律は唇を引き結んだまま、床の一点だけを睨《にら》み続けた。

楽をさせてやると騙されて馬車馬のように働かされている訳ではなく、逆にこれ以上ないというほど大切にされているのだから。

そんな恩情を重荷に感じる方が、きっとおかしい。

母のためにもまだ手助けが必要なのだから、心からの感謝を告げて、謙虚に援助を受け取ればいい。そうすれば聖吾も喜んでくれるのだ。

半年前、職が見つからなかった当時なら、何の疑問も抱かないままそうしていたはずのことが、どうして今はできないのだろう。律は顔を両手で覆い隠した。

母子ともども餓死寸前だった半年前に帰りたい訳じゃない。

ただ、聖吾に何から何まで手厚くされればされるほど、なけなしのプライドまで削り取られていくようで。成長ではなく退化する一方のような気がして悶々としてしまう。

だが、聖吾がここまで言うからには、どんなにごねたところで聖吾の意思を覆せないこともわかっている。

律は底知れない失望を溜息とともに深く長く吐き出した。

「そんなにがっかりなさらないでください。あなたが元気に大学に通われて、音楽家の道を歩んでくださることが、何より私を安心させ、喜ばせてくれるのですよ？」

丸くなった律の背に聖吾が掌を添えて言う。聖吾はまるで想い人でも口説《くど》くように、どこまでも甘く声をかすれさせた。

「最初の約束を違えたことは申し訳なく思っています。ただ、私は決してあなたを侮《あなど》って何もさせないのではないんです。あなたが私に感謝してくださっているお気持ちは今でも充分伝わってきています。律さんがもし、心から私を喜ばせたいとお思いでしたら、どうか七年前と同じように私が誠心誠意お仕えした律さんのままでいてください。私はそれ以上のことは何も望んでおりません」

聖吾は顔を覆った律からその手を外させた。

そして自身の両手で律の両手を包み込む。手の甲に伝わる聖吾の掌の感触は、昔と違って驚くぐらいに武骨に硬化し、厚みもあった。

この屋敷に上がってから、風呂の後には和佳に必ずハンドクリームを塗り込まれ、絹の手袋をはめさせられて寝る自分のものとは対照的に、労働者の手だと思った。

貧苦の底からこの掌で這い上がってきた彼には今も自身を奮い立たせ、仰ぎ見ることができる何か、誰かの存在が必要なのかもしれないと、律は切なく胸を焼く。

手を握る聖吾を見つめると、耶蘇《やそ》教者が十字架の前で膝を折り、祈りを捧げる時のような、濁りのない目で見つめ返され、動揺した。

唐突に、聖吾がひどく飢えた子供のようにも感じられ責める言葉も出なくなる。

こんな目をする孤独な人に自分のような苦労知らずが逆らえるはずもないのだと、律は諦めの境地で目を閉じた。

「わかりました。旦那様がそうおっしゃるのなら、従うまでです」

目を開けた律は、決然として席を立つ。聖吾の理想の『坊っちゃん』でいる。

そうすることが聖吾にとって少しでも慰《なぐさ》めになるのであれば、それが自分に課せられた、ここでの務めなのだろう。

むしろ、大して役に立たない書生として無駄に奔走するより、彼を喜ばせることができるのかもしれないと。

律は自分に言い聞かせながらソファを離れる。

「律さん」

「ですが、私はもう、旦那様を旦那様としか思うことはできません。書生としてお屋敷に上がったからには私が遜《へりくだ》り、敬語を使うことだけは、お許しください」

「ですが、それは」

「失礼します」

聖吾は一瞬腰を浮かせたが、律は一礼をして書斎を出た。聖吾の書斎とは対極にある、二階の東南の角部屋に戻り、六畳の次の間を抜けて洋間に入る。

寄木細工の板間の床はスチームの床暖房で暖められ、白大理石の暖炉にも真新しい薪がくべてある。

寒さで指がかじかんでピアノのレッスンに差し障ってはいけないという聖吾の配慮なのだろう。

律はグランドピアノの蓋《ふた》を開け、皮張りの椅子に腰かけた。

この上もなく瀟洒な屋敷でお誂えの洋装を身にまとい、ピアノを弾く。

そんな姿を見ることが、聖吾の癒やしになるのなら、それも務めのうちだろう。

何かをするのではなく、何かになることが課せられた仕事なのだと思うしかない。

「……宿題やろう」

考えれば考えるほど無力感に苛《さいな》まれ、胸が苦しくなってくる。律はぐずぐず洟《はな》を鳴らして頭を起こした。今となっては、音大で優秀な成績を収めるぐらいしか、聖吾のためにできることが自分にはない。

それなら、為すべき課題を精一杯にやるまでだ。

律が譜面台に楽譜を立てて、課題曲を弾いていると、次の間の襖《ふすま》の向こうで声がした。

「律さん。お邪魔しても構いませんか？」

「えっ？」

律は咄嗟《とっさ》に柱時計に目をやった。練習を始めた時間が遅かったせいか、時計の針は、深夜零時を回っていた。

「はい。すぐに参ります」

慌てて次の間の襖《ふすま》を開くと、聖吾が綿ネルのシャツにウールのカーデガンを羽織り、立っている。

「申し訳ございません。遅い時間にピアノがお耳触りだったでしょうか」

「いいえ。この部屋は防音処置もしていますから、時間のことはお気になさらず、いつでも練習なさってください」

詫《わ》びる律に、薄い笑みで応えた聖吾が小声で続ける。

「良ければ今夜は久しぶりに律さんのピアノが聴きたくて」

くつろいだ部屋着のせいか、そう言って気恥ずかしげにはにかんだ顔が、少年のようにあどけない。

また、風呂を使った後なのだろう。いつもは軽く後ろに撫でつけている黒髪が、額を覆って目にかかり、濡れ髪の滴がシャツの襟を湿らせる。

「練習の邪魔になってしまいますか？」

「い、……いいえ。今日は急ぎの課題もありませんし。どうぞ、中へいらしてください」

律は慌てて退くと、聖吾を部屋へと招き入れた。いつになく幼気《いたいけ》な聖吾の様子に、胸の鼓動が激しく乱れ打っている。

　これまでダイニングや廊下や玄関先では話をしても、聖吾が部屋まで来たのは初めてだ。深夜の訪問に面食らい、浮かべた笑顔も引きつった。

　もちろん男同士だから、たとえ深夜だろうと、やましいことは何もない。

　何も問題ないことが、かえって侘《わび》しく、寂しくて、わかっているのに聖吾を直視できずにいた。

「どうぞ。ソファにお掛けになってください。何かお飲み物でもお持ちしましょうか？」

　暖炉の近くに肘掛椅子が二客用意されている。

　律が譜面台や床に散らばる楽譜をかき集めていると、聖吾は暖炉の縁に肘を預け、手にしたウイスキーのグラスを軽く掲げた。

「私は勝手にやらせて頂きますから。どうぞお気になさらず、練習を続けてください」

「でも……」

　せっかく来たなら、何か好きな曲でもと口ごもる律に、聖吾は儚《はかな》げに微笑んだ。

「さっき弾いていらしたのはリストのピアノ独奏曲でしたね。律さんは肘が弱いから、激しい曲調は苦手でしょう」

　持っていたグラスの洋酒を口に含む。

　氷がグラスに擦れる乾いた音が微かに響いた。

「え……っ？　はい。……すみません。リストです」

「謝ることはありませんよ。律さんはだからこそ練習しようとなさっていらしたではありませんか」

律は床に膝をついたまま、図星をさされて赤くなる。そういえば、聖吾が自分の下男だった頃も、家でリストの曲を弾いているとよく部屋に顔を出しにきたものだった。

まだ何の憂いもなく、美しいものだけに囲まれて生きていた頃。

当時を思い起こせば、必ずピアノと彼がそこにいた。

いつも満ち足りたような微笑みをたたえた彼がいた。

律はこみ上げる郷愁に胸を締めつけられながらピアノの前に着席し、鍵盤に指を滑らせた。

「律さん」

暖炉のマントルピースにもたれた聖吾が僅かに身動《みじろ》ぎ、瞠目《どうもく》した。

「そうです。リストの夜想曲のノクターン」

「私の好きな曲ですね」

「そう。聖吾が大好きな、リストのノクターン」

思わず敬語も忘れた律が聖吾に答えた。

練習していた独奏曲の壮大な旋律とは全く別の、繊細で抒情的な旋律だ。

グラスをマントルピースに置いた聖吾が、暖炉を離れて歩み寄る。

ピアノの側板にもたれかかり、より一層近くで聞き入るそぶりを彼は見せた。

聖吾の秀でた額から、鼻梁にかけての稜線が儚《はかな》げで、流行りの美人画のようだと思えてしまう。

今しがた、書生をさせるかさせないのかで言い争ったばかりなのだが、リストが怒気を和らげる。

少しだけ癖のある黒髪が、しどけなく目元にかかり、聴き惚れるように伏し目になった聖吾の頬に、長い睫毛《まつげ》が淡い影を落としていた。

酔って潤んだ艶かしい目で、時折熱く視線を投げられ、胸が苦しい。

思えば屋敷に上がってからというもの、主導権を奪い合うように互いに牽制し合ってきた。

こんな激動の時代にあって、再会できて、一緒の時間を過ごせるだけでも充分だったはずなのに。

つまらない意地を張っていた自分を猛省する。

そして今、あらためて聖吾の視線を感じるたびに、密かに逸《はや》る胸の鼓動。

緊張ではなく、聖吾本人に恋情を悟られまいとする指の震え。それを何とかしようと焦るほど、肩が強張り旋律が乱れる。

律は聖吾と目を合わせなくて済むように鍵盤に目を落とし、今まで以上に一心不乱に弾き続けた。

そんなぎこちなさを感じ取ったのか、聖吾はやがて身体を起こして一笑した。

「こうして私が側《そば》にいると、すぐに緊張してしまうのも、昔のままのようですね」

面映《おもは》ゆそうに目を細め、聖吾はグラスを取りに暖炉の方に戻って行く。痛い所を突かれた刹那、律が更に弾き損なうと、聖吾はグラスを持ったまま愛おしそうに微笑んだ。

「練習の邪魔になってしまいましたね。申し訳ございませんでした」

「そんなこと」

律は腰を浮かせたが、聖吾に目顔で制された。

「ありがとうございます。七年ぶりに律さんのノクターンが聴けて嬉しかった……」

「聖吾……」

とてもじゃないが音大生とは言えないような無様な演奏だっただろうに、聖吾は満ち足りたように語尾をかすれさせ口角を引き上げた。

「それでは、律さん。もう今日はそれぐらいにしてお休みなさい。あまり無理して身体に障ってもいけませんから」

「はい。お休みなさいませ……。旦那様」

律はすっかりしょげて小声で答えた。子供の頃も聖吾が来ると、いい所を見せたいと力が入り、弾き損じてばかりいた。

けれども無邪気に慕い、懐いていたあの頃と今とでは緊張の質も意味もまったく違う。

同性の、それも実の兄か父のような愛情を寄せてくれる人なのに邪《よこしま》な想いを抱く自分が後ろめたくて堪らなくなる。しょぼくれた律は肩を落とし、次の間まで聖吾を送り出す。

「今日はとても冷えていますから、後で行火《あんか》を持ってこさせましょう。暖かくして、お風邪など召されませんように」

「はい。……お気遣い頂き、ありがとうございます」

庭に面した廊下に出ると、真冬の夜気が足元から這い上がる。行火《あんか》など必要ないほど豪奢な羽布団を与えてもらっているのにと、律は思わず苦笑した。

これほどまでに愛されすぎると、いっそ哀しくなってくる。

惜しみなく愛されるほどに、すれ違い、聖吾が遠くなっていく。律は切なくなって顔を歪め、遠のく聖吾を見つめることしかできずにいた。

するると、長廊下を歩き始めた聖吾が突然歩みを止めて振り返り、急ぎ足で戻ってくる。唇を固く引き結び、気の立った目つきであっという間に律との距離を縮めてきた。

「旦那様？」

何か忘れ物でもしたのかと、律は部屋の中を見回した。だが、次の瞬間、聖吾に無言で腕を掴まれ、気づいた時にはその胸の中にいた。

「なっ！　……えっ？　えっ……？」

咄嗟《とっさ》に肘を振りかざし、身体をよじって抵抗した。だが、それを許すまいとするように、聖吾の抱き締める腕に力が込められ、背がしなる。

「お願いですから昔のように、もっと私に命じてください。七年前のあの頃のように」

「聖吾」

「今なら何でも、どんなことでも私は叶えて差し上げられる。どんな我儘も聞いて差し上げることができるのに。ですから、もっと」

聖吾は律の耳元で懇願した。

「もっと甘えて欲しいのに……」

律は頭だけかろうじて動かして、長身の聖吾を仰ぎ見た。

身体が芯から震えるような思いの丈の吐露だった。

冷えた髪にかかる吐息も、身体に巻きつく聖吾の腕も、燃えるように熱かった。

思いがけなく厚みのある硬い胸板と、逞しい肩。そして力強さに一気に鼓動が跳ね上がる。

「……聖吾」

律は布越しに伝わる身体の熱にのぼせたように弛緩して、聖吾の胸に顔を埋める。その胸の中で震える息を細く吐き出し、目を閉じる。見た目を裏切る荒々しい野性味で、ぞわりと肌が粟立つ。

聖吾の熱気で身体の奥に火が点り、芯から熱くなる。この広い背中に腕を回してしまいたい。

そんな躊躇《ちゅうちょ》を気配で感じ取ったのか、聖吾がはっとしたように肩を揺らし、胸から律を引き剥がした。

「申し訳ございません。失礼しました」

手で口を覆い隠し、謝罪の言葉を口にする。薄明かりのもと、追い縋《すが》るように前に出ると聖吾はビクリと退いた。

「聖吾」

「いえ本当に、もう私はこれで失礼させて頂きます。ですから、どうぞ。お気になさらず」

聖吾にしては珍しく、しどろもどろの言動だ。

律に背を向け、自分の行為を恥じ入るように足早に遠のく聖吾を見送り、頬が熱くなってくる。

まるで突風のように一瞬で去った抱擁だ。

その腕の逞しさ。厚い胸の弾力と、熱をはらんだ艶冶《えんや》な吐息。鮮烈な記憶が次々脳裏を横切るたびに、指の先まで甘美な震えが駆け巡る。どんどん鼓動が速くなる。律は聖吾の力をいちばん感じた二の腕を上下に擦ると、やがて恍惚として目を閉じた。

◆

楽曲の理論の授業を終えて、律が机の脇のフックから外した鞄に教科書や筆記具を詰め込み、帰り支度をしていると丹下が教室に顔を出す。

「伊崎！　頼むから今日は一緒にカフェーに行ってくれ」

律の机の前まで来て、パンと両手を顔の前で合わせると拝むようにして言う。

「何だよ。急に。だから僕は行かないって言っただろ」

面食らいながらも半笑いで答える。気まぐれでやや強引なところもある彼の我儘が始まった。その程度に受け止めた。

「この前言った例のカフェーの美人女給。俺の友達に水嶋財閥のご当主様に引き取られて一緒に住んでるやつがいるって話したら、会ってみたいって言い出したんだよ」

「何それ。そんな勝手なこと……！」

突発的にカッと頭に血が上る。

「隠すつもりはないけれど、言いふらされたら困るだろ？　僕は子供の頃に金目的で誘拐されたことがあるんだぞ？　また同じような事があって、聖……、水嶋様に身代金を払えなんてことがないように、わざわざ車で通わせてもらっているのに」

「わかってる。わかってるって。だからこうして頼んでるんだよ」

血相を変えた律を宥《なだ》めるように、丹下は胸の前で開いた両手を軽く振りつつうそぶいた。

「だって評判の美人だって言っただろう？　気も強いしプライドも高いときたら、なかなかこっちの話に乗ってくれなくて」

「だからって、僕を餌にするなんて」

「大体、お前。せっかく復学したのに付き合い悪くなりすぎだろ。水嶋財閥のご当主様の秘蔵っ子は、俺みたいな庶民なんかとはもう格が違うって言うのかよ」

「僕は、そんなつもりじゃ……」

先ほどまで冗談めかした口調だった丹下は、律の座る椅子の背もたれに手をかけると、斜め後ろから凄むように覗き込んできた。怯《ひる》んだ律の机に出されたままの文具を見て取った丹下はそれを律の鞄に突っ込むと、奪った鞄を持ったまま教室を出ようとする。

「おい！　丹下！」

「唯《ゆい》さんには今日こそ連れていくって言ったんだ。とりあえず顔だけ出してくれよ」

「だから待てって。まさか酒も出すような、いかがわしいカフェーじゃないだろうな」

「大丈夫、大丈夫。水嶋財閥の御身内を、そんな場所に連れていく訳ないだろう」

律の鞄を釣り餌にして、丹下は玄関エントランスに続く大階段を駆け下りる。

聖吾は財閥のご当主で、いつのまにか自分は書生から縁戚者になり、今では水嶋財閥当主の『身内』だ。

丹下の言葉が魚の小骨のように喉に突き刺さり、ぐっと奥歯を食いしばる。引き取られてから時間がたつにつれ、律への対応も周知の事実になっている。丹下も律を書生などとは腹の底では思っていない。

そうでもなければ、カフェーの美人女給が会いたいなんて言い出すはずがないのだ。彼女の目当ては自分ではなく、聖吾自身なのだろう。律は丹下に追いついた。

「わかったよ。だけど本当に、顔だけ出したら僕は帰る」

憤然として自分の鞄を取り戻し、肩に斜め掛けをする。長身の丹下はといえば、律を下に見ながら、「そうこなくっちゃ」と調子に乗った口ぶりだ。

律は丹下に肩を抱かれながら、ホールを抜けて庭に続く階段を下り、正門まで一直線に続くアプローチを渋々歩いた。

西洋風に造られた広大な庭には、水しぶきを跳ね上げる噴水を中心にして、芝生と剪定された常緑樹、木陰には白いベンチとテーブル、ランプを吊った金箔貼りの真鍮《しんちゅう》の輝きが豪華な外灯。天使や女神の彫像や、色とりどりの花を咲かせる花壇も所々に設えられ、庭は学生達の憩いの場にもなっている。

学生服の彼等は何の違和感もなく、風景の一部になっている。

それなら今の自分はどうなのか。

「伊崎は車で通学なんだろ？　カフェーまで乗せていってくれるのか？」

「まさか。僕の乗用車でもあるまいし」

「そうじゃないのか？」

「当たり前だよ」

律は丹下より少し速足になる。

青銅製の門を出て、フェンスに沿って駐車されている黒塗りの車の運転席に近づいた。運転席のガラス窓を叩くと、まだゆったりと腰かけていた運転手が、ぎょっとしたようにドアを開け、自分の失態を恥じ入るように顔をしかめた。

「お帰りなさいませ」

「今日はこのあと友人と出掛けます。門限の八時までには戻りますからと、旦那様にお伝え頂けませんでしょうか?」

「はい。畏《かしこ》まりました」

運転手は平素と変わりなく頷《うなず》いた。運転席に座り直すとドアを閉め、走り去る。

「いつ見ても、すごい車だな。運転手は黒の三つ揃えのスーツに蝶ネクタイ。白手袋ときたもんだ」

丹下は感嘆というより嫌味に近いニュアンスで呟いた。

「だから僕の専用車じゃないって言っただろう。あれは旦那様の社用車なんだから」

少し走ったせいでずれてしまった肩掛け鞄の紐を直しつつ、反論した。丹下はそれ以上絡んでこようとしなかった。ただ、不敵な笑みが唇の端に刻まれたままだった。

「じゃあ、行くとするか。場所は新橋《しんばし》駅の近くなんだ」

市電の駅に向かい出す。律も黙って彼を追う。

昨夜、聖吾に抱き締められた余韻も去らないうちに、どんな顔で彼に会えばいいのかがわからない。

気持ちの整理をつけるために、一度くらいは寄り道するのもいいかもしれない。水嶋財閥のご当主様に引き取られ、お高くとまっているなどと思われるのも心外だった。

けれどすぐに売り言葉に買い言葉で承諾したことを、律は後悔し始めた。丹下は腹に何を抱えているのかが掴めない。どうせ行くのなら長沼も誘えば良かったはずなのに、丹下は自分にだけ声をかけてきた。

市電に揺られ、新橋駅で下車して、丹下に道案内されるまま裏路地に入り込む。

まだ日暮れ時ともあって、舗装もされていない路地の左右に居並ぶ店は開店準備を進めている。

白熱灯の電球が囲む箱看板を出した女給は、着物の上にエプロンといった風貌ではなく、洋装だ。尻の形がはっきりわかるタイトなスカートで、丈も短い。膝頭が見えてしまうぐらいだ。

客引きの男達は雑談しながら店の前にいるものの、通りがかりの学生を、客として引けるかどうかを瞬時に判断している目つきだ。

「ここだよ。周りの店は小汚いけどここは洗練されているだろう？　美人ばかりの女給がサービスしてくれるのに、学生の俺でも通える穴場なんだ」

丹下は自慢げに言いながら、扉を引き開ける。

カウベルが鳴り、女給とボーイが「いらっしゃいませ」と合唱した。丹下はいかにも通い慣れた風情を醸し、着物に白いエプロン姿の女給に告げた。

「唯さんに伝えてくれる？　例の友達、連れてきたって」

店内は思いのほか広かった。

仕切りの煉瓦壁がいくつかあって、レーン席になっている。

テーブルを挟んだソファの背もたれがやけに高い。

壁と高い背もたれで仕切られた薄暗い空間。隣席とは隔離された印象だ。

天井灯も間接照明も薄暗く、店内に流れる音楽も流行歌。

窓がないせいか、酒と煙草と香水の匂いが充満していた。とてもじゃないが健全なカフェーとは言い難い。

ボックス席では男の客が奥に座り、女給が隣にぴったり寄り添い、顔を近づけ合っている。そのうち男の右手は女給の腿に乗せられた。

「丹下」

律は裏切られたと、いきりたつ。席には入らず、回れ右で帰ろうとしたその時だ。

「今晩は。今日こそハッタリじゃないでしょうね」

「だから、ちゃんとこうして連れてきたじゃないか」

色とりどりの鮮やかな洋花を描いた銘仙《めいせん》に、白いフリルのエプロンをした小粋な女給が気怠そうに歩いてくる。

そして通路の半ばで足を止め、丹下と連れ立った律を見た。

「……例の書生さんって、そちらの方？」

「ああ、そうさ」

「ああ、そう。そうなの。……なるほどね」

唯という女給は上から下まで視線でなぞると、意味深な目をして呟いた。

値踏みをされた律本人は、何が「なるほど」なのかを問い質《ただ》したい衝動にかられたが、その隙をついて丹下にボックス席の片側奥へと押し込まれ、隣に唯が腰かけてしまった。テーブルを挟んで律の前には丹下が座り、あっという間に閉じ込められた。

「ご注文は何になさいます？」

丹下の隣の少女が革張りのメニュー表を開いて聞いた。

「結構です。僕はこのまま帰ります」

肩掛け鞄も外さずに、立ち上がりかけた律の腕を唯が引く。

「お酒がダメなら、珈琲だけでもいいじゃない」

「お前のそういう堅物なところを正してやろうって言ってんだ。カフェーがダメなら映画もダメで、観劇もダメ。理由は門限が八時だからだって言うんだ、こいつ。俺からしてみれば、何が楽しくて生きているのかさっぱりわからない」

「遊びに行きたかったら行けばいいって言われているさ。用事も何もないのなら、フラフラしないで帰ってくるよう言われてるだけで」

「そうおっしゃるのは、あなたのご主人の水嶋様なの？」

律の腕から手を離し、テーブルに頬杖ついた唯が嘲笑している。

小顔で目が素晴らしく大きく、鼻筋もすっきり通った小悪魔的な美人だが、少しも心が動かない。

「きっとあなたが見るからに頼りないから。ご当主様もご心配でいらっしゃるのよ」

「何を根拠に、あなたにそんなこと言われないといけないんですか?」

知ったような口をきかれた律は憤然として横目で睨《にら》む。

しかし唯は注文を取りに来た黒服のボーイにブランデーのロックをひとつ、珈琲をひとつ、勝手に注文してしまう。彼女達の前には水の入ったグラスだけ。長い爪に真っ赤なマニキュアをした唯がグラスの水で喉を潤す。

頼りないからと、初対面で図星をさされた律は口を噤《つぐ》み、座っているしか他にない。言い返せない自分がひたすら不甲斐ない。まるで唯の尖った爪で心臓を引っ掛かれたかのようだった。

「私、まどろっこしいことは嫌いなの。だから、最初にはっきり言わせて頂くわ」

唯は煙草に火をつけた。

「あなたが私を水嶋のご主人様に紹介してくれたなら、それなりの御礼、するつもりなの」

深呼吸でもするように煙草を吸い、細く長く吹き出した。話の筋がみえない律は真横の唯に顔を向け、可憐と言ってもいいような稜線の横顔を凝視する。

「お待たせ致しました」

ボーイがアルミのトレイから、琥珀色のロックグラスと白い磁器のカップを配膳して立ち去った。唯はグラスを丹下の手元に持っていき、カップとソーサーは律の右の手元に置く。

「奥様になりたいなんて、こう見えてそこまで欲張りじゃないのよ、私。妾奉公で充分よ。水嶋財閥のご当主様なら、それなりのお手当、くださるでしょうしね」

アルミの灰皿に煙草の灰を落とした唯が忍び笑う。律は顔の前まで流れてきた唯の紫煙を当てこするように手のひらで振り払う。

「私、あなたを見た時、思ったの。水嶋様は、ほっそりしていて童顔がお好みだってこと。私、そこそこイケるんじゃないかって」

「つまり、友達とかいった名目でさりげなく唯さんを紹介してくれさえすればいいんだよ。あとは唯さんがそっちの方に持っていくから」

丹下はグラスを傾けた。二人で交互に畳みかけられ、律はますます混乱した。あまりに息が合っている。

聖吾に、この見ず知らずの女を『友人』として紹介する？

それだけでいいから、礼をする？

後は唯という、この厚かましい女《ひと》が何とかする？

「水嶋様は身持ちが堅いって評判だけど、一人や二人、隠し持ってるんじゃない？　隠し方が巧妙なだけだと思うの。あなたならきっと、ご存じよね？」

「僕は何も知りません」

「それじゃあ、あなたにも隠していらっしゃるんだわ。だって、例えば相手がどこぞの人妻だったりしてご覧なさいな。新進気鋭の青年実業家の看板に、俗っぽい泥を塗りたくるようなものだもの」

「話というのは、それだけですか？」

万が一のことを考えて、出された珈琲には口をつけずにいた。信用ならない場所で出されたものは放置する。瑛子のもとで働いて得た知恵のひとつでもあり、そこまで見縊《みくび》られては困ると腹の中で毒づいた。

「ほんとに無碍《むげ》にできるのか？　この唯さんが、それなりに礼をするって言ってるんだぞ？」

丹下はやにさがった表情で、唯と目と目を交わし合う。そのまま唯の手が伸びてきて、テーブルに置いた律の手の甲に人差し指ですっと線を描いた。上目遣いに微笑んで。

反射的に手を引いた律の身体がテーブルに当たり、揺れたカップから漆黒の珈琲がソーサーに溢れ出た。全身に、ぞわりと鳥肌が立っていた。それなりの礼の意味を悟った律は、おそらく丹下もその礼に与るのだろうと推測した。

「僕はこれで本当に失礼させて頂きます」

鞄の中から財布を取り出し、メニュー表に書かれた金額よりもずっと多くの紙幣をテーブルに叩きつけ、立ち上がる。あっけにとられた顔の唯に厳しい眼差しを向けたあと、席を出た。

聖吾が人妻と？

怪しげな女を何人も囲っている？

例え話だとしても、聖吾がそんなふしだらな訳がない。憤る律を唯は頬杖ついたまま、冷笑した。

「さすがは水嶋財閥自慢の書生さんでいらっしゃること」

唯の嘲笑交じりの捨て台詞《ぜりふ》が、ナイフのように背中に鋭く突き刺さる。

「内部事情は決して漏らさないってことなのね。さすがに優秀でいらっしゃるわ。残念だけど、私は水嶋様の妾奉公に上がるには、あなたの御めがねに適わなかったってことなのかしら。それとも私がご奉公に上がったら、あなたの立場が危うくなるからなのかしら」

からかう唯の言葉には、丹下の笑い声まで混ざっていた。

◆

妾奉公。

いつの時代も、口減らしに奉公に出される少女達の中には、主人の閨の相手を務めることまで仕事にしなくてはならないものがいるという陰惨な現実がある。

新橋のカフェーを飛び出した律は、一刻も早くこのを去りたい一心で、市電の駅に向かっていた。

ちょうど会社員や学生達の帰宅時間に重なって、冬だというのに車内は蒸すように暑かった。

吊り革を握り締め、車両の揺れに揺られつつ、日も暮れて暗くなった電車の窓に鏡のように映る自分を見つめていた。

唯のように、聖吾の妾になりたいなどという女は山ほどいる。だとしたら、正妻になりたいと請い願う女はもっとたくさんいるはずだ。

まだ少年の域を出ていない、むしろ少女めいた小さな顔に、奥二重の黒目がちな双眸《そうぼう》と薄い唇。

小柄で華奢な自分の姿が電車の窓に映し出される。

聖吾はもう二十九歳だ。今すぐ正妻を迎え入れても遅すぎるぐらいだろう。

聖吾がいつか妻を娶《めと》る。それだけでなく、成功した男のひとつのたしなみとして若い妾までできたなら。

考えるだけで胸が苦しい。聖吾が自分へ向ける以上の熱量で慈しむ者の存在なんて少しも頭になかった。思い上がりも甚だしかった。

唯が放った『自分の立場』の危うさが、突然身に染みるようだった。

聖吾の孤独を癒やす存在が現れて、聖吾にとって今ようなかりそめの主人という存在が不要になれば、自分など屋敷にひしめくその他大勢の使用人の一人になってしまうだろう。

屋敷の最寄り駅で下車した律は、しょぼくれたまま、改札口を通り抜け、表通りから奥に入った坂道を歩き出す。小高い山をらせん状に登っていく。山の中腹から山頂にかけては、すべて聖吾が所有している私有地だ。そのため外灯も少なく、人通りなど全くない。

鉛のように重い足を引きずるように一歩一歩、ただ登る。

ひどく頭が混乱していた。

何から手をつけたらいいのかが、すっかりわからなくなっている。

外灯の下で上着の内ポケットから腕時計を取り出して見る。普段から手首につけずにポケットに忍ばせている腕時計。スイス製の精巧な造りの腕時計を見せびらかしているようで、とてもじゃないが校舎内ではつけられない。

「もう九時か」

思いのほか、唯や丹下とのやりとりが長引いた。門限はとうに破ってしまったが、もっと遅いと思っていた。それほど身体も心も疲弊した。時計をポケットに戻した律は、肩紐を揺さぶり、ずり上げた。

聖吾の帰宅時間は毎日違う。今夜は戻ってきているだろうか。

それとも、とぼんやり思い描きつつ、扉が開かれたままの青銅製の正門をくぐり、石畳の長い長いアプローチを抜け、数奇屋造りの母屋の引き戸を静かに開けた。

正門にはまだ錠がかけられていなかった。ということは、聖吾の帰宅はまだなのだろう。律だけならば、使用人が用いる裏門からでも入れるからだ。

「ただいま戻りました」

「律さん」

律は玄関ドアを開けて挨拶した。すると、玄関脇の待合部屋から聖吾がすぐに姿を見せた。

「旦那様?」

紺のピンストライプの三つ揃えのスーツのまま、出迎えられて驚いた。

「遅くなりまして、すみません」

主人より遅く帰宅した後ろめたさから、謝罪の言葉を口にした。

「いいえ、それは構いません。あと一時間遅ければ、さすがに注意致します」

だったら、どうして怒っているのか、首をひねる律に聖吾が眉を吊り上げた。

「日が暮れたら、タクシーで移動なさいと常々申し上げているはずですよ? 昼間でも屋敷の前の

のか。

坂道は人気がないというのに、危険です」

幼子を叱るように語気を強めた聖吾に律は首を傾げる。なぜ、タクシーを使わなかったと知れたのか。

「正門の門番が歩いて戻ってきたことを、私に伝えに来たんです」

「正門だけなら、旦那様がお帰りになられた時点で施錠して頂ければ、私は裏門から入ります」

使用人の出入り口の裏門は、通いの女中や下男が全員帰宅した後、和佳が施錠する門だ。働く者の数が多いと様々な時間帯で様々な使用人が出入りするからだ。

「私があなたを裏門から家にあげたことがありますか？」

ますます聖吾がイラついた。

「正門の門番は私と律さんの帰りを待つのが仕事です。深夜だろうと早朝だろうと、彼等は交替で門の施錠を解くため、雇われた使用人です。ですので、門番を待たせたうんぬんの話ではありません。以前申し上げたように、私が後見人いうことであなたは誘拐される危険に常に晒《さら》されているのです。ご自身の移動手段は基本的には車かタクシーとお考えくださらないと」

聖吾は珍しく腕組みまでして言い含める。

「申し訳ございません。……自覚が足りませんでした」

聖吾が後見人になっているうえ、身内のように遇される。

「身代金ならいくらでも払います。ですが、あなたの身の安全を金で買うことはできません」

「……はい」

律は口答えしなかった。それより自分はいつから聖吾の身内も同然になったのか。そちらの方こそ問い質《ただ》したい衝動にかられていた。

聖吾にとって、自分とは一体何者なのだろう。

初めは主家筋の元主人。次に形ばかりの書生となり、今では一滴の血の繋がりもないのに身内にされてしまっている。

だとしたら、先日の熱い抱擁は。

もっと甘えて欲しいと切望された熱い声は。

何度も念押しされるように、かつての主人に対する恩義なのか。生活を共にする家族の一員だという家族愛からだったのか。

聖吾の態度は、その場その場でめまぐるしく変化し、理解がまったく追いつかない。

「そんな冷たい三和土《たたき》にいつまでも立ちっぱなしにしてしまい、申し訳ございません」

さあ、早く上がれと言わんばかりに、聖吾が退く。

言うだけ言えば気が済むところが、聖吾の長所だ。たとえこちらが納得しなくても、従順にさえしていれば波風は立たないし、その場を穏便に済ませることもできてしまう。

「……律さん。ちょっと」

聖吾の前を行き過ぎようとした刹那、呼び止められて振り向いた。すると、手を肩に置かれ、聖吾が顔を近づける。ぎょっとしてのけ反った律の髪の匂いを嗅ぐと、聖吾の顔がみるみる曇る。

「安物の香水と、煙草の匂いがしますね」

と、肩に置いた手を離し、眉間に皺を刻み込む。

「あの……、今日は……」

「ご友人と出掛けられるのは構いません。むしろ、もっとオペラでも演奏会でも行かれたらどうかと思っています。ですが、こんな下賤な匂いが髪や服にもつくような、そういった場所への出入りは感心しません」

「はい……。申し訳ございませんでした。一緒に行きたいカフェーがあるからと、大学の友人に頼み込まれて……。それで、今日は……」

「律さんが好きで付き合っていらっしゃる友人関係にまで、しゃしゃり出たくはありませんが。こういった場末のカフェーに誘うようなご学友は、いかがなものかと思いますが」

「はい。実は行ってみて初めて、そういった店だとわかって、それで」

「律さんは、もう少しご自分のお立場をお考えになられた方が良いのではと、言わざるを得ませんね。相手の人間性は、交流を持つ前に見極めるようになさらなければ」

「はい」

「相手に強く出られると、断れないのが悪い癖です。くれぐれも、ご自分の欠点に打ち勝つように、努力なさって頂くように」

「はい……」

小言を言われている間、あなたが頼りないからと指摘した、唯の言葉を何度も思い返していた。

今回は、まさしく周囲に同調しやすく、流されやすい欠点が招いた惨事だ。聖吾が少しも安心できずに干渉するのも無理はない。

「それで、お食事は済まされましたか？」

「いえ、まだ」

「でしたら軽食を用意させます。制服を着替えられたらダイニングにお越しください。私も着替えて参ります」

「旦那様は、お食事は？」

「まだ頂いておりません。真面目なあなたが行く先も告げずに車を返したと聞き及びましたので、なんだか妙に気がかりで」

聖吾はやれやれといった顔つきで、自身のネクタイのノットに指を入れ、頭を振って結び目を緩めている。

何かあったらすぐにでも駆けつけることができるよう、私服に着替えもしなかったのだ。

板間と畳に分かれた廊下の先を行く聖吾は、畳敷きの方を歩いている。至らない身内の世話を焼く当主の背中が遠のいた。

そこまで心配するなんて。

そこまで信頼されていないなんて、身勝手なのだが、腹が立つ。

聖吾にそこまでさせるのは、自分が望んでいるような動機なんかじゃないからだ。

第六章　裏の顔

「今夜は事情があって、関東軍の軍人を招いての慰問の会を催します。西棟のサロンで騒がしくするとは思いますが、律さんは決してお部屋を出ませんように」

律が門限を破った日の翌週。聖吾はダイニングで朝食をともにしながら律に指示した。

満州国を統治する関東軍は、陸軍省でも日増しに存在感を増す一方で、傍若無人なふるまいが問題にもなっている。

「……承知しました」

洋食好きの聖吾に合わせて、トーストと卵料理を食べていた律は、フォークを置いて頷《うなず》いた。

西棟は、母屋に増築された洋館だ。

各棟で玄関は別々にあるが、一階は西棟も東棟も回廊で母屋に繋がる造りになっている。

とはいえ、いくら関東軍の軍人でも今や水嶋財閥とも称される水嶋聖吾の邸宅を、勝手に歩き回ることはまではしないだろう。

そう思いつつも、律の胸中に一抹の不安が湧き出した。

まだカフェーのピアノ弾きだった時の事。

ひと月前、男色の銀行員に執拗に迫られて、連れ去られかけた記憶が怖気《おぞけ》とともにまざまざと蘇る。顔色を曇らせた律に対して、決然とした口調で聖吾が続ける。

「大丈夫です。家の者には決して手出しをさせません。ただ、念のために、お部屋にいらしてください。というだけですから、そんなにご心配なさらずに」

テーブルに置いた律の手に手を重ねると、真摯《しんし》な眼差しで律を射抜いた。

途端に身体が強張った。鼓動が大きく跳ね上がる。

律は何の返事もしないまま、聖吾がダイニングを颯爽と去った後も瞳を激しく揺らしつつ、早鐘のような胸の拍動が鎮まるのを待っていた。

朝の小鳥のさえずりが、かしましい。

律は両手で顔を上下に拭ったあと、熱い息を吐き出した。

横浜で生まれ育った聖吾がこんな風に手を握り、肩を抱いたりすることは、ただの欧米風の慣習だ。深い意味などあるはずもない。

それは子供の頃からそうして聖吾に育ててもらった自分がいちばんよくわかっている。少なくとも、あの抱擁の夜以降も、聖吾の態度に何ら変化は見られない。

けれど、一人きりになった律は無意識のうちに眉間を曇らせ、不満を顔に出していた。

あの抱擁の最中、聖吾の声に切実な熱さと質量を感じたのは、きっと、そう思いたい自分がいるからだ。

聖吾の方は実の兄か父のように抱擁し、庇護してくれているというのに、こんな目で見られていると知られたら距離を置かれてしまうはず。

だからこそ、決して聖吾に知られたくない。

こんな風に触れられるたび、いちいち我を失うようでは、一緒になんて暮らせない。律は火照《ほて》った頬をぴしゃりと叩き、邪《よこしま》な自分を一喝した。そして、同時に、「いけない。遅れる」と席を立ち、大学へ登校するため、ダイニングを後にした。

◆

その日の夜更け。

夕食を終えた律は自室に戻る途中、二階の窓から庭を挟んだ、向かいの棟に目をやった。

一階のサロンは、庭に面したバルコニーにまで軍服を着た男達が溢れている。硝子戸がはめ込まれたこの長廊下の内側にも、彼らの高笑いや芸者の奏でる三味線が聞こえてくる。

「……聖吾も大変だな」

二十九歳の若さで、海千山千の軍人達と渡り合うのは並大抵の苦労ではないはずだ。聖吾の責務の重さを思い、窓辺に顔を寄せていると、背後から突然声をかけられた。

「水嶋の書生というのは貴様のことか？」

「……えっ？」

反射的に振り向いた律は円らな双眸《そうぼう》を更に見開き、瞬かせた。

黄土色の軍服に身を包み、腰にピストルと軍刀を下げた将校が廊下の真ん中で仁王立ちして不遜に胸を張っている。律は思わず左右を見回した。将校が声をかけたのは、別の誰かと思ったからだ。

けれども男は、たじろぐ律を凝視して、苛立ちも顕わに眉間の皺を深くする。

「え、じゃないだろう。聞いているんだ。早く答えろ」

「あ……、はい。そうです。書生です」

「なんだ、その気の抜けた返事は。水嶋は、どういう教育をしているんだ」

まだ若いのに鼻の下に口髭を生やした将校が、上から下まで視線を這わせる。律は窓枠に預けた身体を慌てて剥がして直立した。

ウールのズボンに綿のシャツ、紺のセーターという普段着が来客の不興をかっていないか不安に思い、裾や袖を整えた。聖吾の言いつけ通りにそろそろ自室に戻ろうとしたのに、折悪く呼び止められた。

別棟のサロンにいるはずの客が、どうして母屋の二階にいるのか定かではなかったが、自分の失態は聖吾の落ち度だ。律が直立不動で身構えると、将校は剣呑な表情を僅かに緩めた。

「まあ、いい。そんなに硬くなるな」

「……はい」

「貴様は書生の分際で、大学は音楽大学だそうじゃないか」

「はい」

なぜそんなに詳しいのかと、律は上目遣いに窺い見た。男はそんな律の戸惑いを楽しむように、唇の端を下品に引き上げ、値踏みするかのように頷《うなず》いた。

「水嶋の所にいる書生は男芸者だと聞いていたが、あながちデマでもなさそうだな」

「……えっ？」

「ちょうど良かった。お前の部屋に案内しろ。水嶋のような若造なんぞ、相手にしてもつまらんだろう。俺がもっと仕込んでやる」

将校はだらしなく目尻を緩め、律の手首を鷲掴みにする。

「えっ？　あ、あの……、ですが」

「水嶋のことは気にするな。たかが相場師ごときが関東軍に何ができる」

咄嗟《とっさ》に退き、抵抗する律に痺《しび》れを切らしたのだろうか。将校は半ば引きずるように長い廊下を歩き始めた。

「やめてください！　僕はそんな」

「ぐずぐずするな。男芸者なら客をもてなせ」

たたらを踏んでよろめきながら懇願しても、肩越しに傲然《ごうぜん》と言い放たれる。男は『男芸者』を連れたまま、自分がこの屋敷の主のように闊歩した。そのうえ廊下に面して連なる和室の障子を次々開き、連れ込む座敷を勝手に物色し始める。

「離してください！　本当に人を呼びますよ！」

律は柱に手をかけ留まった。

男芸者と連呼され、犬か何かのように引っ張り回され、屈辱に涙を浮かべていると、一階から階段を駆け上がる靴音が廊下に轟《とどろ》き、律の鼓膜を震わせた。

「律さんっ！」

階段を上がりきった聖吾が廊下に怒声を響かせる。律は縋《すが》るように顔を振り向け、悲鳴を上げた。

「聖吾……っ！」

「……私の主人に何をする」

聖吾は切れ長の双眸《そうぼう》に殺気を滾《たぎ》らせ、全身から憤怒の炎を発していた。

黒の上着の胸ポケットに純白のチーフをさした準礼装だからこそ、いきり立つ姿に神々しい気迫が満ち溢れている。気圧《けお》された将校はよろめきながら後退さり、瀕死の鯉か何かのように唇だけを喘がせた。

「な、……なんだ。貴様。商人ふぜいが関東軍に楯突く気か」

「何をする気だと聞いている」

聖吾は男を上目に見据えたまま、抑揚のない声でくり返した。

だが、怯《ひる》んだ将校が律を放し、無意識のように腰のピストルを手をかけた瞬間、律は思わず男の腕に飛びついた。

「律さんっ！」

「逃げて、聖吾っ！」

夢中で叫んだ律を力任せに振りほどき、将校は腰を落として銃を構えた。律は頭から廊下の壁に激突し、前後に跳ねて板間の上に崩れ落ちた。次の瞬間、乾いた銃声が耳をつんざいて、廊下に人と人が揉み合うような、怒号と衣擦《きぬず》れの音《ね》が反響した。

「……っ、聖吾、……？」

律はふらつく頭を手で支え、朦朧《もうろう》と霞む視界の中に聖吾の姿を探し求めた。

厚い布を叩くようなこもった音と、骨が砕ける鈍い音が響いている。

もう先程のような悲鳴は聞こえず、ただ恐いような静寂に、人の肉と骨がひしゃげる不気味な音が、淡々と廊下に響いている。

「聖吾は？　ど……こ？　聖吾……」

ようやく焦点が定まり始め、物の形が判別できるようになった頃には物音ひとつしなかった。律は歯の根があわなくなるほど震えながら、周囲に視線を巡らせた。

庭に面したガラス戸と檜の手摺り。畳と板間で折半された、長廊下。最後に、壁と襖《ふすま》が延々連なる座敷の方に目をやると、柱を背にしてうずくまる黒い影。

そして、その前に佇む黒い礼装の一人の男。

「……聖吾」

呟いた律に応えるように、聖吾がおもむろに振り向いた。

彼の右手にはピストルが握られ、グリップから銃身に伝い流れる鮮血が、聖吾の足元に血溜りを作っていた。白いシャツにも顔にも血飛沫が跳ね、雫のような細い跡を残している。

そして、聖吾の正面には、壁にもたれてぐったりと頭を垂れる将校がいた。

意識がないのか、ぴくりとも動かない。男の顎からは唾液にまみれた鮮血が点々と滴っている。

よく見れば腕と足には銃痕があり、男の周囲は血の海になっていた。

「あっ、なっ……、どうし……て、こんな」

律はその惨状に震え上がり、廊下の壁に張りついた。

将校の腕と足から流れ出る鮮血を辿り、聖吾に撃たれたのだと無言のうちに確信する。聖吾はというと屈強な軍人を殴り倒した後だというのに、息すら少しも乱していない。

肌理《きめ》が細かく艶めく肌や純白のシャツを血糊で汚した聖吾は、凄絶なまでに美しい。気迫が彼の体躯を縁取って、青白く発光するのが目に見えるようだった。

華の中にも悪があるのなら、彼こそがそれだった。

「聖吾……」

魅了され、声を震わせた律の目がその手に握られたままの銃まで下りると、聖吾はハッとしたように肩を揺らして瞠目《どうもく》した。

「律さん、お怪我は？」

ポケットチーフで銃と両手を忙しなく拭い、腰のベルトにピストルを差し入れる。律は黙って首を左右に振った。

心臓だけが破裂しそうに早鐘を打っていた。

立とうとしても腰から下にまったく力が入らない。廊下の壁に背中をぴったり張りつかせ、食い入るように見つめていると、聖吾は将校の前を離れ、美しい畳を汚すことなく板間の廊下を駆けてきた。

「申し訳ございませんでした。私の目が行き届かずに、また律さんをこんな目に……」

律の前で膝をつき、目と目を合わせて聖吾が詫《わ》びた。

きっと七年前の誘拐事件を思い出しているのだろう。律を見つめる眼差しに悔恨の念をにじませて、唇をぎゅっと固く引き結んでいる。

「あっ、あ、……聖吾。良かった、無事で」

律は喚くように声を張り上げ、夢中になって聖吾に抱きつく。血塗られたシャツに頬を押し当て、二の腕を擦り、生きた身体の手応えを確かめる。

そんな聖吾の正面から、数人の男達が廊下に姿を見せた途端、彼らはその惨状に絶句する。

「社長……」

聖吾と同じく礼装姿の彼らは倒れた軍人に目を落とし、それぞれに息を呑んで尻込みをした様子だった。

「ああ。すまないが、それを早く片付けてくれ。目障りだ」

「畏《かしこ》まりました」

聖吾は意識をなくした軍人を、顎でしゃくって命じたが、医者を呼べとは言わずにいる。

「気絶しているだけだろう。足の傷も急所は外して撃っている」

聖吾を社長と呼んだ男達は、手早く将校の手足を持ち上げ、まるで荷物のように運び去る。

将校の姿が見えなくなると、律の頬に安堵の涙も流れ出す。本当に聖吾が無事で良かった。熱い涙がとめどなく頬を伝い流れ、聖吾のシャツを濡らしていた。

「もう大丈夫。……律さん、大丈夫ですからね」

そっと律を抱き返し、大丈夫だと耳元でくり返す。その胸のシャツを両手で掴んで顔を寄せ、律は声を放って嗚咽《おえつ》した。

身体の震えが治まらないのは、聖吾を失いかけたから。

大丈夫だと、聖吾のせいじゃないからと、訴えたくても喉が詰まって言葉にならない。

聖吾は律の髪に頬を当てると、恋人にでもするように熱い息を吹き込んだ。

「かばってくださったのは嬉しかったんですが、もう二度とあんな無茶はなさらないでください。私の心臓が、いくつあっても足りませんから」

「……聖吾」

思わず上げた視線の先で、聖吾が苦笑を浮かべていた。

こんな風に縋《すが》って泣きじゃくる伊崎律こそ聖吾が求める律だった。命をかけても守りぬき、崇める存在としての律がいる。

そこにいると言わんばかりに歓喜した目で見つめ返され、律はじわりとうつむいた。

聖吾も困ったような笑顔のままで律の髪を撫で梳《す》くと、頬の涙を親指の腹で拭ってくれる。

「……だ、旦那様」

律は顔から耳の端まで赤らめた。恐怖はいつしか切ないようなときめきに変わり、脈打つ音が耳の奥でも響くほど、胸の鼓動が早鐘を打ちつける。

「律さんこそ、本当にお怪我はありませんか？」

そんな動揺をよそに、聖吾は律の怪我の有無を確かめようと素早く視線を上下させた。それから、将校に振り払われて強打した頭の後ろに触れてきて、腫れの具合を確かめる。

「出血はないようですが、少し熱を持っています。すぐに医者を呼びましょう」

険しい顔で呟くと、律をふわりと抱き上げた。

「ちょっ、……ちょっと、聖吾！」

まるで子供か少女のように横抱きにされ、当惑している間にも、聖吾に歩き出されてしまっていた。

「下ろしてください！　自分で歩けますから大丈夫です！」

廊下の端に寄った女中達も、自称『書生』を抱いた血まみれの主人を驚愕の目で見つめている。

律は羞恥のあまり喚いたが、「頭を打っているんです。大丈夫に思えても、安易に動いてはいけません」などといなされる。

「あ……、あの。旦那様。あの将校は」

そうは言っても関東軍の将校を撃ったのだ。この場でも後でも憲兵に踏み込まれ、逮捕されてもおかしくはない。律は顔面蒼白になって訴えた。なのに聖吾は屈託なく笑うばかりで足を止めることもない。

「大丈夫ですよ。ご心配には及びません」

「ですが……」

「満州国の官僚に、幾らか握らせてやれば済むだけの話です」

杞憂を一笑に付した聖吾は律の目の奥を覗き込み、あやすように双眸《そうぼう》を細める。途端にドキリと胸がときめき、反論の言葉も引っ込んだ。

命に代えても守ると誓ってくれた言葉通り、聖吾は全身全霊で尽くしてくれる。

こんな自分を憚《はばか》ることなく、今でも『主人』と呼んでくれる聖吾の熱い眼差しは、律にとって甘く切ない喜びでもあり、苦しみでもある。律は懊悩《おうのう》しながら長い睫毛《まつげ》を震わせた。

出口を求めてマグマのように熱く逆巻く聖吾への想いに、そっと蓋《ふた》をするように。

聖吾をここまで駆り立てるのは、かつての主家への忠誠心と深い孤独。まだ十一歳だった頃の律の世話をかいがいしく焼く、あの感覚のままなのだ。

決して恋情からではないのだと、律は胸の中で呪文のようにくり返していた。

でなければ、聖吾の言葉の端々に一縷の望みを託してしまう。

勝手に期待を募らせて、また裏切られたただの馬鹿をみただのと、彼を不当に恨みたくはない。

「……律さん？　気分が悪いんですか？」

苦悶に顔を歪める律に、聖吾が気遣わしげに訊ねてきた。律は反射的に目を上げて、思わず声を大にする。

「いえ、……いいえ！　大丈夫です。本当に、もう」

そもそも少し転んだだけなのに、抱かれたままでいること自体、申し訳なく思えてくる。

律は自分で歩くと、何度も途中で申し出た。

しかし、相変わらずいなすように微笑むだけで聖吾は何も応えない。一階からも和佳が駆けつけ、聖吾に命じられるまま、彼の私室のドアを開けた。

洋間の書斎の奥にあったドアを続いて開き、和佳が天井灯のスイッチを入れる。

「律さんはこちらで医師の診察を受けてください。この部屋は寝室も書斎も鍵がかけられます。ですから、必ず中から鍵をかけていてください。医者の診察を終えられましたら、声をかけられても、私以外に決して開けたりなさらないように」

聖吾は広いベッドに律を下ろし、子供を躾《しつ》けるかのように目と目を合わせて強調した。

続いて、鮮血にまみれた上着を脱いでタイを引き抜き、シャツのボタンを外し始める。律は目の前でいきなり着替えを始められ、いたたまれずに視線を外した。

一瞬聖吾は手を止めて、怪訝そうにしていたが、すぐに納得したように薄く笑って言い足した。

「……ああ、失礼しました。さすがにこの格好では客の前に戻れませんので」

「……いいえ。あの、どうぞ、お気遣いなく」

律は聖吾に苦笑いされ、いっそう顔を赤らめた。男同士で何の気兼ねもないはずなのに、目のやり場に困る自分が消え入りたいほど恥ずかしい。

しかし、聖吾は萎縮する律を刷毛で撫でて愛でるように目を細め、汚れたシャツを傍らの和佳に手渡した。和佳は壁際に並ぶ観音開きの箪笥から替えの上着とシャツを取り出し、背後から聖吾に着せかける。

聖吾が洗面所らしき別室でズボンも穿き替え上着も羽織り、蝶タイを締めて戻ってくると、和佳がその胸ポケットに純白のチーフをさし入れる。

「律さん？」

隙なく洋装を着こなす彼は映画の銀幕に映し出される俳優のように、華やかすぎて現実味がない。

けれども彼はたった今、狂気を帯びて暴漢を殴り倒した男なのだ。

こうして突然顕わにされる知らない聖吾を知るたびに、どうしていいのかわからなくなる。律は心細さに胸を軋《きし》ませ、手元の敷布を握り締めた。

あれほどの混乱の中でさえ、聖吾が相手の急所を外して撃つなんて、考えもしないことだった。

いつも愛おしそうに目を細め、自分をこんなにも慈しんでくれる彼の、その時々でめまぐるしく変わるいくつもの顔。

それでも律は聖吾のどんな顔も好きになる。

「それでは、律さん。私は一旦サロンに戻りますが、何かあったらすぐに呼んでください。よろしいですね？」

「旦那様……」

微笑みながら振り向いた彼は、もうすっかりいつもの聖吾の顔だ。だからこそ、いっそう胸を締めつけられる。思わず甘えた声を出すと、聖吾が眉を曇らせた。

いけない。

まだ接客中の彼なのに、こんなに引き止めていてはいけないと、律は差し伸べかけた手を引いた。

けれど聖吾はそんな律のベッドヘッドに手をかけて、身を屈ませた。

そのまま額にキスをされ、律は声も出せずに瞠目《どうもく》した。

官能的な甘い香りが鼻孔をくすぐり、あっという間に去っていく。律が額に手をやると、聖吾が微笑む気配がした。

目蓋と頬にもキスをされ、最後に濡れた音をさせながら唇がそっと離れていく。

「……あ、の」

律は唖然と瞬きした。

まるで留守居が嫌で、ごねる子供をあやすようなキスだと思った。

律が二の句も継げずにいる一方で、聖吾はといえば唇の端を横に引き、悠々寝室を後にした。

「う……そ。……どうして、こんな……」

聖吾の濡れた唇の感触が刻印のように額に残され、全身がカッと熱くなり、こめかみ辺りが脈打った。律は不意に糸が切れた人形のように、敷布の上に頽《くずお》れた。ベッドまで幼女のように抱いて運ばれ、挙げ句にキスで宥《なだ》められ、一体自分は何歳なんだと身悶《みもだ》える。

そうして自分を叱りつけても、今この瞬間にも甘い陶酔が胸を浸して、狂おしいほど息が乱れる。妖しく謎めく聖吾に、七年前よりもっと心酔していく自分がわかる。しっとりとした口づけで身体も心も溶かされて、恍惚のうちにどこまでも闇深く落ちていくような気さえした。

聖吾のトワレが染みついた毛布に抱きつきながら、ベッドの上で悶絶する。

すると、唐突に尖った声音で訊ねられた。

「律様。お着替えはこちらにお持ち致しましょうか」

すっかりその存在を失念していた和佳は暖炉の前でしゃがんでいた。着物の袂《たもと》を片手で押さえ、薪の位置を鉄箸で調整するたび火の粉が上がっている。

感情を表に出さない能面のような和佳の顔が、いつにもまして不気味に思え、律はしどろもどろに返事をした。

「あの、……いえ。旦那様がお戻りになられましたら、すぐに自分の部屋に戻ります」

「左様でございますか。畏《かしこ》まりました」

まさか、ここで一緒に寝るとでも思ったのだろうか。どもりながらも答える律に、和佳は失笑のような質《たち》の悪い微笑みで、皺深い口元をたわめていた。

律は一瞬眉を寄せ、疑念と不快を顕わにした。

しかし、和佳はいつものように慇懃《いんぎん》に一礼をして部屋を出ると、会釈をしながらドアを閉めた。

聖吾は早くから欧米文化に慣れ親しんでいるせいなのか、他の日本人のように、挨拶としてのキスにも抱擁にもほとんど抵抗を示さない。

鼻白むどころか、自らこうして情愛としてのキスをほどこすこともある。

これまで目にしたことはなかったが、学校の英語の授業で聞いていた。

そんな聖吾に身近に接し、律の方でもいつのまにか欧米風の慣習への含羞《がんしゅう》を見失っていたかもしれない。和佳のような幕末生まれの女には、人前で、しかも男同士で肌を合わせることへの嫌悪があって当然だろう。

律は自分が迂闊だったと反省した。

初対面から快く思われていないことはわかっている。それでも、できれば互いに穏便に過ごせるように留意したい。そのためにも甘やかされて図にのって、彼女の前で浮かれたりなどしないよう、律は自分を戒めた。

しかし律の思いとは裏腹に、聖吾はあの一件以来、やむを得ず屋敷に人を招く際には帝国ホテルの一等室に律を泊まらせるようになっていた。

かつての主人というだけであまりに特別扱いされすぎて、申し訳なくなっている。

ただでさえ和佳にも白い目で見られているのに、これではますます不興をかってしまうだろう。

律はそこまでしなくて大丈夫だと、やっきになって反論した。

それでも聖吾は頑として譲らない。

「あなたの安全を守るためです。私もこの前のような思いは二度としたくありませんから」

そう懇願されれば承諾しない訳にもいかず、律は渋々ホテル泊りをくり返さざるを得なかった。

第七章　男妾

「せっかくですから、今日は一緒に夕食を食べて帰りましょう」

その日も聖吾は一等室に宿泊していた律を迎えにくるなり、ホテルのメインダイニングで食事をしようと言い出した。

「ちょうど先日注文した誂えの背広が届いたんです。ぜひ、律さんにお召しになって頂きたくて」

脇に抱えた大きな箱をテーブルに置き、中から不織布に包まれた洋装一式を取り出した。

「ありがとうございます。それでしたら、少々お待ち頂けますでしょうか」

こうして次から次へと着せ替え人形のように服を仕立てて悦に入る。そんな聖吾の言動に最近の律は、苦言を呈することすらしていない。

それがどんなに無駄なことかを早々に悟ってしまっていたからだ。一等室の居間のソファで聖吾を待たせ、寝室へと移動する。

寝室のクローゼットには、等身大の姿見が備えつけられている。

請われるままにその前で、縦縞のシャツに袖を通し、お誂えの濃紺の背広に着替えると、薄桃色のネクタイを出して襟に巻く。

最後に姿見の前でネクタイを締めていると、背後のドアをノックされた。慣れないネクタイに四苦八苦していた律は首に両端をぶら下げたままドアへと走る。

「お支度はいかがですか？　そろそろダイニングの予約の時間なのですが……」

律がドアを開けるなり、隣室で待機していた聖吾が焦れたように、笑顔で覗き込んできた。

「申し訳ございません。あの、まだちょっとネクタイが……」

「ああ、では今日は私が致しましょう」

困惑顔で答えた律の背後に聖吾が回り、姿見の前に律を立たせる。

「これからは律さんも、洋装の機会が多くなります。早く一人で結べるようにならなくては」

抱き込むように腕を伸ばし、律の代わりに結び始める。

時折、鏡越しに目が合うと、応えるように眉を上げ、明るく微笑みかけてくる。

一方の律はといえば、聖吾の厚い胸板に背中を押され、吐息が髪をかすめるたびに息が乱れて集中できない。

「ほら、ここで一周させて、端を結び目に通すんです。わかりますか？」

聖吾は要所要所で手を止めて、詳しく説明してくれた。

けれども潜めた声で耳朶《じだ》をなぶられ、返事をするのも、ままならなくなる。結局、聖吾が注釈を終えるまで、律は上の空で相槌だけをくり返していた。

そういえば、ビリヤードを教わった時にも聖吾はこうして背後に回り、身体を密着させてきた。

それもまた、指導のためだとわかっているのに、別の意味を聖吾に求める自分がいる。

「よくお似合いです。やっぱり、その色にして正解でした」

律の上着の襟を整え、いっそう眦《まなじり》を蕩《とろ》けさせ、満足そうに頷《うなず》いた。

この背広は兼ねてから『日本にはどうして黒か青か茶の生地しかないんだ』と平素不満をもらしていた聖吾が、律のためにわざわざイタリアから取り寄せたという生地だった。

最後に律が自分でさした胸元のポケットチーフの形を整え、遠目で見たり近くに寄ったりをくり返す。

「律さんは色白で凛としたお顔立ちですからね。思った通り紫がかった深い青も薄桃色のネクタイも、お似合いになるでしょう。シャツが柄物だったりネクタイの色が主張したりするコーディネートでは、ポケットチーフを純白にして、通常よりも多めに覗かせるのがコツですよ」

「……そんなにじっと見ないでください」

臆面もなく褒めちぎられて、律は頬が赤くなるのを感じつつ、渋面を浮かべて目を伏せる。

まるで我が子の晴れ姿を見てはしゃぐような聖吾の口調に、自分との温度差を感じないではいられない。

本当に、聖吾にとって自分はまだまだ世話を焼かせる坊ちゃんで、なおかつ『身内』なのだろう。

「それでは、ダイニングに参りましょうか。私もこのあと何も仕事は入れていませんし、今日は久しぶりに律さんとゆっくり食事ができます」

嬉しげに笑う彼が、今はいっそ恨めしくなる。これ以上、聖吾に何かを期待するのはおこがましい。男同士で恋愛対象になるはずがないことも、わかっている。

それでも、まったく聖吾の眼中にはない無力な自分を思い知るたび、落胆の小石が胸の中で波紋を生み出す。

律は目に見えて肩を落とし、聖吾の後にとぼとぼと続いた。

ドイツのネオ・ルネッサンス様式だというダイニングまでやって来ると、行き交う人の服装といい、立ち居振る舞いの優雅さといい、自然に姿勢も正される思いがする。

煉瓦の壁と石造りの天井という内装も、シャンデリアなどの華美な装飾をあえて避けたようなシックで重厚な内装だ。

落ち着いた色合の絨毯《じゅうたん》に、布張りの椅子と白いクロスが掛けられた四角いテーブル。暖房も程よく行き届いていて、真冬にもかかわらず、女性客の多くは胸元が大きく開いたドレスをまとい、耳元や指先に目を疑うほど大きな宝石を煌《きら》めかせている。

また、中二階では準礼装の音楽隊が、穏やかなジャズを奏で、洒落た大人の空間を演出していた。

「いらっしゃいませ、水嶋様。伊崎様。お待ち致しておりました」

律は聖吾と一緒に支配人の出迎えを受け、窓際の奥まったテーブルに向かい合わせに腰かけた。

「帝国ホテルといえば、やはり牛ヒレ肉のステーキでしょう。律さんもぜひ召し上がってみてください」

礼装姿の給仕からメニューを受け取り、聖吾は上機嫌で律に言う。帝国ホテルのステーキを銀幕スターのチャップリンがいたく気に入り、日本での滞在の間中、ずっと注文し続けたという逸話も披露する。

今日の聖吾は、濃い鼠色の三揃いに光沢のある黒のネクタイを締め、上着の胸ポケットには黒と白の縞模様のチーフをあしらい、いつもより少しだけ華やいで見える。

軽く撫でつけられた黒髪とメニューを追う、伏せられた長い睫毛《まつげ》。

テーブルの中央で揺らめく蝋燭《ろうそく》が端正な顔立ちの陰影を際立たせ、毎日顔を見ている自分でさえも見惚れるぐらいに美しい。

「律さんは帆立貝がお好きですから、前菜はマリネで頂きましょうか。後はスープとデザートですが、どうします？　何かお好みの物があれば、おっしゃってください」

ひょいとメニューを下ろした聖吾に軽やかに訊ねられ、律は大きく肩を波打たせた。惚けたように彼に魅入っていた自分が急に気恥ずかしくなり、うつむきがちに小さく答える。

「私は旦那様が選んでくださった物で結構です」

「律さん。男子たるもの、こういう場所でメニューのひとつも選べなくてどうするんです。さあ、今度はあなたがスープとデザートをお選びなさい」

聖吾は上機嫌でからかうように目を細め、布張りのぶ厚いメニューを差し出した。

律は自分の立場で食べたい料理を要求するなど、とんでもないと必死に固辞して、メニューをなんとか収めさせた。

また、聖吾が著名人であるせいか、他のテーブル客からもの珍しげに注視され、律はますます肩身が狭くなる。明らかに、こちらを見ながら同席者同士で話をされると、どういう関係の二人なのかと噂話をされてるようで気が滅入る。

聖吾はそんな周囲の好奇の視線に慣れきってしまっているのか、まったく気にする素振りもなく、メニューをめくり続けている。

「しかし、こういった国営ホテルでジャズなんてものを聴かせるなんて、私は感心しませんね。あんなものは、アメリカかぶれの薄っぺらい下賤な輩がバカ騒ぎしているだけのデタラメです。新橋のカフェーでもあるまいし。公の場では、格式あるクラシックの楽曲が演奏されてしかるべきだというのに」

聖吾は苦虫を噛みつぶしたような顔になり、帆立貝の前菜に続き、馬鈴薯のポタージュを追加した。

律はまるでジャズ歌手の瑛子のことまで下に見られたような気がして、じっと黙り込む。しかし聖吾は身を乗り出させてまで語気を強める。

「いいですか？　私は、あなたが生活のために、ジャズピアニストをしていたことを非難しているのではありません。ただ、ジャズとクラシックでは明らかに格が違います。私は律さんには、あくまで音楽家としての王道を歩いて頂きたいと思っていますし、そのための大学なのですからね」

「……はい。旦那様」

「今ならまだ乱れた音感も取り戻せます。決して下世話な曲調に染まってはいけません」

「はい」

クラシックでは食えなくても、ジャズなら食える。

自分の中では母子ともに命を繋いだジャズの方こそ、優先順位が上にある。

舞台に上がった音楽家達は瑛子をはじめ、気持ちのよい緊張感と互いに良い意味でのライバル心を燃やしていられた。即興で作り上げるセッションが何より魅力的だった。客からも演奏家からも自分は腕試しをされていた。

けれども言い争いになるのが嫌で、目を伏せたまま同調した。前菜の皿が運ばれてくると、律はナフキンを広げて膝にかける。

そういえば瑛子とは、聖吾の屋敷に上がって以来、顔も合わせていなかった。

懐かしい女丈夫の面影が脳裏をよぎると、強張っていた頬も自然に緩んで笑みがこぼれる。近いうちに挨拶に行こうと心に決めて、俄《にわ》かに回復してきた食欲を満たすべく、カトラリーを手に取った。

「今夜のディナーは、お気に召して頂けましたか？」

食の細い律がデザートのアイスクリームも平らげたことで、聖吾は嬉しげだ。

「はい。牛フィレ肉は臭いもなくて、とてもおいしかったです。驚きました」

「律さんがお好きでしたら、もっと家でも作らせましょう。後で料理長に言っておきます」

礼装姿の支配人に出入口まで見送られながら二人でダイニングを後にすると、待ち構えていたかのように、廊下のあちこちから人が聖吾に群がった。

集まるのは男女ともに、年齢差なく感じられた。人妻のような女性から老獪《ろうかい》そうな男性までもが聖吾と話をしたがった。

多くは握手を求める一般客のようだったが、中には久しぶりに顔を合わせた仕事相手もいるらしい。

「旦那様。私は失礼してレストルームに参らせて頂きます」

律は立ち話を始めた聖吾を気遣い、その場を辞した。

「律さん！　それではフロントのロビーでお待ちになって頂けますか？　私もすぐに参ります」

退きかけた律に、聖吾が背伸びしながら声を張る。

聖吾を二重三重に取り巻く紳士淑女達も、彼につられるように振り向いた。その誰もが皆、あの『水嶋聖吾』が敬語を使う相手は誰なんだと、驚いたように瞠目《どうもく》している。

律は眉をそびやかす人の群れから逃げるように足を速め、化粧室に逃げ込んだ。

本当に、これではどちらが『主人』かわからない。

公の場ではやはり聖吾に『主人』として、毅然とふるまって欲しかった。今みたいに大衆の面前で、彼が年端もいかない『書生』に遜《へりくだ》ることがあってはならない。

それは聖吾の沽券《こけん》に関わる重大事だ。

律はレストルームのドアを閉じると、肩で大きく息を吐く。

今更何を言ったところで聖吾が態度を変えるとは思えない。それでも進言しない訳にはいかない。

律は固い決意を秘めて唇を引き結び、洗面台の白い縁に手をついた。

それでいて、自分は今を時めく水嶋聖吾にこんなに溺愛されている。聖吾にとっては耳の痛い話でも、聖吾にそうさせることができてしまう自分に耽溺している。胸を躍らせ、それに浸っている。

自分はなんて、あさましいのか。

自責の念を感じながらも体の芯がゾクリとするような快感が、身の内を駆け巡る。

律は蛇口をひねり、火照《ほて》った顔に何度も冷水を浴びせかけ、鏡に映る姿を見た。

揺れる瞳が、背徳の欲にかられて濡れている。全開にした蛇口から流れるままの水が激しい飛沫《しぶき》を上げている。

律はポケットチーフを取り出すと、蛇口を締めて、顔を拭く。髪から滴る雫ごと前髪をかき上げる。

冷水で冷やされた唇だけが紅く色づき、いっそう男の劣情を煽り、かきたてる顔つきになっている。

こんな卑《いや》しい目をして、顔をして、聖吾の所へは戻れない。

律は途方に暮れていた。

すると、背後でレストルームのドアが、やや乱暴に押し開かれる音がした。

「失礼。君って、水嶋聖吾の書生だろう？」

鳥打帽を目深に被った痩せぎすの男が、顔を出すなり律に言う。

背広の上に裏打ちのない外套を引っかけ、革紐で吊ったカメラを肩から下げている。黒の革靴は土埃にまみれ、ズボンの裾にもあちこち泥が跳ねていた。

とてもじゃないが、帝国ホテルの客とは思えない。

そのうえ人を値踏みするような、卑《いや》しい目つきに律は警戒の線を張り巡らせる。

「失礼ですが、どちら様でしょうか」

居ずまいを正し、険のある目で睨《にら》みつけた。

だが、逃げ出そうにも、男が出入口を塞ぐように立っている。律はじりじり後ずさる。

その様子を見た男は取ってつけたように噴き出した。

「そんなに警戒するなって。僕は見ての通り雑誌記者だ。といっても、芸能ゴシップ専門だけど」

男は背広の内ポケットから名刺を出した。

律は鼻白むように一瞥をくれただけで手を出さない。

「私に何のご用件です」

更に語気を強めて訊ねると、男は含み笑い、人差し指で鼻の下を擦って続けた。

「しかし、噂以上にキレイな子だなあ。色も白いし、目鼻立ちにも品がある。水嶋聖吾は身持ちが堅いと聞いていたが、こんな美少年を囲っていたとはね」

「……えっ？」

「だって、君だろ？　水嶋が新橋のカフェーから身請けをしたのは」

腰を落とし、膝を左右に振りながら、男が距離を詰めてくる。

律は茫然自失で動けない。

かつて自分を『男芸者』と揶揄《やゆ》した将校の、悪夢のような暴言が再び脳裏を駆け巡り、顔から血の気が引いていく。

「……仰っている意味がわかりませんが」

問い質《ただ》す唇が震え出し、歯の根が音を立てている。

「しらばっくれてもちゃんと裏は取れてるんだよ。大体、書生の分際で主人と一緒に帝国ホテルでディナーだなんておかしいだろう？　それに、ただの書生にこんな高価な外套なんか手に入るのか？　どうせ水嶋聖吾に貢がれたんだろ」

男はかろうじて答えた律に顔を寄せ、生臭い息を吐きかける。そうして律が着込んだコートの腕や、襟元の毛皮を触るなどして嘲った。

「ところで、ものは相談なんだが」

もったいぶって目的を明かさない下賤な男、律は跳ね返すように睨《にら》みつけた。それでも男の方から距離を詰められ、更に一歩後退する。

「君が水嶋聖吾の夜の生活を俺に流してくれたらさ。それなりの礼、するつもりなんだけど」

男が耳朶《じだ》を舐めるように、いやらしく囁《ささや》きかけた瞬間に夢中で突き飛ばしていた。律に不意打ちを食らわされ、男は壁に背を打ちつけた後で倒れ込む。

「……っざけんな、このガキ！　色子のくせに、この売女っ！　いい気になるなよ、男妾っ！」

背後で男が叫んでいても、律は振り返らずに廊下を走った。

悔し涙が眦《まなじり》を伝い、胸が張り裂けそうだった。

あの将校が言っていたのは、あの男だけの思い込みではなかったのだ。

自分が既に『身内』でもなく、囲われ者だという噂は、周知の事実だとでも言うのだろうか。

律は激しく動揺し、叫びそうになっていた。

男から逃れて廊下を走り、別のレストルームに逃げ込むと、よろめきながら洗面台に手をついた。

こめかみが割れ鐘のように痛み出し、突然吐き気がこみ上げる。冷たい大理石の洗面台に頭を突っ込み、時折激しくえづきながら、律は大粒の涙を溢れさせた。

だが、自分は『男芸者』と罵《ののし》られても、そうではないと言えるのか。

毎日働きもせずに、赤の他人に豪奢な服と食事と部屋を与えられ、悠々自適に大学に通う。そんな自分を囲われ者だと揶揄《やゆ》する人に正々堂々反論できるのか。

律は再び洗面台の蛇口を捻る。

そのまま肩で息をしながら、両手ですくった冷たい水を何度も何度も泣き濡れた頬に浴びせかけ、我を忘れて咆哮《ほうこう》した。早く戻らなければ聖吾に心配させてしまうだろう。わかっているのに、洗面所から離れることができずにいた。

案の定、いつまでたっても律が一階ロビーに現れないため、すぐに聖吾がホテルの従業員を総動員して捜し回る騒ぎになった。その従業員が二階のレストルームで昏倒していた律を発見した時には、聖吾はほとんど半狂乱だったという。

「律さんが刺されでもしたのかと、心臓が止まりそうでした。本当に、私の方が倒れるかと思ったほどです」

その後、聖吾がホテルに取った部屋に運ばれた律は、屋敷の主治医に診察をされ、大事を取って、ホテルでひと晩安静にするよう指示を受けた。医者は貧血だろうと言っていたが、聖吾は近日中に、大学病院で検査入院させると言い張った。

「入院だなんて、大げさすぎます。少し立ちくらみがしただけですから」

律は帝国ホテルの特別室のベッドの中で、頭をもたげて訴えた。けれど、すぐさま枕元に駆けつけた聖吾が椅子に腰かけ、律の手を取る。

「貧血や立ちくらみは、肺病の初期によくある症状です。奥様も肺病ですから、体質の遺伝がないとは言いきれません。決して甘くみないようにしなくては」

聖吾は諌めるように切れ長の双眸《そうぼう》を眇《すが》め、律の指にキスをほどこす。枕元のテーブルランプが、彼の白く滑らかな頬に、鼻梁の影を作っていた。

「申し訳ございません。ご心配をおかけして……」

律の目にも、彼の方がこのまま昏倒するかと思うほど憔悴《しょうすい》しきっているのがわかる。律は冷えきった聖吾の掌を弱々しく握り返した。

この人を今、自分の存在が貶《おとし》めている。

自分と母を引き取ったせいで、聖吾は男妾を囲うような品性卑《いや》しい男だと、陰で嘲笑されてしまっている。律にとって身を切られるよりつらかった。

やはりどんなに反対されたとしても働かせてもらうべきだった。

そうすればこんな陰口を叩かれずに済んだのかもしれないのにと、自責の念がこみ上げる。

その翌日に、律はホテルの一等室から聖吾の車で聖路加国際病院に直行し、精密検査を受けた後、ようやく二人で帰宅した。

聖吾は律と一緒に車の後部座席に腰かけていたのだが、屋敷の車寄せに着くなり先に降り立ち、律の手を取った。

「どうぞ、足元にお気をつけて。今日はまだ、時々ふらついていましたからね」

聖吾はまるで令嬢を扱うかのように、律の右手を恭《うやうや》しく自身の顔の前に掲げながら、気遣わしげに眉をひそめた。

「恐れ入ります。でも、もう本当に大丈夫ですから」

毎日分刻みで予定をこなす聖吾を、今日は丸一日付き添わせてしまった。それでなくても申し訳ないのにと、律は悄然として肩を落とした。

だが、そんな律の気鬱を察したように、聖吾が優しげに目元を和らげ、微笑んだ。

心配するなと言うように。

自分のような身寄りのない厄介者を、懐深く受け入れて、聖吾はどこまでも慈しんでくれている。

そんな彼に恩返しどころか、名誉を傷つけ足を引っ張り、彼の汚点になっている。

だから、もし今、聖吾のためにできることがあるとするなら、それはこの屋敷を出ていくことだけ。そのためには、まず病床の母を養えるだけの収入を得なければ。

だが、おいそれと見つかるはずもない現実も半年前に骨身にしみて知らされた。

選ぶべき道は見えているのに、ずっと二の足を踏んでいる。

聖吾に入れてもらった家の中のぬくもりを捨ててまで、寒風吹きすさぶ冷たい世間に舞い戻るのは怖かった。

自分の意気地のなさを責めながら、律は毎晩布団の中で寝返りをうち続けていた。まんじりともしないうちに雨戸の縁から朝日が射し込み、雀のさえずりが聞こえ始める。

今朝も律が目の下に濃いクマを作り、ダイニングに姿を見せるなり、聖吾が思案げに呟いた。

「……あまり、お元気がないようですが」

ダイニングテーブルに着いていても、律は温かい緑茶以外に手をつけない。

そんな律に、聖吾が柳眉をひそめて告げる。

「やはり、もう一度今日にでも病院に……」

「いいえ。先日の検査でも異常はなしとの結果ですので、ご心配には及びません」

律は聖吾の申し出を遮って、無理やり唇だけで微笑んだ。

ダイニングの洋窓からは朝の陽光が燦々《さんさん》と降り注ぎ、テーブルクロスに湯呑や茶碗の影を落としていた。

食欲がない律のために、粥と味噌汁と焼き魚などの和食が用意されたが、今朝は箸を取る気も起こらない。白い湯気を立ち上らせる白粥を女中に供されたまま、途方に暮れて眺めていると、聖吾が皿に盛られた林檎を手にした。

聖吾は洋食好きのはずなのに、和食を好む律と同調するためなのだろうか、このところ白飯に味噌汁といった同じ献立を食べている。

「でしたら、林檎だけでもいかがです？　これは蜜も入っていて甘いですよ」

聖吾は、宥《なだ》めるような笑みをのぼらせ、ペティナイフで皮を自ら剥き出した。林檎や蜜柑といった果物も、聖吾は好んでよく食べる。和定食でも毎朝なにかしらの果物がテーブルに用意される。

けれども律は胃液が逆流するかのような吐き気を覚えて立ち上がる。

「律さん……っ！」

「すみません、また後で頂きますから」

口元を手で覆いながらダイニングを飛び出した。

駆け込んだ手洗いで、何度も激しくえづいていると、吐き気ばかりか眩暈《めまい》も頭痛もひどくなる。

やっとの事で手洗いを這い出ると、庭に面した縁側に倒れ込む。

何も食べずに吐いたせいか、胃酸で喉もヒリヒリ痛んだ。冬の淡い木漏れ日さえも目にしみて、目元に腕を気怠く乗せた時だった。

「……律様」

重々しく名前を呼ばれ、はっとして飛び起きる。咄嗟《とっさ》に周囲を見渡すと、廊下の隅で和佳が立っていた。

「律様に、お手紙が届いておりますが」

和佳は顔色を青ざめさせた律を見ても、気遣う言葉ひとつかけずに書簡を差し出し、ただ待っている。律は片手で胃の腑を押さえたまま、会釈しながら受け取った。

「……誰だろう」

ひとりごちると、封書を返した。裏にはインク書きの秀麗な字で『榊原瑛子』と、書かれていた。

「瑛子さん……！」

カフェーでシャンソンを歌っていた、華やかなドレス姿の瑛子が脳裏にまざまざと蘇る。だが次の瞬間、廊下を駆けてくる聖吾の姿が目に入り、律は封書をズボンのポケットにねじ込んだ。

「律さん、具合が悪いんですか？」

「……い、いいえ。大丈夫ですから、ご心配なく」

女の文を持っているというだけで、訳もなくやましいような気になった。律は乾いた笑いを貼りつかせながら曖昧に答え、不穏に高鳴る胸の鼓動を押し隠していた。

一方の和佳はといえば、聖吾とすれ違いざまに冷笑めいた笑みを浮かべ、我こそが水嶋家を取りしまる警官か何かであるというように胸を張りつつ立ち去った。

律のもとに届く書簡の中で、瑛子のように体調や近況を気遣う善意の書簡は稀だった。

水嶋財閥の創始者に引き取られている『身内』話がゴシップとして、政財界から民衆にまで伝わるにつれ、名前も聞いたことがない親類縁者や、生糸問屋だった生家のかつての取引相手に至るまで、様々な人からの書簡が届くようになった。けれど援助という体裁の金の無心や、律に間を取り持たせ、水嶋聖吾と懇意になりたい商家の主人のものだった。そうした書簡の封を開けては長文に目を通し、溜息を吐《つ》くのが律の日課になっていた。人間なんてこんなものだとわかっているのに心臓に重しがのったようになる。

けれども、こういったやり取りが日増しに増えても、律は聖吾に相談しなかった。

『身内』を心労から解放させるため、要求された金を払うと言い出されそうで怖かった。私室の洋間の天井灯も点《とも》さずに座り込み、火をくべた暖炉にそれらを放り込む。その作業を淡々と続ける律の部屋の襖《ふすま》の向こうから、和佳に声をかけられる。

「律様。お客様がお見えです」

「客？」

振り向いた律は立ち上がり、次の間の襖《ふすま》を急いで開けた。

「どなたですか？」

「律様のご親戚と伺っておりますが」

「何人ですか？」

「男の方がお一人です。正面の玄関先でお待ち頂いておりますが」

「わかりました。すぐに行きます」

「応接室にお通し致しましょうか？」

「いいえ。きっとすぐに終わる話です。玄関先で待ってもらっていてください」

「畏《かしこ》まりました」

和佳は私情を一切挟まずに、聖吾の『身内』に慇懃《いんぎん》に一礼し、長廊下を引き返す。

律は『親戚』から寄せられた大量の書簡を床に直か置きしたままシャツの上にカーディガンを腕を通し、部屋を出る。

伊崎家が破産して、一家離散になった時、手を差し伸べてくれた親戚はいなかった。負債を背負わされるなど、とばっちりを受けるのは真っ平と言わんばかりに絶縁されてしまっていた。

律は廊下を踏み鳴らし、大階段を駆け下りた。

玄関ホールを足早に通り抜けると、正面玄関の三和土《たたき》に入らず、押し開けられた重厚な外開きの扉の辺りで男が一人で待っていた。律が上《あ》がり框《かまち》に下りると、男はようやく姿を見せた。歳は五十間近といったところだろう。

背が低く、ずんぐりとした紋付羽織の和装の男は帽子を取ると深々と頭を下げてきた。

頭を上げた後も、所在なく帽子をくしゃくしゃといじっている。

玄関灯に照らされた皺深い男の顔をまじまじ眺めても、記憶が呼び起こされたりしなかった。美男美女で知られた父にも母にも似ていない。

こういった自称伊崎律の親戚が、最近は山ほど湧いている。

「お待たせしました。伊崎律です。失礼ですが、どちら様でしょうか」

律は尖った声で詰問した。おずおずと進み出てきた男は面目ないとでも言いたげに項垂《うなだ》れる。

「小林と申します。律様のおじいさまの従妹《いとこ》の息子でございます」

祖父の従妹《いとこ》の息子では面識なんてあるはずもない。

「それで、私に何の御用です？」

正面玄関の広い三和土《たたき》にすらも入らせないよう、目線で男を押し戻す。その時、黒塗りの車がアプローチを上ってきて、屋敷の車寄せで横づけになった。

「旦那様……」

運転手にドアを開けられて降り立った聖吾は見知らぬ男と律がいることに、驚いたように目を見張る。聖吾を降ろした車はそのまま車庫に向かい、エンジン音も遠のいた。

「律さん。その方は」

「私にもよくわかりませんが、私の祖父の従妹《いとこ》の息子さんだそうです」

まだ日が暮れたばかりなのに、聖吾が帰宅するのは珍しい。

体調を崩した自分を案じて、早めに帰ってきたのだろう。聖吾は血相を変えて駆けつけた。そして律を背後に庇い立つ。

「律さん。私も同伴してよろしいですか？」

「話を聞くまでもありません」

警戒の糸を張り巡らせた律は聖吾にも眦《まなじり》を吊り上げた。

嘘か誠か判別できない由縁を懐から出しさえすれば、情けをかけてもらえると思いあがった類いの者だ。いかにも哀れを誘うように顔を伏せて縮こまる。

それを見た律は聖吾に引き取られる寸前の、みじめな自分を思い出す。人の情けに追い縋《すが》るしか生きる手立てがなかった頃の、無力な自分がここにいる。

「私は水嶋様の書生です。旦那様にお仕えしながら勉学に励む以外に、できることはありません。もちろんお金もありません。夜も更けて参りましたし。このままお引き取り頂けませんでしょうか」

律は男に名前を聞いたりしなかった。縁戚だから何だというのだ。

稼業が破産し、母子二人で取り残されたあの頃は、援助どころか蜘蛛の子を散らすように逃げていった親戚だ。

血縁者なら助け合うのが人の道だというのなら、外道にでも何にでもなってやる。

今はまるで古傷をえぐられるかのようだった。

男は十九歳の青二才に門前払いを食らわせられても、諦めきれずにいるのだろう。是とも否とも答えずに、帽子を胸に抱いている。

「律さん」

「お帰りなさいませ、旦那様。お疲れのところ、お手間を取らせて申し訳ございませんでした」

律は困惑した顔つきの聖吾に向き直り、来客などなかったように聖吾の手から帽子を受け取る。毎日専用ブラシで手入れをされた、光沢のある中折帽を両手で持つと、去れとばかりに中年男を目で射貫く。

律に無言で一礼して、亡き祖父の従妹《いとこ》の息子だという男は帽子をかぶった。

裁きを受けた罪人のように肩を落として帰路につく、自称縁戚の男の背中を肩越しに振り向いた。それでも一滴の情すら湧き出ない。まるで野良犬を棍棒で追い払った後のような微かな罪悪感だけ覚えたが、それもすぐに消滅した。

「旦那様。お帰りなさいませ」

いつもより数時間も早い帰宅に驚いた執事や仲居頭、使用人が次々と玄関に現れる。

左右に分かれて居並ぶと、聖吾が三和土《たたき》で靴を脱ぎ、上《あ》がり框《かまち》に足をかけ、廊下に上がるまでの間、彼等はずっと軽く頭を下げ続けている。

そして、左右に分かれた列のいちばん前に立つ和佳と執事が先頭に立って屋敷の中に入るのだ。使用人は姿勢良く、粛々と二人の後に無言で続く。

その出迎えの慣習が終えられると、律は誰もいなくなった玄関からひっそり戻る。背後では、両開け扉の玄関ドアを、下男が閉じて施錠する重々しい音が響いていた。

聖吾は帰宅後、いつも私室でスーツを脱いでスラックスなどの普段着に着替えてから食事をする。律はダイニングの出入り口で聖吾が来るのを待っていようとしたのだが、先に聖吾が待っていた。まだ三つ揃えのスーツのままだった。

「まず、ダイニングへお入りください。夕食の支度は律さんとの話が済んでから支度するよう言いつけましたので」

「はい。旦那様」

ドアノブを持った聖吾に命じられ、会釈しながら聖吾の前を通りぬけ、ダイニングルームに入ると、聖吾がドアを静かに閉じた。

部屋の中で二人きり。

聖吾が知りたい話はひとつだけだろう。

「律さんには、今夜のように約束もなくやって来る親戚や友人がいるのですか？　しかも、何やら金に絡んだような」

「私が旦那様の書生だと知られるようになってからです。友人はこんな不躾なやり方で会いには来ません。これまでも自称『伊崎家の親戚』が、旦那様とお近づきになれるよう、間に入って欲しいとか、幾らかでも金の援助をして欲しいと書簡で言ってきたりしていましたが、会いに来たのは初めてです」

答えながら、脳裏に丹下と唯の顔が浮かんだが、それについてはあえて伏せた。

一代で財閥と謳われるほどになった辣腕実業家に、棚からぼた餅のような幸運で引き取られている。

丹下からは、やっかみのような意地の悪さを、唯からはあわよくば自分が妾になり、贅沢三昧をもくろむ貪欲さをぶつけられ、思いがけなく傷ついた。

彼等は伊崎律ではなく、その背後にあるものだけを欲していた。

そんな風に自分というものの存在をないがしろにされる悔しさや寂しさや屈辱が渦巻いて、言葉にならない。

「それで律さんは」

「一切相手にしていません。書簡の返事もしていません」

「律さんはそれでいいんですか？　もし、律さんが心苦しく思っているなら」

「旦那様にせびるような卑《いや》しい真似は致しません。私は援助がなければ一家心中するしかないと脅されようが、びた一文も出しません。どうぞ鬼畜呼ばわりしてくださいと言うでしょう」

聖吾からは分不相応なほどの現金を小遣いとして貰っている。その金はほとんど使わず、私室の金庫に収めている。

ない袖は振れないという訳ではないけれど、生きた金の使い方とは思えない。

その小遣いも、もとはといえば聖吾が身を粉にして働いて得た金なのだ。無駄金になどしたくない。

「律さん」

動揺と戸惑いが混在する目で聖吾が見ている。

胸の中の清らかな泉に一点の濁りが生じ、波紋のように広がるような顔をした。

「旦那様には無慈悲だと思われても仕方がありません。ですが、私と母がいちばん辛かった時に見向きもしてくれなかった親戚に手を差し伸べてやれるほど、私は人間ができていません」

聖吾に軽蔑されるとしても、許せないものは許せない。

「母子ともども、いちばん辛かった時に支えてくれた人しか、私は信用致しません。今後私にではなく、直に旦那様にせびりに来る者がいるかもしれません。ですが、決して取り合わないで無視してください」

にべもなく言い張る律を、聖吾は凝視したまま動かない。

ダイニングテーブルは白いクロスの中央に、西陣織のセンタークロスもかけられている。黒塗りの半月盆が向かい合わせに二枚置かれ、膳には長方形のクロスと箸置きと箸が用意された状態だ。

天井のシャンデリアは、スズランを模した乳白色のランプシェード。

センタークロスの左右には、装飾的な青銅製三本立てのキャンドルスタンドの蝋燭《ろうそく》に火が点《とも》されて、和洋折衷の趣《おもむき》だ。

典雅なダイニングルームのドアの近くで、聖吾と律は殺伐とした会話を続けていた。

「わかりました。律さんがおっしゃたように対応します」

聖吾は視線を落として溜息交じりに答えると顔を上げ、静かに右手を伸ばしてきた。

右頬に触れた聖吾の右手が熱かった。きっと律の方が冷えきっていたのだろう。頬を丸く包むように触れたまま、聖吾が痛ましげに眉根を寄せて、じっと見る。

「旦那様と兄上を次々亡くされ、お辛い思いをなさっていらしたんですね」

慈愛に満ちた眼差しが、冷えた頬を温める聖吾の右手が、張りつめた緊張の糸を、ふつりと切った。

にじむ涙が筋になり、頬を伝い、上着の胸元でハタハタ落ちる。

瞳を震わせ、唇を戦慄《わなな》かせながら忍び泣く。雫のような涙は聖吾の右手も濡らした。律は肩で激しく息をする。これが何の涙かわからない。

「私は律さんを外道などとは思いません。畜生どもは今になって律さんに群がる連中の方です」

項垂《うなだ》れながら零し続ける、この涙。

聖吾の言葉は心のいちばん深い所に突き刺さる。

「……悔しい」

律は奥歯をギリギリ鳴らすようにして呟いた。頬にあった聖吾の手が背中に回り、ゆっくり胸に抱き寄せられる。包み込むように大切に。

人の言葉は、体温は、なんて温かなのだろう。律はますます嗚咽《おえつ》した。聖吾の背広の襟を掴んでいると、背中や肩を撫でられた。

あえてそうするかのように、聖吾は何も言葉をかけない。

泣かないでとも言われない。

人間なんて金の切れ目が縁の切れ目だ。

世界恐慌と呼ばれる最中、今夜の男がそうしたように、自分だって親類縁者一人残らず訪ねていき、頭を下げた。事業を畳まずに済むように、今だけ力を貸して欲しいと額《ぬか》ずいた。

それでも疫病神か何かのように蹴散らされてきた。

事業は破綻し、財産は借金の抵当としてすべて奪われ、住み慣れた屋敷までも追われるのだと知った時、どれほどの恐怖が母子を震撼させたか、今なら少しはわかるはず。

律は思い返すとそれだけで息が苦しくなってくる。

屋敷を出ていかざるを得ない日が確定してからは、路上に放り出されるのだと覚悟した。

その前に、何とか救護院に拾われて命を繋いだ。ホッとした直後は、膝から力が抜けるように頽《くずお》れた。

これまで辛いといった感情を感じる余裕もなかったことを、今まさに聖吾に知らされた。

そして、今のこの抱擁からは共鳴と慰《なぐさ》めだけを感じていられる。

律は聖吾の胸に頬を押しつけ、目を閉じる。

初めて聖吾が私室に来て、聖吾のためにだけノクターンを弾いた夜。

一度は立ち去りかけた聖吾が戻ってきた時。何かに突き動かされるようにして、もたらされた熱い抱擁。背が弓なりに反るほど込められた腕の力。うなじに擦り寄せられた聖吾の頬。

狂暴なまでに荒々しかった、あの抱合。

今の抱擁が親愛の情から生じているのだとしたら、あれはどこから派生していたのだろうか。

ひたすら保身に走っていた、自称親類縁者の身勝手さ。

薄情さに傷ついた心の痛みを身体ごと、受け止めていてくれている。だが、これは、あの夜の猛り狂った聖吾ではない。

あんな聖吾にもう二度と、触れることなどないのだろうか。

嵐が過ぎ去り、気持ちが凪《な》いできていた律は、薄く目を開け、思案する。もしもそうなら寂しいと、感じる自分がここにいた。

嗚咽《おえつ》も涙も鎮まると、聖吾が押し殺したような声で言う。

「私も、もっと伊崎家に配慮するべきでした。まさかあの伊崎家がという油断がどこかにありました。ですから迂闊にも満州などに滞在し、帰国した時には、もう……」

財産をすべて失い、跡形もなく散り散りになっていた。

悔やんでも悔やみきれないといった顔つきで、じっと床を見つめている。

「違うよ、聖吾！　僕は聖吾を恨んでなんか」

驚きのあまり、涙がピタリと止んでいた。

「ですが、旦那様と律さんの兄上が急逝なさった直後に私が事業を引き継げば、伊崎家は残せたはずでした」

「聖吾は僕達親子がいちばん飢えていた時に、助けてくれた恩人だよ。ピアノを弾くこと以外に何もできない役立たずでも、書生として引き取ってくれたじゃないか」

自身に鞭打つ聖吾を何とかしてやめさせたかった。

「僕は聖吾が不誠実だったなんて思っていない。わざと伊崎家と縁を切ってたなんて思わない。それだけはわかって。聖吾」

「私は伊崎家に顔を出しても恥ずかしくない実業家になってから、訪ねるつもりでいたんです。そんな、つまらない見栄を張らなかったら。そうしたら」

雅な設えのダイニングに、重い空気が垂れ込める。点《とも》された蝋燭《ろうそく》の火がまっすぐにまっすぐに上っている。何かの拍子に揺らめくと、また鎮まる。

こんな話がしたい訳ではなかったはずだ。

手のひらを返した親戚の中に、聖吾を数えてなんていなかった。

「そろそろ夕食にしましょうか。律さんの親類を名乗る者が来た時には、律さんがおっしゃった通りに対応します」

のしかかる沈黙に耐えがたかったのは律だったが、話を切り上げたのは聖吾だった。ダイニングのドアノブを回し、押し開けた。

「律さんは、このまま席について待っていてください。私は着替えて参ります」

優しげに言い置いて、ダイニングルームを出ていった。

律は聖吾を引き留めたとしても、これ以上の言葉が出ないとわかっていた。

聖吾に話が正しく伝わったとは思えない。きっと、自分のことを疎遠にした側の人間なんだと思い込んでしまっている。だからといって、否定すればするほど今は、弁解がましくなるだろう。

「失礼致します」

ドア付近で棒立ちに立っていた律は、若い女中に声をかけられ、ハッとして退いた。彼女は半月盆に前菜の皿を載せていく。

黒塗りの半月盆の上のナフキンを椅子の背に掛け、蟹と蕪のみぞれ和え、フグの煮こごりなどが盛られた九谷焼の皿を配膳すると、退室した。

今では屋敷で働く誰もが自分を書生などとは思っていない素振りを見せる。こんな贅沢な食事を主人と二人で食べるのだから、書生でなんてあるはずがない。

律は向い合わせに用意された膳の下座の方の椅子を引き、腰かけた。

だとしたら、下男の彼等や女中の彼女達には何者に見えているのか。

表向きは屋敷の主の恩人といったところだろうが、陰では何を言われているのか知れたものじゃないと律は歯噛みする。

関東軍の軍人には男芸者と、けなされた。

帝国ホテルで待ち伏せしていたゴシップ専門の記者からは、色子、売女と罵《のの》しられ、カフェーの女給の唯からも笑われた。

律はまだ、前菜が供されていない、聖吾の盆をじっと見る。

聖吾はきっとまた、何事もなかったようにふるまうのだろう。いつものように、この胸の奥に仕舞い込んだ焦りや自責の念は、封印されてしまうのか。

こんな時は、どうやって、どんな風に話をすればいいのかが、わからない。

わざわざ蒸し返すような真似はするべきではないのだろうか。それとも意思が通じ合うまで対話するべきなのだろうか。

だが、せめて自分だけは聖吾の財力ではなく、水嶋聖吾を見つめたい。

彼が下男だったとしても、財閥と呼ばれるようになったとしても、聖吾は聖吾だ。頼もしくもあり、繊細でもあり、強靭でもあり、たとえようもなく傷つきやすい水嶋聖吾が僕の聖吾だと。

けれども律は確信していた。

聖吾の本心。彼の言動の源を、追及なんてしなければ、自分も聖吾も平穏なままでいられると。

そんな律の脳裏には、一人の女性の姿が浮かんでいた。

第八章　逃がさない

翌日の夕方、律は大学から屋敷に戻って服を着替え、市電で新橋駅まで移動した。

人力車が列をなして、客待ちをする駅前から大通りに沿って歩き、洋食屋の扉を引き開ける。

「すみません。伊崎と申します。予約の品を引き取りに参りました」

カウベルの音が店内に響くと、厨房から出てきた店員が一礼した。

「準備はできています。こちらです」

深さはさほどないけれど、面積の広い大きな箱を受け取ると、律はそれを風呂敷で包み代金を支払った。

「いつもありがとうございます」

そう笑顔で見送られ、店を後にする。

そして、木造長屋が左右に軒を連ねる裏路地に分け入った。万年ぬかるんだ道に、赤や青のネオンサインが反射していた。

宵闇の盛り場を、徒党を組んで徘徊している会社員。出前を積んだ自転車が、乱立する箱看板を避けながら律を追い抜き、曲芸のように走り抜けた。

着物の上に白いフリルのエプロンをして媚《こび》と一緒に店名が書かれたマッチを配る女給達。

左右のカフェーから、漏れ聞こえてくるジャズや小唄。

窓辺に佇む女達の、夜目にも白い襟足と女優髷。

律はまるで故郷に帰ってきたかのように胸を躍らせ、うらぶれたカフェーの裏ドアを押し開けた。

途端に、煙草とお白粉と酒と香水が、すべて入り混じったような腐臭が鼻をつき、思わず顔を背けて咳き込んだ。

それでも今は、その臭気にすらも郷愁をかきたてられている。

傾斜のついた天井に頭が当たらないよう身を屈めながら薄暗い階段を下りていくと、廊下の端々に山積みにされた木箱に腰をかけたり、湿った壁にもたれかかった女給の女性が視界に入る。

その死んだ魚のような目をした女達が気怠く煙草をふかす姿も、絵画のように変わっていない。

「……今晩は。ご無沙汰をしています」

遠慮がちに律が恐る恐る声をかけると、廊下でたむろしていた女給達が目を丸くして腰を上げ、一斉に声を張り上げた。

「何よ、りっちゃんじゃないの！　誰かと思った。びっくりしちゃった！」

「あんた、水嶋財閥のご当主様に、引き取られたんじゃなかったの？」

「どうしたのよ、急に。大丈夫なの？　一人でこんな所に来て」

口々に歓声を上げながら、競うように集まった女達に、あっという間に囲まれる。

「瑛子さんに手紙を頂いたんです。元気にしてるかって、心配してくださっているんで挨拶だけでもと思って」

律は廊下の突き当たりにある瑛子の楽屋を目指しながら、懐かしい彼女達にも、世話になったボーイや楽団員にも頭を下げて挨拶した。用意した薔薇の花束と手土産がつぶされないよう頭の上に掲げつつ、群がる女達をかき分ける。

「あんたを狙ってた、あのスケベ親父。銀行家だと言ってた奴。あれから一度も来ていないから、もう安心して」

「ホントに気が利かなくて、律君律君だったからね。この狭っ苦しい廊下をうろついて。楽屋のドアにひっついて離れないもんだから、目障りで」

「その節には、皆さんに本当にご迷惑をおかけしました。あの、これ。皆さんで召し上がってください」

律が彼女達に手渡したのは、思い出が詰まったカツサンドだ。

ステージの後は誰もが腹を空かせている。こういった軽食の差し入れが喜ばれるのは、よく見る光景でもあった。

すると、背後から涼やかな声が音楽のように猥雑な廊下に響き渡った。

「まあ！　あなた、見違えちゃったわ。どこのご令息様かと思ったじゃない！」

身体の曲線がはっきりわかる漆黒のドレスに、爪先の細い靴を合わせたステージ衣装で、瑛子が廊下の端から駆けてくる。

顔中に喜色をたたえた瑛子に両腕を広げられ、その胸の中に迎え入れられた瞬間に律は思わず熱い涙を溢れさせた。

「あら、まあ。……なあに？　まさか新しいお家で、泣くほどつらい目に遭ってるの？」

「……い、いえ！　そんな……。そんなこと全然ないんですけど」

再会の抱擁をほどいた瑛子に心配そうに訊ねられ、慌てて律は笑って答える。

「すみません。何だか急に気が抜けて……」

新しい生活に慣れようと必死になっているうちに積りに積もった緊張が、瑛子の体温で解された。

後から後から熱い涙が頬を流れる。

律は襟元にキツネの毛皮があしらわれたコートのポケットからハンカチを出し、頬の涙を手早く拭って微笑んだ。今夜も瑛子は胸元がラウンド型に大きく開いた黒のドレスをまとっている。胸元には繊細な刺繍がほどこされ、大粒で雫型のダイヤモンドのネックレスが、瑛子の肌理《きめ》こまやかな白い肌を引き立てる。

「まあ、いいわ。水嶋様は、あなたを大切になさっていらっしゃるみたいだし。大事にされすぎて恐いと言うのなら、それに越したことはないんですもの」

瑛子は律の頭の上から足の先まで素早く視線を走らせた。そして肩で小さく息を吐き、彼女の楽屋に招かれる。

「さあ、どうぞ。今夜のステージは八時からだから、まだ時間もあるわ。ゆっくりしていって頂戴」

ドアを開き、個室の奥の応接セットに掌を向けられる。

数か月ぶりに訪れた瑛子の楽屋は、相変わらず多数のファンから送られた花束と蘭の鉢植えに埋もれ、むせるような芳香に満ち溢れていた。

「こうして訪ねてくれたのは、私の手紙が手元に届いたってことかしら？」

「はい。瑛子さんもお忙しいのに、お気遣いくださって本当にありがとうございます」

律は持参した花束を楽屋口で瑛子に渡し、コートを脱いで礼を述べた。

「瑛子さんはもうお花なんてうんざりするほど貰ってると思ったんですけれど。僕、女性に何を贈っていいのかわからなくて……」

「そんなことないわよ。こんな珍しい色は初めてだし、あなたのように若くてキレイな男の子が下さる薔薇なら、たとえ一本だって嬉しいわ」

オレンジと黄色の花束に顔を寄せた瑛子に流し目をくれられドキリとしたが、それも束の間、肩を落として律は悄然と打ち明ける。

「……本当は自分のお金で贈りたかったんですけど、すみません。僕、今、自分のお金が一銭もないんです」

「まあ、だってあなた。水嶋聖吾の書生になったんじゃなかったの？」

楽屋のテーブルで紅茶を入れ始めた瑛子が怪訝そうに小首を傾げる。

「……僕も、最初はそのつもりで行ったんですけど」

律はいつものように勧められた応接セットのソファに座る。苦い笑いで唇を歪め、差し出された紅茶のカップとソーサーを両手で受け取り、嘆息した。

口に出して言ってしまうと、抱え続けた不安や疑念やわだかまりが堰《せき》を切ったように溢れ出す。

澄んだ目に涙を一杯溜めたまま、握った拳で口元を押さえた。

「実際はそうじゃなかったの？」

瑛子も楕円のテーブルに自分の分の紅茶のカップを置いてから、律の正面に落ち着いた。

「聖吾は、やっぱり自分の主人だった僕を、下男として働かせるのは抵抗があるって言うんです。だから僕は書生らしい仕事は一切何もしていないのに、音楽大学に通わせてもらっているんですけど。中にはそういう僕を、聖吾の男妾だと言う人もいて……」

そんな噂が真《まこと》しやかに囁《ささや》かれていると知らされて以来、律は前にもまして家に閉じこもるようになっていた。聖吾はそんな自分を案じてなのか、映画や観劇、音楽会、乗馬やスキー、テニスにと、あれこれ誘ってくれていた。

けれども噂を知る人から見れば、聖吾が男妾を連れ回しているようにしか見えないだろう。聖吾をそんな、卑《いや》しい好奇の人の目になど、晒《さら》したくない。

律もまた、聖吾を案じて身動きがとれず、がんじがらめになっていた。

そんな不本意な立場に当惑したまま、屋敷と大学を行き来するだけの生活に身も心も疲れきり、もう随分前から聖吾の前では心から笑うことすらできずにいる。

「聖吾もそういう僕に気づいてるんだと思うんです。聖吾にはこんなに良くしてもらっているのに、僕にはどうしても、この生活が楽しめなくて……」

掌で額を押さえた律は、力なく首を左右に振りつつ訴える。

こんなに大切にされながら、いつもどこかしら不満げで。

聖吾もきっと、がっかりしているに違いない。

そうして肩を震わせながらこみ上げる自責の涙を堪えていると、目の前の瑛子が微笑むような気配がした。

「だけど、あなたのように進路から着る物から、何もかも他人に決められて、それでも何も感じないでいられるのなら、それはよっぽど自我の育っていない、幼稚な人間ってことじゃないかしら」

その穏やかな語り口に誘われるように、律はぼんやり目を上げた。すると、瑛子は優しげに目を細めていた。

「自分で考えることができるなら、自分のことは自分で決めたいと思うでしょうし、人から恩義を受けた時は、自分も相手に何かしら返したいって、思うものじゃないかしら。それができないことに対して腹を立てたり、後ろめたい気持ちにならなければならないはずよ。大人なら」

あらためて射抜くように律を見つめ、口元に穏やかな微笑をたたえながらも、揺るぎない声音で話を続ける。

「あなたもここに来た頃は、まだどこぞの御華族様みたいに、育ちがいいお坊っちゃんって感じだったのよ？　本当に危なっかしくって、私もつい要らないお節介を焼いてしまっていたんだけれど。あなたは特権階級から、社会のどん底まで突き落とされた人だった。痛めつけられ、転んで、汚れて、それでも生活のために働くことを身につけた。生きようとする本能が、あなたを図太くしていった。私はそれを見てきたわ」

瑛子は見惚れるぐらいに優雅な所作で、ソーサーからカップを持ち上げ、紅茶を飲んで喉を潤し、元に戻した。

「水嶋聖吾に引き取られたら、きっと贅沢三昧に甘やかされて、このカフェーにいたことなんて忘れてしまうか、忘れようとしてしまうのか、どちらかだろうと思っていたの。だけど、あなたは帰ってきてくれた人なのね。辛くて苦い思い出しかないこの場所に。だから、あなたはそういう人なの。あなたは自分の頭で考えて、どうしたいのかも、したくないのかも判断することができるのよ」

瑛子はテーブルの灰皿に置かれた一本を取り上げ、火を点けた。

「なのに、あなたのご主人様は、あなたは今でもヨチヨチ歩きのおチビちゃんだと、思っていたいんじゃないかしら。だって、あなたが一人では何もできない、無力なおチビちゃんなら、そういうあなたを庇護することは、自分の義務だ、責務だって言い張ることもできるでしょう？　その大義名分を振りかざしたら、あなたを思い通りにできるんですもの」

瑛子の言葉は、想像もしていなかった方向から投げつけられた剛速球のようだった。

受け止めきれずに面食らい、瞳を激しく震わせた。

本当の大人なら、自分のことは自分で考え、自分で決めたいと思うはず。また大人だからこそ、自分が恩義を受けたなら、何かの形で感謝の気持ちを示したい。

そういう気持ちは、決して可愛げがないからではないのだと。

一人の大人として、当然湧き出す情でありプライドでもある。

そんな風に瑛子は肯定してくれた。

自分のことは自分で考え、決めたいと思っていいのだと。

この何か月もの間、ずっと一人で抱え続けた心の重荷が、瑛子の言葉で一掃された気がして律は、溢れる涙をどうすることもできずにいた。

「まあ、あなたは大人になっても泣き虫の癖だけは治らないみたいだけれど」

瑛子は律にハンカチを手渡し、苦笑する。

「あなたも水嶋様と心からわかり合いたいと思うなら、自分はもうヨチヨチ歩きの坊やじゃなくて、意思も自我もある大人なんだってことを、彼に理解してもらうしかないんでしょうね。だけど、もう男妾だの何だのなんて、そういう噂話は、聞き流してしまいなさいな。他人を嫉《ねた》んで足を引っ張りたがる卑劣な人は、どこにだっているものよ」

「でも、僕の場合は、聖吾の評判に関わる問題じゃないですか。僕が側《そば》にいるせいで聖吾が悪く言われてしまうのが辛いし、どうしていいのかわからなくて……」

「そうは言っても、あなたの耳に入るぐらいなんだから、とっくにご本人も承知でしょうし。それでも、あなたを今まで通りお世話をしたいって、あの方自身がそう思うのであれば、それはもう、あなたの責任の範疇《はんちゅう》じゃないでしょう？」

律の危惧を一笑に付した瑛子は煙草を灰皿に押し付けると、化粧鏡の前に移動した。

耳隠しの断髪をコテで波打たせ、ダイヤの耳飾りをつけた後、香水瓶のスプレーで、うなじにオーデコロンを吹きかける。応接セットのソファに座る律の方にも、薔薇の花束のような芳香が届き、束の間気分が華やいだ。

「それに私にだって、ここのカフェーのオーナーの愛人なんて言う人がいるぐらいなんだから、噂なんて馬鹿馬鹿しくって相手になんかしてられないわよ。そういう人達は、きっとそういう話にしておかないと、私が成功している現実を、受け止められないからなんでしょうけれど」

辟易《へきえき》するように苦笑した瑛子は両手を広げて肩をすくめた。

だが、きっと瑛子もその心境に至るには、煮え湯を飲まされるような思いをしてきているに違いない。だからこその力強さと逞しさが、今の律には眩《まぶ》しく思えた。

自分も、もっと多くのことをこの身に知って、もっと大人になれたなら、いつかは彼女のように静かに微笑んでいられるようになるのだろうか。

「……ありがとうございます。瑛子さんと話していたら少し気持ちの整理がつきました」

だが、おそらく聖吾にとって、今のこの『幼稚で無力』な自分こそが、彼がそうあって欲しい『伊崎律』なのだろう。

そして、その偶像を必要とする彼のために、偽りの『伊崎律』でいることが、この屋敷での自分の仕事であり、役割なのだと思ってきた。

そうやって一から十まで聖吾に委ねきり、聖吾に世話をされている。

だからいつまでも自分は『囲われ者』の汚名を払拭できない。

また、そんな自分に傅く姿を晒《さら》すことが、聖吾のためになっているとも思えない。律はそれを、あらためて痛感させられた気がしていた。

本当に聖吾のために、自分がするべきことは何なのか。

それを今ここで、もう一度よく考える。

今後のことは聖吾ときちんと話し合う。

いくら彼が主人でも、全てを鵜呑みにするのではなく。

律は決意が固まると、鉛がつまったような胸苦しさから解放され、夕立の後のような清々しさを覚えていた。

丸めた背中をまっすぐ伸ばして頭を上げ、ほっと肩で息を吐く。

「今日はせっかく来てくれたんだし、ステージも観ていってくれるんでしょう?」

「ありがとうございます。実は僕も、そうさせてもらおうと思っていて」

瑛子の化粧鏡には、鼻の頭を赤くした自分が映り込んでいる。律は自分のハンカチで顔を拭い、忙しなくポケットに押し込んだ。

瑛子を安心させたくて会いに来たのに彼女の前ではつい本音の自分を吐露してしまう。何でも隠さず相談もできる。

瑛子の懐深さに感謝しつつ、まだまだ男の見栄すら張れない。

それでも今日は最終電車に乗りさえすれば、日付が変わる前には屋敷に戻ることもできる。

それまで瑛子の美声と、ジャズの調べに心ゆくまで酔いしれようと、律はようやく笑顔を見せた。

「もし良かったら、あなたも一曲ぐらい弾いてみない? うちにはあなたのファンも多かったんだし、私も久しぶりにあなたのピアノが聴きたいわ」

「本当ですか? 皆さんが良ければ、僕もぜひ」

瑛子の思いがけない提案に、身を乗り出させて快諾した。

譜面通りの正確さを求められるクラシックとは対照的に、ジャズは弾き手の機転が必要だ。即興だからこその臨場感と演者同士の一体感を数か月ぶりに味わえると思うと胸が高鳴る。気力も湧いた。

瑛子が入れ直してくれた紅茶を受け取ると、思わず肩を上下させ、ステージに立つ心地よい緊張感を味わった。

すると、突然ノックもされずに楽屋のドアがバンという激しい音を立てて、開かれた。

戸口の近くに腰かけていた律は反射的に振り返り、飛び込んできた無礼な男をひと目見るなり凍りつく。

「……聖吾」

「やっぱり、ここだったんですね」

声を一段低くして凄んだ聖吾が律を険しく射竦《いすく》める。

「……どうして、ここに」

唖然としたまま呟くと、聖吾は腹立たしげに眉を寄せ、険しい口調で言い放つ。

「私が帰宅する前、あなたは行き先も告げずに外出をしたそうですね？　少し前に女の手紙が届いていたから、逢引きだろうと和佳が言ってたんです」

「逢引きだなんて、そんなことっ！」

律は思わずソファから立ち上がって否定した。

行き先を告げずに外出したと自分が責められるのなら仕方がない。だが、聖吾の口から『女』だの『逢引き』だのと、瑛子を貶《おとし》めるような言葉を聞くのは我慢できない。

「僕が瑛子さんに会いに来るのは、もっと特別な意味があってしてるのに、瑛子さんを侮辱するのだけは許さない」

「許さないなら、どうすると言うんです？」

凄んだ律を一喝した聖吾に律は食い下がる。

「瑛子さんが僕を心配して、手紙をくれただけなのに。僕も全然、そんなつもりじゃ……」

「この方に心配させるようなことが、あなたの身に何か起こっているとでも？」

更に皮肉を織り交ぜて、聖吾は律に迫ってくる。

「カフェーの女に男が一人で会いに行けば、男女の関係があるのだと、世間はそういった目であなたを見ます」

律は必死に弁明した。

それでも間髪入れずに切り捨てられる。縋《すが》るように背後の瑛子を振り向くと、瑛子もあっけにとられていた。

「さあ、帰りましょう。あなたはこんな所にいるべき人じゃありません」

口早に告げた聖吾に腕を掴まれ、力任せに引き寄せられて、律は前のめりにたたらを踏んだ。膝が応接セットのテーブルに当たり、紅茶のカップが床に落ちて、けたたましい音とともにカップの破片と紅茶の飛沫《しぶき》が飛び散った。

「ちょ……、ちょっと待ってください！　こんなの彼女に失礼でしょう！」

とてつもない力で引っ張る聖吾に堪えきれずに声を荒らげる。いきなり乗り込んできておいて問答無用で連れ去るなんて、大人げないにもほどがある。

瑛子の楽屋口で揉み合っていると、派手な洋花模様の銘仙《めいせん》を着た女給達や黒服の楽団員等が訝《いぶか》しそうにこちらを見ていた。

「瑛子さん！　すみません、また今度……」

律は戸口の木枠にしがみつき、かろうじて謝罪を口にした。

けれども瑛子は律にではなく、廊下に出ようとしかかった聖吾に向かって豪語した。

「そんなに可愛い子だったら鎖で繋いでいらしたら？　水嶋財閥のご当主様」

揶揄《やゆ》するような瑛子の声に、頭をがつんと殴られたように、聖吾が微かに肩を揺らして足を止めた。

だが、振り返った聖吾が鬼の形相で睨《にら》みつけても、瑛子は鼻で笑い、細い眉を上げる。

「でも、さすがのあなたも、手こずっていらっしゃるんじゃありません？　その子は、あなたが猫可愛がりに可愛がりさえすればいい、頭の弱いお坊ちゃんじゃありませんもの。そうでしょう？」

せせら笑った瑛子は先程テーブルに置いた煙草を拾い上げ、真紅の唇に煙草を挟み、優雅にマッチで火をつけた。

「もっとも、あなたの思い通りにならないからこそ、あなたはこの子を信用して、必要としていらっしゃるんじゃないかしら。でなければここまで執着しないはずですもの」

挑発するように細く長く紫煙を吐き出し、瑛子は唇の端を横に引いて微笑んだ。聖吾はそんな瑛子を仇《かたき》のように睨《にら》み据え、律の手首を掴んだ右手に力を入れる。

律は、かすれかけた紫煙がたゆたっても、瑛子であれば気にはならない自分に気がつく。煙草の煙は、場所の空気を共に吸っていることを強調させるが、瑛子であれば構わない。

「聖吾」

ここにもこの場の空気を共にしている男がいた。

黙り込んだ聖吾を見上げ、おずおずと声をかけた時だった。聖吾は不意に唇をつり上げ、紅茶とカップの破片が散った板間の床に目を落とす。

「……わかっていますよ。そんなことは」

苦々しげに唇を歪め、語尾の最後で自嘲する。

「聖吾……？」

「だから彼は……、律さんは、この世で私に上からものを言うことができる、唯一無二の主人なんです」

聖吾は決然として顔を上げ、怒りと矜持を漲《みなぎ》らせた目で、瑛子に食ってかかっていた。

そんな彼を一蹴するかのように紫煙をくゆらせ、吐き出す瑛子と聖吾を交互に見やることしかできない。

「もう、……もうやめて、聖吾。彼女は僕の恩人なのに」

律は二人の間に割って入り、聖吾の胸に手をついた。

いつまで聖吾は過去の主従関係に囚われたままでいるのだろう。

しかも、この世で唯一無二の主人だとしながらも、その実、瑛子が言ったように『よちよち歩き』の主人を閉じ込め、思うが儘に支配しようとしている聖吾。

聖吾はあまりに矛盾していた。

どうしてそれに聖吾自身が気がつかないのか。

「言いたいことがあるのなら、僕に言ってくれればいい。聖吾はさっきから瑛子さんに八つ当たりしているだけじゃないか」

八つ当たりと評されて、ぎょろりと聖吾に睨《にら》まれる。

「本当に親代わり、後見人だって言いたいのなら、瑛子さんにはこれまでの礼のひとつも言ってくれていいもいいはずだ。それを聖吾は」

律は聖吾の胸の中で顔を上げ、フロックコートの襟を掴んで懇願した。

途端に聖吾が目の色を変え、肩を怒らせ、居直った。

「あなたはいつも私の言葉に耳を貸してくださらないじゃないですか。それは彼女が律さんのいちばん辛かった時に助けてくれた恩人だからなんですか？　信用できるからですか？　彼女にだったら腹を割って相談できると言うんですか？」

溜まりに溜まった鬱憤《うっぷん》を、石つぶてのように一方的に投げつけられても言い返せない。律は棒杭のように立ち尽くし、気炎をあげる聖吾を見つめることしかできずにいた。

聖吾に打ち明けられないことでも瑛子にだったらできるだろう。

これまで関東軍の軍人やゴシップ記者に男妾と罵倒されたり、好奇の視線に晒《さら》されて針のむしろでいることを聖吾に訴えたりなどしなかった。

それは心配させたくないからだったと言えるのか。

話をしても、結局聖吾の意向しか通らない。主従関係は覆せない。

そんな風に見限って、ずっと腹に収めてきた。

聖吾はそれを感じ取っていたのだろう。

「あなたはまるで」

聖吾はやるせなさを目にたたえ、拳を握り締めている。

「まるで、ここでの生活に、戻りたがっているようにしか見えません」

「聖吾」

聖吾の切れ長の双眸《そうぼう》が少しずつ光を失い、顔は強張り、伏し目になる。もう何も視界に入れたくないとでも言うように。

そして次の瞬間、問答無用と言わんばかりに聖吾に腕を鷲掴みにされ、律は愕然と目を見張る。

「聖……」

「さあ。もう、いいでしょう。外に車を待たせてあります。あなたの具合が悪いから、急いで帰ってきたのに、まさか女に会いに行くなんて」

まるで伴侶の不貞を責めるような言い方だ。その凄まじいまでの憤怒に気圧《けお》されていると、聖吾は肩をそびやかせたまま身を翻して、再び律の腕を引っ張った。

「……瑛子さん！」

律は最後に瑛子に詫《わ》びかけ、言い終える前に楽屋の外へ引きずり出された。

ステージに上がる楽団や、開店を待つ女給の女性やボーイでごった返す廊下を、律は紐で繋がれた飼い犬のように引っ立てられる。

「聖吾っ！」

カフェーの裏口から夜の盛り場に出てからは、聖吾は律に自分のコートを脱いで掛け抱え込むようにして歩き去る。

左右に軒を連ねる居酒屋の赤暖簾《のれん》をくぐる酔客や、けばけばしい電飾が縁取るストリップショーの箱看板。カクテル券やコーヒー券を差し出す女給の目などから、ことごとく律を隠しつつ、大通りまで連れて出た。

「どういうつもりだっ！　何の権利で聖吾がこんな……っ！」

律は渾身の力で聖吾を突き放し、よろめきながら距離をとる。

ぽつりぽつりと街灯が照らす大通りは帰路につく通勤客の人通りも絶えていて、しんと静まり返っていた。

自分と聖吾の吐く息が、薄闇の中に、ただ白く上って消えていくだけ。

それでも律は肩で息を喘がせながら聖吾と睨《にら》み合っていた。

二人のうちのどちらかが今、指一本でも動かせば、一瞬にして斬り合いにでもなるかのような緊張感で、声を発することもできない。

そうしているうちに大通り脇に停車していた自家用車から運転手が飛び出してきて声を張る。

「お帰りなさいませ、旦那様」

白い手袋をした運転手が後部座席のドアを開け、恭《うやうや》しく二人に向かって頭を下げた。

直後に聖吾はホッと小さく息を吐き、そのドアの上縁に手をかけた。

「……乗ってください。話は家に戻ってからです」

「私は頭を冷やしたいので、一人で歩いて帰ります。まだ市電も通っていますから」

律は肩にかけられた聖吾のコートを丸めて投げつけ、むっとしたまま背を向けた。

だが、その肘を掴まれて、後部座席に投げ込まれた。

「聖吾っ！」

「いいから、早く車を出せ！」

聖吾は戸惑う運転手を怒鳴りつけた。

咄嗟《とっさ》にドアを開けようとする律の肩を掴んで引き戻し、座席の背もたれに押しつける。

「あなたの音楽家人生にとって、カフェーのピアノ弾きだったなんて過去は、汚点にしかならないんです！　そんなこともわからないんですか！」

間近に迫った双眸《そうぼう》は、憤怒の炎が燃え盛り、律は言葉を失った。

無意識のうちに律が尻でいざって逃げをうつと、聖吾は憎らしげに顔を歪め、拳でシートを殴りつけた。

「……聖、っ」

律はビクリと肩をすくめたが、聖吾は憤然として背もたれに倒れかかって脚を組む。車が車線変更した。車の通りも既にまばらな大通りを速度を上げて、一直線に走り始める。

程なく聖吾は窓の外へと顔を向けた。

まるでそれ以上の反論を拒むように流れる夜景を無言で眺める頑なな背中を見ていると、腹の底から怒りのマグマがこみ上げる。

「……カフェーのピアノ弾きだった過去が汚点にしかならないような僕の音楽家人生って、どんな人生だって言うんだよ」

律は窓の外に目を向ける聖吾を睨《にら》みつけ、一段声を低くした。

下にも置かない扱いで持ち上げておきながら、自分の都合で暴君のように命令する。聖吾の屋敷に上がって以来、無理やり理性で押さえ込み、見ないようにしてきた不満が怒りに変わり、声も震え出していた。

「僕は聖吾と違って、クラシックでもジャズでも弾きたいよ。逆に何でも弾けるピアニストになれたらいいと思ってるぐらいなのに、汚点になるからカフェーに出入りするなとか。聖吾は本当に僕をどうしたいんだ。世界中でリサイタルができるような、そんなピアニストにでもなれって言うのか！」

我を忘れて怒鳴る律に驚いたのか、ハンドルを握る運転手がちらりと背後を振り向いた。すると、聖吾が眉をひそめ、律に向かって言い放つ。

「大きな声を出すのは、およしなさい。話は家についたらすると言っているでしょう」

胸の前で腕を組みつつ、いかにも煩《わずら》わしげに苦言を呈され、律は更に激高した。

「じゃあ、家に帰れば僕の意見が聞けるのか！」

話をすると言いながら、どうせ聖吾自身の考えを一方的に押しつけるだけ。

自分はこれまで聖吾が主人である以上、最終的な決定権は聖吾にあるものとして追従してきた。何よりもまず聖吾を理解し、課せられた期待に応えることで、この屋敷に上がった意義が確認できればそれでもいいと思っていた。

けれど、たとえ主人といえども、人の人生を操作する権利はないはずだ。意思を無視する権利もない。

どんなに好きでも愛していても、許していいことと、決して許してはいけないことがあるはずだ。そのことに気づかされた今、理不尽な要求にまで諾々《だくだく》と従うなんて、断じてできない。

「瑛子さんのことだって、聖吾はすごく馬鹿にするけど、あの人は僕にとって命の恩人も同然なんだ。お金がなくて、食べることも満足にできなかった僕のこと、本当に心配してくれて。いつも気にかけてくれていたのはあの人なのに。だから、瑛子さんに二度とあんな失礼なことはしないって、ここで僕に約束してくれ。彼女は聖吾が思ってるような、ふしだらな人じゃないんだ、絶対に」

律は聖吾に詰め寄った。

今以上、聖吾が瑛子に無礼な態度を見せたりしたら、自分が瑛子に顔向けできなくなってしまうだろう。

だが、聖吾は振り向きざまに射るような目で律を睨《にら》み返し、声もなくその唇を喘がせた。

「聖、……」

悲痛に歪められた顔、悲しみにも似た憤りと落胆をにじませて、聖吾が身体の正面を向けてきた。反射的に身動《みじろ》いだ律を無言で見つめ、座席の端を掴んだ右手を目に見えて戦慄《わなな》かせている。

「聖吾、どうし……」

「わかりました。どうやらあなたは彼女の愛人だったようですが、今は私があなたのお世話をしています。あなたが彼女に媚《こび》を売る必要が、どこにあると言うんです？」

聖吾の残酷なまでに冷ややかなもの言いが、異変を気遣う律の言葉を遮った。

「えっ……？」

言われた言葉の意味はわかるのに、何もかもが理解できずに眉を寄せた。あらためて問い質《ただ》すように、ゆっくり小首を傾げる律に、聖吾はどこか投げやりな笑みを浮かべて言い続ける。

「年上の商売女にのぼせあがっているようですが、あなたのように世間知らずの坊っちゃんがあんな女のイロにされてご覧なさい。そのうち女の情夫に阿片中毒にでもさせられて、淫売宿か、上海辺りに売り払われるのがオチですよ」

失笑で鼻を鳴らした聖吾が嘲るように唇をたわめる。

「それでも私の言うことは聞き届けては頂けませんか？　あのジャズ歌手の言い分だったら鵜呑みにするのに」

侮蔑に満ちた剣呑な眼差し。

故意に傷つけようとしているとしか思えないほど辛辣な皮肉が容赦なく胸を貫いて、律は茫然自失となっていた。

運転手が注意深くハンドルを切るたび、振り子のように頭が揺れる。さっきから、異国の言葉で互いに話しているかのように、気持ちがすれ違っていく。

聖吾が何にこんなに怒っているのか。

二重三重に瑛子を卑《いや》しめ、挑発しながら、どうしてそんなにやるせない目で自分を見るのか。

とりとめもなく浮かんでは消える疑問符に、律は惑乱させられて、返す言葉も浮かばない。それきり口もきけずにいると、こちらを見据える瞳を微かに震わせ、聖吾が不意に顔を背ける。

二人同時に口を噤《つぐ》むと、凍えるような沈黙が、広々とした車内に行き渡った。

鬱蒼と生い茂った樹木の枝葉が屋根を作る坂道の途中で門戸が開かれ、車は母屋の正面玄関の車寄せに横づけされた。

「失礼します」

律は運転手がドアを開ける前に、自らの手で押し開き、聖吾を残して車を降りた。

これ以上の言い争いを避けたくて、出迎えの執事や女中を押しのけながら靴を脱ぎ、主玄関の上《あ》がり框《かまち》に足をかけた。

けれども、聖吾がとどめとばかりに追い打ちをかけてくる。

「今度あの女に会いに行ったら、私の方にも考えがあります！」

その声高な命令口調にむっとして振り返り、律は反発と憤りを剥き出しにして背後の男を睨《にら》み据えた。周りで執事や和佳や女中らが固唾を呑んで事の次第に見入っている。それでも、もう表向きの書生の立場を取り繕うなどできずにいた。

「なに？　その安っぽいヤクザみたいな脅し文句。また僕が瑛子さんに会いに行ったら、その時は聖吾が僕を淫売宿に売るって言うの？」

しかし、そんな売り言葉には反応せずに、聖吾は憤る律を不気味なまでに静かな双眸《そうぼう》で凌駕《りょうが》した。律が無意識のうちに逃げをうって身動《みじろ》ぐと、聖吾は感情の凪《な》いだ沼地のような陰鬱な目をしたままで。車は主玄関に続くアプローチを上り始めた。

自分でドアを開けていると、背後から聖吾に諭される。

「あんな下賤な女にうつつを抜かしているから、そんな下世話なもの言いをするようになるんです。このままでは亡き旦那様にあわせる顔がありません。こうして大切なご子息をお預かりしている身だというのに、私の目が行き届かなかったばかりに、あなたをこんな……」

二人ともに車を下りると、聖吾は乱暴に車のドアを閉じた。

「あなたは自分を見失っていらっしゃる。過去は過去のものにして、もっと先を見てください。私は律さんには一流のピアニストになって頂きたいだけ。そのためには音楽に限らず一流に触れて、一流とはどんなことかを私との生活で知って頂きたいと申し上げているだけです。私の要望はシンプルです。そんなに考え込むような問題ですか？」

ふっとした微笑をもらした聖吾は、逆毛立つ猫を宥《なだ》めるように律の頬に触れかけた。

「わかった！　もう、いい！　僕を放っておいてよ！」

こうして聖吾は最後に必ず『後見人』の面を被り、無理やりにでも会話に蓋《ふた》をしてしまう。

律はその手を払いのけ、長い廊下を脱兎のごとく駆け抜ける。

制止を促す聖吾の声が聞こえたような気がしたが、二階の自室に閉じこもり、聖吾や女中に呼びかけられても無視をした。

だが、たとえどんなに一方的でも、聖吾が善かれと思ってしてくれていることぐらいわかっていた。

カフェーと銘打ちながらも、唯のいた店のように地の薄い錦紗の着物をまとった女給が、客の膝の上に横座りになり、チップで身体を触らせる店もあるほどだ。

そのうえ、二階の座敷で売春行為を行っている遊廓のような店も少なくはない。

原色の電飾がけばけばしく彩る箱看板。店前で『キッス進呈券』なるチケットを配るボーイ達。太股まで剥き出しにしたスカート姿の女給が男に渡すのは、女性器図柄の卑猥《ひわい》なマッチ。

こういう夜の盛り場を子供が一人で出歩けば、後見人なら当然叱責するだろう。

だが、瑛子に会いに行くことまでを禁じる権利は聖吾にはない。

瑛子は認めてくれた『自分』の考えに添った行為を全部否定するのなら、聖吾は道を阻む障害にしかならないだろう。あのカフェーはかけがえのない聖域なのだ。

生まれて初めて自分で稼ぎ、自分の足で立っていた、カフェーでの日々は聖吾に何と言われようと手放したくないプライドでもある。

もちろん、今は聖吾のおかげで何不自由なく生活ができている。それも事実だ。だからこそ、あの頃のひもじささえも郷愁として思い出すことができるのだろう。

だとしてもあの頃の自分を、カフェーで出会った人々と一緒に切り捨てるなんて絶対できない。

翌朝、気が重かったが、聖吾が出勤する時間に合わせて朝食を取るためダイニングルームの扉を開けた。すると、聖吾の席に用意されているはずの半月盆が見当たらない。

聖吾がいないダイニングルームに、すぐにやって来た女中が白飯とみそ汁、鮭の塩焼きなど、律の分の支度を始める。

「すみません、あの、旦那様は」

「急ぎのお仕事があるとのことで、食事はお済ませになられました」

「えっ？」

驚いた律は思わず椅子に手をかけたまま、女中を見つめた。

「じゃあ、もう」

「はい。先程お立ちになられました」

続けて半月盆に野菜の炊き合わせや卵焼き、漬物をのせると、とりつく島もないほどさっさとダイニングルームを出ていった。

拍子抜けした律は聖吾と顔を合わさずに済んでほっとした半面、避けられたのだと意を汲んだ。

そのまま湯気の上がった白飯や味噌汁をぼんやり見つめる。

あの聖吾にこんな風に一人きりにされたのは初めてだ。

昨夜の言い争いの腹の虫が治まっていないということか。顔も見たくないぐらい、怒っているのか。律は輪島塗の箸を持ち上げ、味噌汁を飲み、白米や漬物をもそもそ食べる。途中で箸を止めるたび、深い溜息を吐《つ》いていた。

聖吾を本気で怒らせた。

庭に面した窓から射し込む冬ならではの淡い朝日が、壁沿いのチェストや、その上に飾られた有田焼の大皿、大ぶりの花が生けられたバカラの花瓶の影を薄く伸ばしている。

この静寂こそが聖吾の無言の反発だ。

自分は聖吾を怒らせただけでなく傷つけた。

売り言葉に買い言葉だったにせよ、言いすぎたという後悔がじわじわ湧き出す。律は半分も手をつけないまま箸を置き、ダイニングテーブルを後にした。

学校に行く準備をするため、重い足取りで部屋に戻る。

寝所にしている座敷の隣室に、六畳の衣裳部屋が設けられ、向かい合わせに桐の箪笥が並んでいる。

その中から制服を収めた箪笥の扉を観音開きに開いた瞬間、律は昨夜、瑛子の楽屋で脱いだコートのことを思い出した。

「……しまった。すっかり忘れていた」

よりによってあのコートは襟にキツネの毛皮をあしらった贅沢な代物で、値段にすれば上等な宝飾品ほどにもなる。

聖吾に二度とカフェーに行くなと言われたものの、取りに行かない訳にはいかない。

律は早速今夜にでも訪ねていって、昨夜の非礼について瑛子に詫《わ》びようと心に決めた。

内心、良い口実ができたことを喜んでいると、廊下の方から襖《ふすま》越しに女中に声をかけられる。

「恐れ入ります。律様にお届け物があるとのことで、使いの方がお見えですけど」

「僕にですか？」

律は何やら予感めいたものを覚えながら、内玄関脇の接客室へ赴いた。

「失礼します」

律を先導した女中がドアをノックして、真鍮《しんちゅう》のノブを回して開ける。

と同時に、応接セットのソファに腰かけていた少女が弾かれたように立ち上がり、深々と頭を下げた。

「榊原《さかきばら》瑛子さんから、伊崎様のお忘れ物をお預かりして参りました」

地味な着物の小柄な少女は、風呂敷包みを手早く開いてコートを取り出すと、恭《うやうや》しく律に差し出した。律は案の定の展開に落胆しながら両手でコートを受け取った。

「……ありがとうございます。わざわざ届けて頂いて」

律の手が少女の指に触れそうになると、おさげ髪の可憐な少女はそれだけで、はにかんだように目を伏せた。紅潮させた頬も初々しく、女給というより店の厨房の下働きといった印象だ。瑛子の使いの者であれば彼女の付き人なのかもしれない。

「では、少しだけ待ってて頂けますか？　瑛子さんに御礼の手紙を届けて欲しいんです」

律はあらためて少女にソファを勧めると、ライティングデスクの引き出しから便箋と封筒を取り出した。壁際のデスクの前に腰をかけ、昨夜の謝罪を兼ねた礼状をしたためる。

その間、少女はもの珍しげに律の万年筆を凝視したり、天井のシャンデリアに見惚れたりと、子供らしい好奇心を顕わにしていた。

「お待たせしました。これを瑛子さんに渡して頂けますか？」

律は封書に収めた手紙を手渡すと、仰々しくならない程度の小遣いを懐紙に挟んで少女に握らせた。少女は寸志に戸惑ったのか、怯えるように肩をすくめ、律を上目遣いに窺った。

「少しですから、お気になさらず受け取ってください。ここで僕から寸志を貰ったことを瑛子さんにお伝えして、瑛子さんがいいとおっしゃったのなら、あなたが自由にお使いなさい」

素直に寸志の話を瑛子にすれば、きっと瑛子は少女にそれを戻すだろう。

寸志の扱いについて、かつて律が瑛子から教わった通りの礼儀を教示し、少女に微笑みかける。

律自身、カフェーに勤めていた頃は客からの寸志で命を繋いだこともある。少女がそこまで困窮しているかどうかまで定かではなかったが、あの頃の自分を思えば、幾らかでも手渡さずにはいられない。

「……ありがとうございます」

庭に面したガラス窓からふり注ぐ朝日を背にした少女は、折り畳まれた懐紙を両手で握って胸に当てた。

感じ入ったかのように瞬きしている少女を前に、胸を切なく軋《きし》ませた。

こんな年端もいかない少女の中には、夜の盛り場で劣情の捌《は》け口を求める大人を相手に身体を触らせ、凌辱され続ける者もいるはずだ。

稼いだ賃金のほとんどは田舎の家族に仕送りされるが、少女達は恨まない。田舎の両親、幼い弟妹が飢えずに済むなら本望だとでもいうように。

もちろん、女給の中には遊ぶ金欲しさに自ら春をひさぐ女もいるだろう。

しかし、その大半は右も左もわからぬうちに親の意向で女衒《ぜげん》に売られた子供ばかりだ。

お前が客に身体をひらかなければ親兄弟は飢え死にするなどと言ってまだ母親の懐に抱かれていたい子供の親への愛着を利用する。

なんて卑《いや》しい。なんて残酷なのだろう。

聖吾はそんな彼女達への嫌悪の念を隠そうともしなかった。

唯が妾奉公を自ら望んできたように、女給の方でも男の欲望を金に換える女も少なからずいるだろう。丹下に連れていかれたあの妙なカフェーのように、背の高い椅子の背もたれと壁に囲われて、キスをしたり身体を触らせ合うなど、目を背けたくなるほど猥雑なカフェーもあるのはわかる。

聖吾にはそんないかがわしいカフェーと同等であるかのようにそしられるのが辛いのだ。

しかも唯のように自ら自分を売りに出す。

そんな女に聖吾がなびくはずがない。顔さえ合わせられたなら、手練手管で懐柔するのはお手のものと、聖吾を下に見ていた唯を今でも許せない。

そういった女が暗躍するカフェーと瑛子のカフェーを、同列にみることなど許せない。

律にはそれが、身内をそしられるようにつらいのだ。

そんな聖吾の意のままに、彼の理想の『良家の子息』『正統なピアニスト』になることが、自分の人生だとは思えない。律は少女を見送ると、いつものように自家用車に乗り、登校した。

◆

そろそろ聖吾が帰宅する時間になり、律は私室に置かれたグランドピアノに蓋《ふた》をした。帰宅して普段着に着替えた聖吾が部屋まで呼びに来て、一緒にダイニングルームに向かう。それが習慣になっているからだ。

今朝は会うのを避けるように、早朝から出勤してしまった聖吾だが、今夜はどうするのかが、わからない。

いつもの時間に帰宅して、いつものように夕食を共にするのだろうか。

それとも当てつけのように帰宅を遅らせ、使いの者に先に夕飯を食べるよう指示されるのか。

耳を澄ませて待っていると、廊下を踏みしだく板間の音が、だんだん近くなってくる。いつもの時間に帰宅した聖吾の足音だろう。律はピアノがある洋間を離れ、廊下に面した四畳半の次の間に移動した。

部屋の前で足音が止んだ。

「律さん」

いつもの声音で優しく声をかけられる。

いざこざを引きずらないのが聖吾の美点でもあり、悪癖でもある。

とはいえ出迎えに来てくれたことで、早鐘を打つ胸の鼓動は静まった。

「はい。お帰りなさいませ」

呼びかけに答え、律は襖《ふすま》を開ける。そしてすぐに異変に気がついた。

聖吾の後ろに少年がいる。スタンドカラーのシャツの上に紺の絣《かすり》の着物と短めの袴の貧しい身なりをしているが、散髪された黒髪は艶やかで目鼻立ちもすっきりしている。彼が大切そうに抱えた風呂敷包みは何なのだろうと、首を傾げる。

「彼は、今日から私の住み込みの書生として入ってもらう加納真咲《かのうまさき》君です。歳は律さんよりひとつ上の二十歳です。私の書生ということは律さんよりも格下ですから、加納君にも何なりと用を申しつけてくださって結構です。年齢が近い者同士、話が合うと良いのですが」

「よろしくお願い致します」

「えっ?」

「初めまして。加納真咲と申します。水嶋先生の書生として、お屋敷に上がらせて頂くことになりました。なにとぞよろしくお願い申し上げます」

驚きの声を発した律に対し、加納は挨拶の言葉が聞こえなかったと思ったのだろう。卑屈でもなく、かといって大げさでもなく、よく通る声で律に再び、頭を下げた。

「加納君。では、和佳に書生部屋まで案内してもらいなさい」

「畏《かしこ》まりました」

和佳は少し離れて控えていた。

加納は二階の廊下の向こうへ長く進み、一階のエントランスに繋がる大階段を和佳に続いて下りていく。

唖然とするしかない律に朗らかに聖吾が言い出した。

「それではダイニングに行きましょうか」

棒立ちになった律の腰を抱くようにして促され、律も二、三歩歩いたが、戸惑いと動揺は隠せない。

「あの、では、加納さんもダイニングに……」

「まさか、そんな」

歩きながら一笑して聖吾が続ける。

「加納君は屋敷の下男と一緒に、雑居部屋でのまかないです」

「だったら、私も」

「律さんは、今まで通り私と一緒に同じものを食べ、学校に通い、勉学に励んでください」

「私も旦那様の書生です！」

聖吾が先に大階段を半ばまで下りた所で、律は聖吾の前に立ち塞がったが、何の表情も見られない。

意趣返しのつもりでいるのか、怒っているのか、人形のように奇麗な顔には、もはや人間味がない。

「加納君には加納君がするべき仕事を言いつけます。律さんがするべき仕事は音大で勉学に励むことだと言い渡しているはずですよ？」

聖吾が唇を横に引くようにして笑う表情は、何かを見下す時の嘲笑だ。

昨夜、瑛子のいるカフェーに通うことをやめないのなら考えがあると言った聖吾。

それがきっと、これなのだ。

本物の書生を迎え入れ、自分にあらためて立場を思い知らせる。

当主の仕事の右腕として認められたい願望を叶えることができる青年がここにいる。

一方の自分はといえば、着道楽の聖吾の着せ替え人形。美しいものだけに囲まれて生きて欲しいと嘆願されたが、結局は聖吾の庇護のもと、学費のかかる音大に、のうのうと通っているだけの聖吾の『身内』だ。

律は、殺処分の宣告を受けた犬猫だった。

再び階段を下り始めた聖吾の背中には拒絶の文字が浮かんでいる。

「旦那様」

自分の声が震えているのが自分でもよくわかる。律は蚊の鳴くような声で続ける。

「申し訳ございませんが。私は今夜は食欲が……」

大階段の手摺りに掴まり、訴えた。

「どうなさいました？」

「あまり体調が良くなくて……」

「そうでしたか。わかりました。それでは後でお部屋に粥か何かを運ばせましょう。軽食だったら大丈夫でしょう？」

あからさまな仮病とはいえ、気遣う言葉のひとつもない。

「お部屋に戻って頂いて結構ですよ」

まるでお払い箱と言ったような口ぶりだ。

そのあと聖吾は振り返りもしなかった。一人で階段を下りきると、ダイニングがある方向へ廊下を進み、見えなくなる。

心臓が異常な早鐘を打っている。

加納という正式な書生を引き取ったことで、もう半ば見捨ててしまったような相手と、これまで通り同じダイニングで食事を共にし、何ら変わりのない生活ができてしまうそのことが、聖吾からの最上級の当てつけだ。心臓が異常な早鐘を打っている。こめかみや額にうっすら汗をかいていた。

どうして聖吾が自分を決して見限らないと、驕《おご》っていられたのだろう。律は一歩も動けなくなる。

頭の中に大量の言葉が噴出した。

律は聖吾を怖いと感じた。

聖吾はとてつもなく情に厚く、とてつもなく冷酷な人なのだ。

ホールを行き交う女中や下男に、大階段で突っ立っている自分に訝《いぶか》しげな視線を向けられて、律はようやく踵《きびす》を返した。聖吾と二人で並び歩く時には必ず歩かされていた畳敷きをあえて避け、板張りの方を歩いてみる。

畳敷きの側は前庭に面していて、広大な日本庭園を二階から一望のもとにすることができる。日が暮れた後、聖吾が就寝する時間まで庭の石灯籠には蝋燭《ろうそく》が点《とも》され、池の水面に映し出される逆さ庭園の景観も楽しめる。

板間の方を歩いてみれば、廊下に幅があるために視界の端でしか見られない。

こんな風に、聖吾は自分を主家筋の主人としてずっと遇してくれていた。それに対しての罪悪感も薄れていた。ずっとそれが続くのだとばかり思っていた。

自分を主人として仕えてくれる聖吾に対して抵抗感はあったのだ。

それでもそんな聖吾にもたれかかり、いつしかこの状況に甘んじてしまっていた。

自立なんて言葉もすっかり頭から遠のいた。

文句ばかりは一人前で、感謝の言葉のひとつも言わない。そんな自分に聖吾は呆れ、関心そのものがなくなりつつあるのでは。

律は鉛のように重い足を引きずって、ようやく部屋にたどり着いた。

よろめきながら襖《ふすま》を開けて次の間を渡り、洋間を横切る。更に奥の襖《ふすま》を開けると横並びの座敷が二間ある。その座敷のいちばん奥が寝室だ。

いつもは夕食を済ませる間に和佳が布団を延べてくれていた。

虚脱した律は押し入れから布団を取り出し、自分で敷いた。天井灯のスイッチを切り、布団の中へと潜り込む。頭まですっぽり被り横向きになった律は手足をすくめて小さくなる。

心細さで胸がつぶれそうだった。

加納という青年は、いかにも聖吾が好みそうな清楚で謙虚で、頭の回転が速そうな知性をたたえている。

このまま聖吾に役立たずの居候《いそうろう》と放逐されたら、結核を患《わずら》う母親はどうなってしまうのか。

またあの不衛生な救護院での生活に戻るのか。

こうして一度最上級の品々に囲まれて生活してきた数か月間。

その蜜にどっぷり浸った自分は今更戻ることができるのか。

そんな覚悟のひとつも持たず、のうのうと生活を共にした。

意見までした。

それを全部失ってしまうのだ。

布団に包まり、律はぎゅっと目を閉じる。

なんてみじめなんだろう。

稼ぎがないということは、御足がないということだ。

自分の意思では、どこにも行けない。今はただ、聖吾に生活の何もかもを委ねた自分に後悔しかない。

「律様。旦那様から軽食の差し入れでございます」

洋間と座敷を仕切る襖《ふすま》の奥で、和佳に声をかけられた。律は気怠く起き上がる。

「今日は食欲がありませんので、結構です。下げて頂いてもよろしいでしょうか」

「畏《かしこ》まりました」

襖《ふすま》越しに言い合って、律はまた暗い寝室の布団に横たわる。

和佳はほとんど足音を立てないせいか、神出鬼没で、いつでも不気味だ。襖《ふすま》を開けて廊下に出ていく気配もほとんど感じない。

聖吾に命じられたから、聖吾が欲しがる『理想の坊ちゃん』でいたはずなのに。

お人形遊びには飽きたと言わんばかりの手のひらの返しように、少しも悪びれた風がない。

律は、この屋敷での自分の味方はもう誰もいなくなったと痛感した。

第十章　二人の書生

翌朝、目蓋を腫らし、目を赤く充血させた律はダイニングでいつものように聖吾と二人で向き合って朝食を取っていた。

今朝は白い食器に盛られたスクランブルエッグと温野菜、数種類のハムやソーセージ、カットされた果物とパンとコーヒーだ。

「昨夜もご気分が優れなかったようですが、少し前は外出もなさっていましたし。すっかり、お元気になられたということで、今朝から私の好みの洋食にさせて頂きました」

カップを持ち上げ、コーヒーをブラックでたしなみながら皮肉を言われた。

外出というのは、先日、瑛子のいるカフェーまで一人で行ったことを指すのだろう。

それまで半病人のようだったのに、瑛子にだったら会いに行く。会いに行けてしまうことが聖吾を傷つけた自覚がある。

律は何も答えずにパンを食む。互いに視線を合わせない。砂を噛むようだとは、このことだ。

朝食を済ませて。聖吾の後に続きダイニングルームを出ると、書生の加納が昨夜と同じ服装で聖吾のコートと帽子、マフラー、鞄を抱えて待っていた。

「午前の予定は？」

「予定通りです。今の時点で変更の電話は入っておりません」

加納は聖吾にコートを着せかけながら、きびきび答える。聖吾は差し出される順にマフラーを巻き、帽子を被る。鞄は加納が提げている。二人は足早に玄関に向かい、聖吾は革靴を、加納は下駄を履いて外に出る。

これまで和佳がしていた出勤時の支度を加納が引き継いだようだった。

聖吾と加納は召使い達に見送られ、車寄せに横づけにされた車に乗り込む。聖吾は後部座席で、加納は助手席。足の速い聖吾に後れをとることもなく、加納は合間、合間で懐中時計を懐から出し、時間の確認も怠らない。

車が正門をくぐり見えなくなると、律は猛烈な虚脱感に襲われた。

もしも約束通り書生の責務を負っていたとしても、自分にあんなに隙なく仕事ができていたとは到底思えない。

私室に戻り、抜け殻のように登校の支度を整えて二台目の車の後部座席に入った律は、書生たるもの、主人と同じく後部座席に乗るなんてどんなに無礼なことなのか、これまで気がつきもしなかった。

情けないとしか言葉が出ない。

大学の正門近くで停車して、白い手袋をはめた運転手にドアを開けられながら降り立つ自分に、今では誰も驚かない。

「行っていらっしゃいませ」

「ありがとうございます」

力なく小声で礼を言い、引き返した車が見えなくなると踵《きびす》を返して正門を出る。

「おい、どうしたんだ？　一限目が始まるぞ？」

怪訝そうに声をかける級友達に、律は肩越しに力なく微笑を残し、黙って大学を後にした。

◆

大学に近い駅から市電に乗り込み、銀座まで出て、楽器屋の前で制帽を取る。

通りに面した陳列窓には蓄音機やレコードなどが飾られて、流行歌手のポスターが所狭しと張られている。

律は昂る鼓動を落ち着かせるため、胸に手を当て、青い空を仰ぎ見る。

軽く目を閉じ、最後に胸いっぱいに息を吸い込み、吐き出した。そうしてまっすぐ前を見据え、意を決して正面のガラス扉を押し開けた。

「いらっしゃいませ。何かお探しでしょうか？」

あいうえお順に分別されたレコード盤の陳列棚が通路沿いに並んでいる。そのの奥から初老の主人がすぐに顔を出した。律はギクリと肩を波打たせ、ぎこちない笑みを浮かべて周囲を見た。

「いえ。あの……」

忙しなく視線を泳がせた後、手近な楽譜を掴んで答える。

「こちらを頂けますでしょうか」

「こちらでございますね。畏《かしこ》まりました」

背広姿の初老の主人はすぐに包装に取りかかる。律は財布を用意しながら生唾を飲み、店の主人に声をかける間合いを読んでいた。

そんな律のただならぬ気配を察したように、主人の方も時折律を窺った。

「お待たせしました」

楽譜と引き替えに小銭を受け取る主人の顔はどこか居心地が悪そうだ。律は無用な誤解を与える前にと、思い切って申し出た。

「あの……、僕。上野の音楽大学の本科生で器楽部ピアノ科に通う伊崎といいます。もし、あの、こちらでピアノをお求めになられたお客様で、ピアノの家庭教師を探している方がいらしたら、僕を紹介して頂けませんでしょうか」

「はあっ？　音大生で？　ピアノの家庭教師？」

店の主人は突然の律の申し出に声を張り上げた。眼鏡の縁を上げ下げしながら律を上下に眺め、眉間に皺を刻み込む。

見ず知らずの学生にいきなり仕事の斡旋を依頼されれば面食らうのも当然だ。

律は気まずく顔を伏せ、値踏みをしているかのような主人の視線に堪えていた。

半年前にもこうして仕事を探し歩いて、そのたび話すらまともに聞かれず、迷惑とばかりに裏口から叩き出された屈辱が次々脳裏に浮かんできた。返事を待つ僅かの間にも足が震え出すのを感じていると、やがて主人は元の位置に眼鏡を戻した。

「それじゃあ、まあ、……とりあえず、学生証を見せてもらっていいですか?」

胡散臭そうにしながらも会話を続けるつもりはあるらしい。律は慌てて制服の内ポケットから出した学生証を両手で差し出した。主人はそれを受け取ると、度の合っていないらしい眼鏡を再び上げ下げしながら学生証を確認した。

目を上げた主人の顔色はすっかり変わっていた。

「こんな大学に通えるような学生さんが、どうして仕事探しなんてなさるんですか?」

「事情があって自分で学費を用立てしなくてはならなくなりました」

「親御さんが病気にでもなりなさったんかい?」

「……ええ。はい。ですが、退学だけは免れたくて」

嘘をつくのが下手だと自覚があるだけに、声が震えて語尾がかすれる。

だが、今日は聖吾が誂えたの毛皮付きのコートではなく、同年代の学生が着るウールのコートを選んできた。金に困っていることをアピールするための工作だ。

「そりゃあ、こんな音大に入学できたんだから、やめたくなんかないだろうねえ」

学生証を律に戻した店主の顔に憐れみと同情の念が浮かんでいた。

「ここに君の名前と連絡先を書いて」

店主は電話の近くに置かれたメモ帳とペンを出す。

「……えっ?」

今度は律が言葉を失い、呆然としながら主人に訊ねる。

「い、……いいんですか？　ご紹介をお願いして……」

「最近は日本人でもピアノやオルガンを買われるお金持ちが結構いるからね。だけど、外国人に教わるのは恐いって言うし。かといって日本人でピアノが弾けるなんて人は少ないからさ。音楽大学の学生さんが教えてくれるっていうんなら、喜ばれるんじゃないのかな。もし聞かれたら紹介するよ。身元もちゃんとしているようだし、品のいい学生さんだし」

「本当ですか……っ!?　あっ……、ありがとうございます！」

思わず前のめりに詰め寄ると、粋な蝶ネクタイをした主人は、苦笑交じりに「こちらこそ」と言い、頷《うなず》いた。

歯が鳴るほどの緊張は、一気に歓喜に変わっていた。

こみ上げる涙を必死に堪え、連絡先を書いた紙を主人に手渡し、頭を下げた。

「お手数をおかけしますが、よろしくお願い致します」

何度も頭を下げつつ店を出て、ノブを引いて扉を閉じた律はよろめきながら路地の街路樹に手をついた。

心臓が早鐘を打っていて、息まで苦しい。

寒風に晒《さら》されながらも幹に額を押し当てる。こめかみと背中を玉の汗が流れていた。

家の中で仕事がないなら、外に出てでも働きたい。

聖吾に直談判しても、きっと一蹴されるだけだろう。いや、今ならその逆で、何でも好きにしたらいいだろうと、相手にされないかもしれない。どちらにしても、たとえ数銭でも自分で稼いだ自分の金だと言える御足が欲しい。

でも、まだ一件だけでは全然足りない。

浮かれる自分を戒めた律は、更に別の楽器店やレコード店にも足を運び、同じように依頼した。

そうして律が午後の授業が始まる前に大学に戻り、器楽部の階段教室に姿を見せると、すぐさま同級の長沼博《ひろし》が駆けつける。

唯をモノにするために、丹下が長沼ではなく、水嶋財閥に引き取られた『身内』を天秤にして、おそらく速攻で弾かれたはずの長沼だ。

「どうだった？」

「ありがとう。……それが割と、どこも好意的でさ。音楽大学の学生なら信用できるし、そういう話があれば紹介するって言ってくれて」

律は半笑いで眉を下げ、どの店でも印籠のように使われた音楽大学の学生証を手にして眺める。

半年前には全く役には立たなかった学生証が、これほど効力を発揮するとは思わなかった。

もちろん半年前も何とかピアノで稼げないかと、名だたるホテルやレストランを訪問し、求職した。

だが、敷居が高ければ高いほど保証人の存在や身分の保証を求められ、返事に窮した辛い過去が蘇る。対応された大人達に「休学中だが音楽大学生」だと伝えても、「それならなぜやめたのか」と、問い質《ただ》される。

破産した稼業の連帯保証人にされることを恐れた親戚にすら逃げられた。だから、病に伏した母親以外に保証人になってくれる大人はいないのだとまでは説明できずに黙り込む。すると今度は学歴詐称を疑われる。

そのたび、逃げるように場を辞して、悔し涙を流してきた。

聖吾があれほど学校だけは卒業するよう強く奨めた親心が、今更ながら沁み入るようだった。律は親指の腹で学生証をそっと撫でた。

本当に、聖吾は自分のことを我が子のように愛してくれていたのだと思うと、胸がチクりと痛み出す。今はそれが刻々と過去の話になりつつある。

「そうか。じゃあ、依頼の話がくるといいな」

長沼に肩を叩かれて、ハッとした律は目を上げた。

「……うん。もし、依頼の話があった時は、お前の家に連絡してもらうよう言ってある。悪いけど、聞いておいてくれないか？」

屋敷に電話をされたら、当たり前だが聖吾に必ず知られてしまう。

たとえ聖吾に知られても、それで怒らせ、追い出されても取り上げられてもそれでもやはり、ピアノで金を稼ぎたい。自分にできることと言ったらピアノ以外にないからだ。

だから念のため、連絡先としての住所と電話番号は、長沼の家のものにしてあった。

「お前の家の使用人の方達にも電話の取り次ぎを頼むことになってしまって申し訳ない。お前からも、この通り、よろしく伝えておいてくれ」

律は強張らせていた頬を無理やり緩めて微笑み、頭を下げて懇願した。

「そんなこと、いちいち気にするなよ。こっちは迷惑だなんて思っていない。誰が電話に出ても、話が通るようにしておくからな。心配いらない。任せてくれ」

「本当にありがとう。助かるよ」

律は目と目を合わせて心からの感謝を伝える。

こうして未知の世界に一歩、足を踏み出そうという時に、支えになってくれる人や友だちが身近にいてくれるのは何より嬉しい。ありがたい。長沼はそんな律に力強く頷《うなず》いて、教室の後列に戻っていった。

階段教室を下る途中で、既に席に着いた丹下の側《そば》を行き過ぎる。

丹下とはカフェーの女給の一件以来、一度も口をきいていない。今となっては視界にいれることすらおぞましい。

「唯さんが、もう一度お前に会いたいってさ」

机に頬杖つき、ニヤニヤしていた丹下がすれ違いざま言い放つ。

一瞬、目が合った律を見て、今度は椅子の背に肘を預けてうそぶいた。

「ご当主様への謁見は諦めたそうだ。ただ、お前とだけは一回寝たいとか言ってるぞ？　自分をフッた奴が、どの程度の男か確かめないと納得いかないとか、女王様は今でもたいそうご立腹だ」

「じゃあ、僕は童貞だって伝えろよ」

律は丹下を睥睨《へいげい》しながら一蹴した。

二人に近い席の級友達が一瞬、ざわついたものの、律は毅然と頭を上げ、教室の階段を更に下りると、窓際に着席した。もう誰に何を言われても、かまわない。笑いたいなら笑わせればいい。

律は丹下を目で斬ると、机に置いた肩掛け鞄から文具や帳面を取り出した。

瑛子に会いに行ったあの夜に、カフェーの出入りを禁じられても、嫌だとはっきり言えずにいたのは、聖吾に食わせてもらっているという負い目が自分にあるからだ。

ノートを開いた律は唇に万年筆を当て、眉間に苦悶をにじませた。

聖吾には母子共々、何から何まで面倒をみてもらっている。そんな後ろめたさが最後は自分を黙らせる。かといって、あの寒々とした仕事探しに出ていく勇気も削がれていた。

だが、仕事で稼ぎが得られなければこんなに何もできないのだ。

聖吾に黙って仕事を探し、通学しながら内緒で働く。秘密を持ってしまうことには後ろ暗さも躊《ちゅう》躇《ちょ》もある。

彼をだましてまでそうする意味があるのかと、ずっと自問自答してきたし、今でも迷いがないとは言いきれない。

だが、このまま何もせず、食べさせてもらっているだけで、養われているだけでは、必要以上に卑屈になるだけ。

結局すべてにおいて嫌だと言えない不満をいつか、聖吾自身にぶつけてしまう。彼を傷つけてしまうのだ。

そもそも、聖吾の世話になることを、あまりに安易に考えていた自分が全部悪い。

だからこそ、一日も早くピアノの家庭教師として、身を立てられるようになりたかった。

そして、一定の収入が得られる程度に家庭教師の仕事が軌道に乗れば、療養している母を引き取り、本当の意味での自立がしたい。

聖吾の屋敷も出ていこう。

一定数のピアノの生徒がついたなら、大学に通う時間が惜しくなる。大学に通う時間があるのなら、大学もやめ、ピアノの家庭教師としての時間にあてがいたい。

ハイソサエティの家庭では、『お嬢様』『ご子息』の象徴のようなピアノを習わせたくても、個人宅まで出向いて教えてくれるようなピアニストは、ほとんどいないと言ってもいい。自分達も卒業したなら、著名な楽団に入れるようにレールがちゃんと敷かれている。

欧米文化が富裕層にも伝わるようになってきた今、今だからこそ求人者が現れる可能性も高いはず。聖吾の気持ちが加納に傾き、いつの日か放逐されてしまう前に。

その日が来る前に。

◆

加納は母屋の玄関脇にある小部屋を自室とし、甲斐甲斐しく働いた。

玄関近くに部屋を設けられたのは、水嶋家の来客を出迎える役目を執事より先にするためだ。

彼は早朝から裏庭の井戸端で下男の洗濯物をして、竿に干す。帝国大学に通う加納は帰宅すると、聖吾の御側付《おそばづ》きになったり、薪割りや水汲みなどにも精を出す。慣れた様子で斧を振り上げる加納を見かけた律は緊張しながら近づいた。

絣《かすり》の着物にたすき掛けをして薪を割る彼は、律が想像していた書生のあるべき姿そのものだ。

「お疲れ様です」

斧を下ろしたタイミングで声をかけ、会釈した。

「律様もお帰りでしたか」

「はい」

加納は次の薪を台にのせた。

「加納さんは帝大の何科ですか？」

加納の身辺については、女中や下男にさりげなく訊けば答えてくれるだろう。けれどもそうして、陰でコソコソ嗅ぎ回る真似はしたくない。訊きたいことがあるのなら、本人の口からと思っていた。

「法科です」

「法科ですか？」

「はい」

律を見ると、にっこり微笑む。加納は斧を振り下ろし、薪を割る。

法科といえば、帝大の中でも最高峰だ。きっとこうして働きながら苦学してきたに違いない。律は尊敬の熱い眼差しを素直に向けた。

「ご立派ですね」

「律様こそ日本一の音大に通っていらっしゃるじゃないですか」

加納の足元には割られる前の木片が、うず高く積まれている。話の合間にも首に巻いた手拭いで額の汗を拭いていた。

仕事の邪魔をしてはいけない。

それはわかっているのだが、聖吾とはどういう関係なのかが気がかりで、場を去ることができずにいた。

「あの……、不躾でしたら、すみません。加納さんは、旦那様とは……」

もじつきながら小声で探りを入れる律に、加納が一瞬目を見張る。その顔だけで不可侵の領域に踏み込んだのだと知れた気がした。

「すみません。差し出がましくて」

「旦那様は、たとえ進学したくても学費が出せない貧民を私財で援助くださっています。私は試験と、旦那様の面接を受けて合格しましたので、奨学金を頂けることになりました。ですので、旦那様の書生としてお屋敷に上がらせて頂いた次第です」

「旦那様が奨学金を？」

律には寝耳に水だった。

聖吾の仕事の話には踏み込まないのが暗黙のルールだったとはいえ、恥じ入った。しゅんとして項垂《うなだ》れる律の前で、薪がどんどん割られていた。

「私は本当なら呑気に大学なんて通える身分じゃありません。家族の今の生活を思えば、一銭でも高い給金がもらえる仕事に就くべきなんじゃないかと、迷いましたが」

台に食い込んだ斧を二、三度前後に揺らして引き抜いた。

「学さえあれば官僚になることも、旦那様のような先鋭の実業家になることも夢ではありません。本当に貧しさから這い出たければ、学を積むしかございません」

加納は律に語りつつ、少しも休まず一定のリズムで薪を割る。

振りかざす斧が夕日に照らされ、閃《ひらめ》いた。剥き出しになった腕に、張りのある筋肉が隆起する。それだけで、これまで加納がどんな風に生きてきたのか、律は瞬時に理解した。

聖吾は、そんな慈善事業を世間に公表していない。

痛めつけられ続けた人間は限りなく冷酷になるか、他人の痛みを分かち合い、どこまでも優しくなるかのどちらかだと言う。二十九歳の若さで水嶋財閥の当主と謳われる聖吾には、どちらの面もあるのだろうと、あらためて知らされる。

「加納さん、私にも薪割りをさせて頂けませんか」

律は昔の聖吾もきっとそうしたように、薪を割ってみたくなった。彼らの人生の鱗片に触れてみたくなったのだ。一歩前に踏み出した律を見て、加納が目を丸くする。そしてすぐに、くっと顔をくしゃくしゃにして噴き出した。

「加納さん？」

「いえ、……すみません。あの……、決して律様を笑ったのでは」

失礼しましたと断って、加納は斧の刃を地面につけて柄にもたれかかるようにして言う。

「旦那様が律様はきっと自分も薪割りさせて欲しいと言い出すはずだと、仰っていらっしゃったんです」

「旦那様が？」

「ええ。はい、そうです。その時は必ず断るように申しつけられました。怪我をなさってはいけませんし、それこそ指を痛めたりしたら大変です」

加納は人好きのする笑みをたたえ、ひとつ年下の律をたしなめる。それこそ、生きる世界が違うと言いたげだ。

書生であっても威風堂々とした彼の様子を見ていると、内心では律のことを箸より重いものをもったことがない坊ちゃんだと思っているに違いないと感じてしまう。

覚悟がまったく足りていない。

「お仕事の邪魔をして申し訳ございませんでした。失礼致します」

「ご要望にお応えできず、こちらこそ申し訳ございません」

加納は首に下げた手拭いを喉元で結び直し、台に置いた木片を再び斧で割りだした。冬の夜気で冷えてきた。それでも加納の身体からは湯気が上がっているかのようだった。

もし加納が応じてくれていたとしても、律には斧を振り上げることすらできなかったはずだ。

自分の非力さと考えの甘さに打ちひしがれて言葉が出ない。

このまま母屋に入り、ピアノを奏でる気にはなれない律は、前庭に回り、夕暮れ色に染まる庭園を回遊した。

石灯籠には既に蝋燭《ろうそく》の火が点《とも》されて、木立の陰影を濃く映し出している。

落ち葉ひとつない遊歩道。

整えられた松の枝。築山から流れる清涼な滝の音。

広大な池で飼われる鯉が水面に細い筋を作りつつ泳いでいる。優雅に、気高く、のんびりと。

まるで聖吾か加納のように清々と。

楽器店に飛び込みで売り込んで、連絡先を聞かれたぐらいで有頂天になっている。話にもならない甘ちゃんだ。

ひとしきり落ち込むだけ落ち込むと、律は気持ちを切り替えて部屋に帰った。

すると、一階の廊下に設置された電話の受話器を持った加納の姿が目に入る。薪割りは済んだのだろうか。着物の袖のたすき掛けも首に結んだ手拭いも解いていた。

彼は流暢な英語を操って、片手でメモを取りながら、律に目礼を寄越してきた。律はわざと歩幅を緩め、加納が何を話しているのか耳を澄ませてみたのだが、早口すぎてわからない。

大学での専攻が帝大でも最難関の法科なだけあって、きっと英語はネイティブ張りに話せてしまうに違いない。大学入試用の読み書きはもちろんのこと、口語まで身につけてしまっている。将来、英語が話せるかどうかは卒業してからの就職時に大きく評価が分かれるところだ。

また、卒業後も聖吾の秘書でいるのなら、英語力が必要なのはなおさらだ。

若く美しく勤勉で努力家で、非の打ちどころのないような青年だ。

聖吾が右腕にしたかったのは、加納のように才覚のある若者だったのだろうか。

「律様。旦那様からの伝言を預かっております。少しだけ、お時間を」

電話を切った加納は、大階段の手摺りに手をかけた律を呼び止める。

「急な話で恐縮ですが、今から明日の朝まで、帝国ホテルの一等室に宿泊して欲しいとのことでした。明日の朝、八時に車で迎えに行かせるそうです。前回のようにグランドピアノも用意するよう手配も済ませていますので、練習にも支障はないからとのことでした」

「旦那様から？」

「はい」

加納は無駄口をたたかない質らしい。だからといって愛想が悪い訳でもない。相手との距離の取り方が上手いのだ。

だが、聖吾が直接ではなく、加納に指示を任せたことに少なからず痛手を負った。聖吾が自分を人任せにした。加納を間に挟んだ聖吾の、暗に含ませた拒絶の意思まで伝わった。

「……わかりましたと、伝えてください」

「畏《かしこ》まりました」

「また関東軍の軍人を集めての慰安会か何かですか？」

「いいえ。外国人の取引先との懇親会です」

一泊だけなら、しかも傲岸不遜な軍人を招く訳ではないのなら、何も帝国ホテルに泊まらせなくても、自室にこもっているように言えば済む話ではないのかと、律は胸中で呟いた。そして、質疑の続きを待っている加納の気配に気がついて、慌てて律は礼を言う。

「ありがとうございます。お忙しいのに引き留めてしまって、すみません」

「いいえ。それでは失礼致します」

くるりと背を向け、廊下を進む加納の後ろ姿をじっと見る。

歳の差はひとつしかないというのに、加納の方が五歳も十歳も上に思えた。さすがは聖吾が書生にしただけの人物だ。それに比べて自分はと、肩を落とさないではいられない。

二階の廊下から中庭を挟み、別棟の一階ホールを覗き込む。

今夜の集まりの広間は母屋の一階ダイニングと同じく別棟の一階だ。

上部が半月型のフランス窓が等間隔で並んでいる。

天井まで届く窓の上部にはボックスカバーがついて、絹の風合いをもつ淡いベージュがドレープをつけ、金糸のタッセルで結ばれている。窓辺からは中庭を鑑賞することができる。

天井のシャンデリアが煌々と照らす中、配置図らしき紙を持った加納の指示に従うように、下男や女中が忙しそうに行き来していた。

一泊の支度をしなければならないのだが、覗き見せずにはいられない。室内には、まず円卓が五つ置かれ、動線を意識してなのか、加納が円卓の脚の位置を下げたり戻したりしながら決めている。

椅子とテーブルのレイアウトが決まったら白いクロスが掛けられたのだが、加納がクロスの掛け直しを要求しているような場面も見受けられた。

何が悪くてクロスの張り替えをさせたのか。

それが強烈な疑問となって、思わず律は別館の一階広間まで駆けていく。

忙しそうにテーブルセッティングをする女中や下男の合間をぬって、律は加納に直に訊く。

「律様？」

舞い戻った律を見た加納が小首を傾げている。

「あの、すみません。テーブルクロスを張るには、何かルールがあるんですか？」

「クロスですか？」

最初は語尾を跳ね上げたものの、加納は粛々と律に答える。

「畳まれたクロスを広げたら、畳まれた時の筋が当然ついていますでしょう？　その筋の盛り上がりを『山』と言い、くぼみは『谷』です。クロスの筋は『山』側が上座に向いていなければなりません。広間の場合、設置したテーブルの上座、来客の中でもいちばんお偉いお方が着席されるテーブルに向かい、『山』の筋が向いていなければなりません」

「ありがとうございます。勉強になりました」

「ただし、主催者の関係者やお身内の方は下座につきます。本日は水嶋家での晩餐会になりますので、もし律様が会場にいらっしゃることがありましたら、出入り口にいちばん近くのテーブルで、クロスが谷側になった席にお座りになられることになります」

てきぱきとした物言いで答えてくれた加納に、あらためて礼を言うと、加納はにっこり笑って立ち去った。彼にはまったく過不足がない。

特権階級意識の高い人間をもてなすにはクロスの山や谷まで気が抜けない。そんな仕事を加納は一人で任され、的確に誘導できている。

そのあと律は教科書や楽譜、着替えなどを鞄に詰めて、帝国ホテルに大人しく移動した。尻尾を丸めた負け犬のように。

◆

聖吾とはもう、最低限の挨拶以外に口もきかない。目も合わせない。

真綿で首を絞められるような息苦しさから一晩でも離れられると思えばむしろ、気が楽だ。

とはいえ、前回の宿泊では、食事のあとで芸能記者に『男芸者』呼ばわりされた記憶も生々しく、支配人に案内されて一等室に近づくにつれ、更に憂鬱になってくる。

富裕層が集うホテルの利用者ならば、水嶋聖吾を知らない者は少ないだろう。

そんなホテルに出入りすれば、また『水嶋聖吾の男妾』と誹《そし》られたり、人々の好奇の視線に晒《さら》されたりするかもしれない。

案内されるとそのまま一等室にこもりきりになっていた。

聖吾の計らいで今回も一等室の居室にはグランドピアノが置かれている。食事も部屋まで運ばれた。律は就寝するまでピアノに向かって過ごしていた。

合間の気晴らしにラジオをつけると、「国際連盟が満州国不承認を採決」などと、かえって気が重くなるような事項ばかりが流布される。

ひと月前にドイツの首相にアドルフ・ヒトラーが就任して以来、日本の軍国化も加速の一途をたどるばかりだ。

中国東北部を武力で占拠した関東軍は、国際社会の非難を無視してまでも満州国を設立させてしまっている。そのため、中国市場を奪われたくないアメリカなどの列強各国は、日本やドイツとの対立姿勢を強めているとも聞いている。

満州国にも事業展開している聖吾もきっと、この数日間で政財界の要人と今後の対応を話し合っているのだろう。

「……聖吾は大丈夫かな」

このまま戦争にでもなったりしたら、聖吾も否応なしに巻き込まれるに違いない。無意識のうちに案じる言葉をひとりごちると、肩で深く息を吐く。

慌ただしいが、明日の朝にはチェックアウトを済ませて屋敷に戻る予定だ。週末の休日だから学校もない。

翌朝、西洋風の朝食が部屋まで運ばれ、律はカーテンを開けた窓辺にサイドテーブルを移動させて、そこで食事を取った。緑豊かな庭園と小春日和の朝の日差しが部屋の半ばまで差し込んでいる。

久しぶりに気分も落ち着き、高い窓からの陽光を浴びて目を閉じる。

互いの腹を探り合う、殺伐とした家の中の緊張感から解放されたような気がした。できることならずっとこうしていたかった。

けれども今の自分には、聖吾の屋敷に帰る以外の選択肢はない。

着替えや教科書、楽譜などを鞄に詰めて、引き払う支度を始めていると、廊下側からドアを静かにノックされた。

思わず部屋の時計を見たのだが、八時半過ぎ。迎えの車の到着予定は十時だったはずなのに。

慌ててドアまで駆け寄って、開ける前に誰何《すいか》する。

すると、「律さん。私ですが、お迎えに上がりました」という、思いがけない相手からの返事があった。

おそらくはまだ気まずくもあり、多忙な聖吾が出迎えに来ることないはずと決めてかかっていたせいか、いつもよりいっそう鼓動が昂った。

「旦那様?」

恐る恐る、律はドアを引き開ける。濃紺の背広に白いシャツ、黒のネクタイという、落ち着いた装いの聖吾がはにかんだ。

「約束の八時より一時間半も早く来てしまいましたので、お食事やお支度がまだのようであれば、私はロビーの喫茶室で」

「いえ! あの。どうぞ。大丈夫です。お入りください」

喫茶室で待つという聖吾の言葉を遮った。

律は、ぎくしゃくと後退さりながら主室に通した。

「ちょうど今、支度をしていたところです。すぐ済みますので、おかけになっていらしてください」

律は聖吾に応接セットのソファを勧めた。

けれども聖吾は着席をせず、上着の内ポケットから厚みのない、長方形の鉄の小箱を取り出した。

「何ですか？」

「ドイツ製のコンパクトカメラですよ。昨日の夜、総勢の記念写真を撮ろうと言い出した者がいて。コンパクトカメラを持ってきたんです。そういえば大きくなった律さんの写真、一枚も持っていないと気がついたので……」

語尾を濁して目を伏せる。そのまま律とは目を合わせずに、手元のカメラをいじっていた。

だが、程なくストッパーが外されて、折り畳まれた本体が、蛇腹のように飛び出した。聖吾はカートリッジにガラス乾板を装着し、律に向かってカメラを構える。

咄嗟《とっさ》に直立不動になって身構える律に、聖吾が小さく噴き出した。

「そんなに畏《かしこ》まらなくても結構ですよ。明治時代のカメラのように、じっとしていなくては写らない訳では、ありませんから」

「あっ、そ、……そう。そうでしたよね。でも、写真は久しぶりだったので……」

生前の父もカメラを所有し、旅行先などで家族写真を撮ることも多々あった。

数年前に実家の稼業が傾き始めて以来、写真の現像代さえ惜しくなり、家族の誰もカメラを手にすることもなくなってしまっていた。今にして思えば、父や兄が亡くなる前、無理をしてでも最後に家族写真を撮るべきだったと、悔やまれる。

最新型のカメラを手にした聖吾を見るうちに、苦い後悔が湧いてきた。

すると、聖吾がファインダーを覗いたまま、「律さん。お顔を上げてください」と、手を振った。

「実は私も昨夜いざという時のために家族で写真館に行った、なんて話を聞いて初めて気がついたんです。なにしろ、写真を撮る習慣も見る習慣も私にはないものですから」

軽やかなシャッター音を響かせながら、聖吾が屈託のない口調で話し始めた。

「私はあなたに会うまでは、記録に残しておきたい過去など何ひとつなかったんです」

「……旦那様」

聖吾は顔の前からカメラを外すと、諦観の笑みで眉尻を下げ、律に一瞥を寄越してきた。

この世のありとあらゆる表と裏を悟り尽くした末のような、乾いた微笑に胸を衝かれて黙り込む。

「私も子供の頃は、比較的裕福な家で何不自由なく暮らしていたはずなんですが、不思議と記憶に残っているのは、年端もいかない子供をタダ同然で買い叩いてきて、自分でさんざん慰んでから二東三文で売り飛ばす女衒《ぜげん》の男や、美人の新米女給をいじめ抜く古参女給の醜貌なんです」

聖吾は古い記憶を遡ろうとするように、カメラを下ろし、遠い目になる。

そうして自暴自棄になった女達は『男』を徹底的に見くびって、いかに一銭でも多くチップを搾取するかということだけに心血を注ぐようになる。自分をこんな苦界に陥れた男達に復讐しようとするように。

「私には律さんの気持ちがわからないのです、どうしても。どうしてあんな掃き溜めのような悪所で、あんなに生き生きされているのかが……」

聖吾の視線が床に落ちて、語尾が力なく消えていく。

「あなたには、平和で美しいものだけに囲まれて生きて欲しいのに」

それは、もはや懇願に近かった。

「幸い、あなたはまだ二度とあんな夜の盛り場などには近づくものかと思うような悲惨な目に遭ってはいないようですが、一度荒んでしまった人の心を浄化するのは至難の業です。私のように人間としてのどこか、何かが欠落したまま生きていかなくてはなりません。私自身がそれを痛感しているからこそ、あなたにだけは同じ轍を踏ませたくないんです」

聖吾は顔を上げるなり、律の目をまっすぐに見た。

一瞬、涙するように両目を眇《すが》めた気がしたが、すぐにそれが苦笑に変わる。

「あなたは私の小言を煩しいとお思いでしょうが、律さんが傷つかずに済むのなら、それに越したことはないのですから」

最後はほとんど独り言のように呟いて、憂いを帯びて陰った瞳を、構え直したカメラで隠してしまう。

その後もシャッターを押しては乾板を替え、「律さん。お願いですから笑ってください」と、片手を振って笑んでいた。楽しげに。

律は笑おうとしても叶わずに、泣き笑いのように顔を歪めてばかりいた。

聖吾があれほど女給やカフェーを嫌悪するのは、人が人を売り買いする非道な裏社会での人間の真のおぞましさ。その悪どさを目のあたりにしてきたせいなのか。

そんな苦界で醜行を強いられていた聖吾の胸には、今でも決して口には出せない恨み辛みが激しく渦巻いているに違いない。

にもかかわらず、彼の言葉の上っ面だけをあげつらい、傲慢だの暴君だのと責めた自分を恥じていた。瑛子に会いに行ったことで聖吾がここまで逆上したのは、この屋敷ではない場所で自分がくつろぎ、瑛子と和やかに紅茶を飲んでいたからだ。それが聖吾の逆鱗にふれたのは、嫉妬でもあり恐怖でもあるのだろうか。

いつかはここではないどこか遠くへ、行ってしまうのではないか。

人間としてのどこか、何かが欠けたまま生きていくのだという聖吾。

写真についても、律以外に撮って残したいものなど何もないと言い放つ。

そんな彼が今現在、唯一心血を注いでいると言ってもいい自分が離れていってしまったら、聖吾は一体どうなってしまうのか。

たとえ屋敷を離れて自活をするのは、聖吾と絶縁するのではなく、むしろ対等な関係を築き直したいからだとしても。

聖吾が帝国ホテルで撮った写真は早速写真立てに収められ、屋敷の居間でもダイニングでも、いちばん目につく暖炉のマントルピースに立てかけられて飾られた。飾りながら幸せそうにしていた横顔が蘇る。

律はその中のひとつを手に取る。

額縁の中でぎこちなく頬を強張らせている自分と同じように、思案顔で溜息を吐《つ》いた。

聖吾がカフェーをあれほど嫌悪して、悪《あ》し様《ざま》に罵《ののし》る気持ちも今では理解できる気がした。その分、自活の気概は削がれて薄れ、迷いが生じ始めていた。

かといって、瑛子に会うことまで禁じられたら自分は自分でなくなってしまう。このまま聖吾と暮らしている限り、彼の価値観に添う生き方以外は許されないのだ。

律は再び溜息を吐《つ》き、元の位置に写真を戻した。大理石のマントルピースの棚の上には、ほぼ同じ顔の自分の写真がいくつも並べられていた。

あの日、律は自分も聖吾を撮ろうと思い立ち、途中で交替を申し出た。

それでも聖吾は「私の写真なんぞ要りません。その分、律さんを撮っておきたいんです」と、用意してきた乾板を律の写真で使い果たしてしまっていた。

これからいつかは自立して聖吾のもとを離れるのなら、惜しみなく注がれてきた愛情を一体どうすればいいのだろう。

理由は何であれ、聖吾の側《そば》を離れた瞬間、二度と取り戻せない大切な何かを失いそうで恐かった。

気持ちは刻々と揺れ動き、律自身何も答えを出せずにいた。

第十一章　ピアノの家庭教師

それから、一週間ほど経った頃。

銀座の楽器店からピアノの家庭教師を希望する連絡が届いたと、律が登校するなり長沼が嬉々として告げてきた。ピアノやピアノの楽譜を扱っている楽器店を中心に、家庭教師の仕事を探すようになってから初めて届いた依頼だった。

淡い期待が、失望と焦燥に変わりつつあっただけに、律は驚くと同時に歓喜した。

「依頼したいのは五歳のご子息の教師だそうだ。その家の執事が今日の午後五時に、銀座の喫茶店で詳しい話を聞きたいと言ってきた」

長沼は握り締めた紙片を律に差し出し、肩を叩いて労《ねぎら》った。

「反応があって良かったな。俺もやっと電話があってほっとしたよ」

彼には他人の世話になるのではなく、自分で母を養えるよう自立したいと伝えてあるせいか、自分のことのように喜んでくれた。

「ありがとう」

高揚している長沼の、人のいい笑顔に律は複雑な思いで頷《うなず》いた。

こんな名のもない一学生に講師の要請があった。それだけで跳び上がるほど嬉しい反面、聖吾に対して秘密を作る後ろめたさもこみ上がる。

「それにしても取り次ぎには執事が来るのか。……緊張するな。きっといい家のお嬢様なんだろうな」

「華族様かもしれないぞ？」

緊張している律を長沼が、あえてのようにからかった。

「そうだと思うな。武家のお姫様にピアノは……ね」

律は渡された紙片に目を移し、ぎこちない笑顔を浮かべて答えた。

何はともあれ、依頼主には会いに行きたい。

その日は終業の鐘が鳴ると同時に教室を出て、最初の嘘を送迎の自家用車の運転手につく。

「今日は友達と映画を観てから帰ります。申し訳ございませんが、旦那様にもそのようにお伝え頂けますでしょうか」

「畏《かしこ》まりました」

後部座席の扉を開けて待ち構えていた運転手は慇懃《いんぎん》に一礼すると、運転席に戻っていった。嘘をつくことに慣れたりしない律は、顔も身体もガチガチだ。律は走り去る車を見送りながら、数回肩を上下させ、自分を鼓舞する。

独り立ちがしたいなら、図太さもハッタリも使い方次第で武器になる。

先方との待ち合わせは夕方の五時。門限である夜の八時までには、問題なく戻れるだろう。

宵闇に包まれた銀座通りは、居並ぶ百貨店の陳列窓も、街の灯りも、眩いばかりに煌《きら》めいている。

堅牢な石造りのビル街の街路樹には柳が植えられ、揺れる枝葉が銀ぶらを楽しむモダンガール達の肩を撫でていた。

しかし、華やかな表通りを一本逸れて裏に入ると、美人の女給を取り揃えたカフェーにダンスホール。漏れ聞こえてくるジャズの音色。前衛作家や舞台女優が馴染みにしているバーやサロンが軒を連ねている。エロと文化が混在する、享楽の街の一面も覗かせるのだ。

律は足早に行き交う会社員に交じって紙片を頼りに探し歩き、ようやく目当ての店に辿りついた。

「あった。『喫茶ロール』だ」

赤レンガ造りの建物の一階にあるその店には真鍮《しんちゅう》の看板が掲げられ、洋花模様の上品なステンドグラスが通りに面した半円窓にはめ込まれている。

この辺りは松屋デパートにも近い。そのためか買物帰りの女性客が主に立ち寄る、文字通りの『カフェー』らしい。

律はそっとドアを引き開けた。さほど広さのない店内だ。白漆喰の壁を乳白色の吊り下げランプが温かく照らし出している。

革張りの椅子に浅く腰かけた女性の一人客が窓際の席でひっそり本を読んでいる。二人連れのスーツ姿の男性が机に向かい合い、たくさんの書類を広げて商談するような知的な店内。バックミュージックは、もの静かなオーケストラのクラシック。

「いらっしゃいませ。お一人様でございますか？」

入ってすぐに奥から店員らしき洋装の男性が銀盆を脇に抱えてやって来た。

「……いえ、ここで待ち合わせをしている伊崎と申します」

律は店員の案内を断ると、板張りの床を踏み締めながら、指定された窓際奥のテーブル席へと進んでいった。

四人掛けのテーブル席には背広の男がこちらに背を向け、座っていた。

頭が小さく、背筋がピンと伸びた後ろ姿を一目見るなり、律は微かに眉をひそめた。

その首の細さ、優美な肩の稜線に、自分は確かに見覚えがある。

瞬く間に胸の鼓動が逸《はや》り出す。同時に、執事にしては年若い男は腕時計に目を落とし、やがて律の立つ出入口の方へと視線を転じた。

「……聖吾」

律は愕然として呟いた。

怯えを含んだ絶望的な声と響き。

その主である律に聖吾は冷然とした一瞥をくれ、おもむろに席を立ち上がる。

「ど……、どうして、ここに……」

「水嶋聖吾の書生が仕事を探しているらしいのだが彼はもう書生をやめたのか、と家の者が新聞記者に聞かれたそうです。その新聞記者から知らされた連絡先の名前と電話番号が知らないものでしたので、念のため確認をと」

冷笑を貼りつかせたまま、聖吾は言う。律は震え慄《おのの》き、無意識のうちに一歩通路を退いた。

まさか自分がそこまで衆目を集めているとは思わなかった。

だが、聖吾は関東軍とも繋がりを持つ実業家だ。

新聞社が書生の動向を意識していても不思議ではない。既に弁解の余地もなく、律はその場に立ち尽くしていた。やはり聖吾に隠れて何かしようとするなど、不可能なのだと。

そして今この瞬間に、ピアノの家庭教師で身を立てる道も断たれたことも、沈黙のうちに悟っていた。

「とにかく店を出ましょうか。話は後で伺います」

まっすぐ歩み寄ってきた聖吾は、律の腰にぐいと腕を回して引き寄せる。

激情を押し殺したような平坦な声。

律は腰に添えられた手で押されるように、茫然として店を出た。

聖吾は宵闇の銀座の大通りで円タクを拾い、律を押し込むと自分も乗った。自家用車を路上駐車させていたら、店に入る前に感づかれるかもという聖吾の判断だったのか。

だが聖吾は、隣で顔を強張らせている律を視界に入れようとさえしなかった。

後部座席で傲然《ごうぜん》と腕を組んだまま、冷徹な双眸《そうぼう》に憤怒を滾《たぎ》らせ、ただ前だけをじっと見ている。

屋敷の車寄せで円タクを降りると、聖吾は出迎えた使用人には脇目もふらずに律を二階の自分の部屋まで引っ張っていく。

「だ、旦那様……っ」

聖吾は律を部屋の奥へと突き飛ばし、洋間のドアを後ろ手に閉めた。続いて鈍い音を立てながら錠を下ろし、律をきつく睨《にら》み据えた。

「どうして鍵を……」

「私に黙って家庭教師の仕事なんて始めて一体、どうするつもりだったんです？」

聖吾は律の問いには答えずに、ネクタイの結び目に指をかけた。

そのまま首を振って結び目を解き、煩《わずら》わしげにタイを解く仕草までが険をはらみ、薄暗い部屋の空気がその圧力を増していた。

律は書斎を兼ねた主室の奥へと無意識に逃れ、更に奥の間に続く内扉を背に凍りつく。しかし、スタンドの灯りに照らされた聖吾が残酷なほど、ゆっくり間合いを詰めてくる。

「そんなに私と一緒にいるのは嫌ですか？」

「……えっ？」

「あなたが仕事を探しているのはもう私の世話になりたくないからなのでしょう？　仕事さえ見つかれば、私から逃げられるとでも？」

「そ……、そんなこと、僕は何も……！」

律は思わず声を上擦らせた。

「僕と母がいるせいで、聖吾が悪く言われているのが辛くなっただけなんだ。加納さんのように書生として働くこともできないのなら、もうこれ以上、聖吾の負担になりたくなかった……。だから僕は……」

『男妾』を囲っていると、揶揄《やゆ》されている聖吾の汚名を晴らすため。

ひいては自由と自信を取り戻すために屋敷を離れ、母の面倒も自分がみてやり、自活がしたいと思っただけだ。

だが、それはあくまでも名目だ。

そんなことは自分がいちばんわかっていた。

本当は、かつての主家筋だというだけで、今では反りが合わなくなった自分が顧みられなくなり、聖吾の寵愛が加納に移っていくのを見たくない。そうなる前に自分から身を引きたかった。それだけだ。

だとしても、どうしてそれを口にできるものかと、焦った律が前のめりになり、言葉を発しかけた時だった。

「言い訳は結構！」

聖吾は怒号を張り上げ、律の言葉を遮った。

「私はあなたの口から嘘も言い繕いも聞きたくない！」

「聖吾」

顔に凄まじいまでの怒りをみなぎらせ、肩を上下させて息を喘がせる。稲妻に撃たれたような衝撃で立ち竦む律に、ひやりとするほど冷たい視線を向けてきた
「それに、あなたはまだ、あのカフェーの歌手と連絡を取っているようですね」

「えっ……？」

「あれほど私が言ったのに、あの歌手の使いが来たそうですね。そのとき、使いの子供に手紙を渡したことも聞いています」

「待って、聖吾！　あれはそんな手紙じゃないんだ！」

おそらく瑛子の楽屋に忘れたコートを届けに来ていた少女の話に違いない。律は聖吾の腕に縋《すが》りつくと、夢中で掴んで揺さぶった。

「瑛子さんの楽屋に僕が忘れたコートを届けてくれて……。それで、その子に御礼の手紙を預けただけだ！　僕は本当にあれ以来、瑛子さんには会っていない！」

どんなに必死に言い聞かせても、聖吾はもう律を見ているようで見ていない。抜け殻のように虚ろな目をして、顔を歪めているだけだ。

「そんなに仕事がしたいなら、私がさせてあげますよ」

秀麗な美貌に嘲笑を浮かばせ、聖吾が解きかけたネクタイを一気に引き抜き、床に投げ捨てる。

その冷たく鋭い衣擦《きぬず》れの音《ね》が、律の肌をぞっと粟立てた。

見たこともないような、あざとい笑みで口角を上げた長身の黒影が一歩前へ進み出るたび、律は肩で息をしながら後退さり、後ろ手で開いた扉の中へと逃げ込んだ。

「……あっ、だ、誰か……っ」

薄暗い居室の椅子やテーブルに蹴つまづき、助けを求めて周囲に顔を巡らせた。

だが、青白いような闇の中。

月明かりに照らし出された広いベッドを目にした刹那、律は悲鳴じみた声を発していた。

「どうしたんです？　……そんなに怯えて」

聖吾は出入り口のドアノブに手をかけながら、どのような律の当惑も、すべて弾き返してにやついた。

そうして空中から地上の獲物に狙いを定めた猛禽類か何かのように、部屋の中を逃げ惑う律から一時も目を離すことなく上着を脱ぎ捨てた。

「聖吾……」

律は唇を震わせて、哀訴するように名を呼んだ。

瞬きすらも忘れた律を冷ややかに見下ろして、聖吾はシャツのボタンを片手で順に外して開く。

形のいい唇には投げやりな微笑をたたえているが、その切れ長の目の奥は狂暴な光を放ち、容赦なく律を追い込んだ。

今ここでどんなに助けを求めても、陸の孤島のようなこの部屋からは屋敷の誰の耳にも届かない。

律は聖吾にゆっくり肩を掴まれるまで、身動《みじろ》ぐこともできずにいた。

第十二章　律の仕事

年季の入った木枠の上げ下げ窓から、午後の日差しがふんだんに降り注ぎ、檜の床板に窓枠の影を作っている。

律は、開いた窓から入る花冷えの風に少しだけ肌寒さを覚え、応接セットのソファを離れて窓を閉めた。山の斜面に建てられた聖吾の熱海の別荘は、どの部屋からも太平洋を一望のもとにすることができる。律はそのまま窓辺に佇み、白く輝く波濤を眺めた。

「律。窓は開けておいて頂戴」

「でも、少し冷えてきてるから」

「いいのよ。少し寒いぐらいが心地いいの」

母の知子《ともこ》は着物の上にウールの肩掛けをたぐり寄せると、儚《はかな》く微笑んだ。

長く結核を患《わずら》っている母は、律が同席する際、感染を恐れて冬でも換気を怠らないのだ。律の方でも年中微熱を発している母に対し、身体を冷やしてはいけないと思いつつ、本当に暑いのかもと考えてしまう。

けれども女中が入れた温かいお茶に手を伸ばす母を見て、律はやはり窓を閉めた。

「じゃあ、そろそろ帰るよ」

これ以上ここにいても母を疲れさせるだけだろう。

律は自らを奮いたたせるように明るく告げる。女中も上着を持ってきた。

玄関で靴を履いていると、見送りについてきた母からいつものように、土産の風呂敷包みを差し出される。

「これ。鯛の干物とすり身だから。聖吾さんにも、くれぐれもよろしく伝えて頂戴」

透き通るような白い頬を微熱で薄く赤らめた母がふわりと目元を細めて頼む。

四十を過ぎても皺ひとつなく、濡れたような黒髪が肩で豊かに波打っている。女学生時代は、わざわざ母の写真を撮りに来るような熱狂的なファンがいたほど、美貌で知られた母だった。

今でも浮世離れしている母は、少しも歳を感じさせない。

家が破産し、親戚の誰一人として救いの手を差し伸べてくれなかった時も、貧民救済所のバラック長屋で湿った畳に寝かされていた時も文句ひとつ言わない気丈さも持ち合わせている。

そんな母がいっそう不憫《ふびん》で、あの頃は胸が痛んだものだった。

だから、今はこうして熱海の贅沢な一軒家で女中と医者に付き添われ、湯治三昧でいられるようになっただけでも良かったと、心からそう思うことができている。

「……じゃあ、また来るから」

律は帽子のひさしを目深に引いて、唇だけで無理やり微笑む。夕映えが照りつける石造りの門を出ると、車の後部座席のドアを開いて運転手が待ち構えている。

「お帰りなさいませ」

慇懃《いんぎん》に頭を下げる運転手に目礼をして、律は座席に乗り込んだ。

ピアノ家庭教師の仕事探しが発覚してからというもの、聖吾は屋敷と学校の往復以外の寄り道を決して許さない。勝手に車だけで帰そうものなら運転手を解雇するとまで息まいた。

今日も鉄道ではなく、東京から熱海まで車で往復させる徹底ぶりに律は重い嘆息を吐く。

病床の母を聖吾のもとに残したまま、一人で逃げ出すとでも思っているのか。

母に持たされた土産の包みを膝の上で撫で擦り、律は車窓の外に目をやった。

夜が更けるごとにネオンサインも数を減らし、街灯だけが夜道を侘《わび》しく照らし出していた。

多くの人が一日の労働を終えて床に就く頃、自分にはまだ主人を喜ばせるための『仕事』が待っている。

◆

「ただいま戻りました」

帰宅を告げに聖吾の私室に赴くと、窓辺の書卓で本を読んでいた聖吾が顔を振り向ける。

鎧戸が閉じられたガラス窓には、彼の端正な横顔と、壁一面に設けられた本棚が映り込んでいた。

「……お帰りなさいませ」

珍しく眼鏡をかけていた聖吾が物憂げに答えて本を閉じる。既に風呂も使っているのか、いつも後ろに撫でつけている前髪が下ろされていた。

白絣の単衣《ひとえ》に紺の帯と羽織という部屋着に着替え、書卓に向かっているのにくつろいで見える。

「お戻りがいつもより遅かったので、心配しましたけれど」

聖吾は苦笑しながら眼鏡を外し、椅子を引いてその場に立った。

途端に、主室のドアに背を張りつかせていた律がビクリと肩を波打たせる。そんな律に聖吾は黙って目を見張り、やがて自嘲めいた笑みを顔にのぼらせる。

「御母上のお具合は、いかがでしたか?」

聖吾は書卓に広げた書類の束も重ねると、机の上のランプを消した。天井灯のスイッチも切られ、窓辺に置かれたスタンドライトの明かりだけが仄暗く洋間を照らしていた。

革張りの応接セットや、テーブルの上の置時計、花瓶の影が不意に濃くなり、書卓の前で立ち上がる聖吾の姿も黒影になる。

「お陰様で、最近は安定しているようです」

「それは良かった。風邪など召されてはいけませんからね。これまで以上に、お大事になさらなければ」

母から預かった土産の干物は玄関先で和佳に渡した。

肉好きの聖吾は普段からあまり魚は食べない。けれども律は母には打ち明けられずに持ち帰る。古い時代の人だから、熱海といえば干物がいちばん。そんな風に無邪気に思い込んでいる。

そして、それらは夕飯の一品として翌日には必ず食卓に上げられる。

魚は苦手なはずなのに、奇麗な箸使いで奥方様からの心遣いを食してくれる。

聖吾は薄く微笑んだまま部屋を横切り、大理石の暖炉の前に腰を屈めた。炎の中に薪をくべ、鉄箸で位置を調整するたび、聖吾の前で赤い火の粉が舞いあがる。

「……あの。それでは、お休みなさいませ。旦那様」

しどろもどろになりながら、律が告げて頭を下げると、暖炉の前で聖吾が肩越しに振り返る。

「律さん」

咎《とが》めるように名を呼ばれ、律は全身を強張らせた。それでも聞こえなかったふりをして、咄嗟《とっさ》に踵《きびす》を返した途端、肘を掴まれ引き戻される。

「だ、旦那様……っ」

「律さん」

耳元で切なげに囁《ささや》いた聖吾の息が頬にかかり、苦しくなるほど抱き締められる。湿り気を帯びた熱い掌が律の二の腕を上下して撫で、うなじに頬を押しつけられた。

「ま、待って……。待ってください、旦那様」

律は肩をよじって身悶《みもだ》えた。それでもこれが返事だと、言わんばかりに抱き締める腕に更に力を込められた。

「……聖っ」

哀訴した声も黙殺された。律は抗う気力を奪われる。直後に肩を掴まれて、振り向かされると両手で頬を挟み込まれ、力任せに上向けられる。

『そんなに仕事がしたいなら、私がさせてあげますよ』

乾いた笑みを口元に貼りつかせ、聖吾が言って自分に課した『仕事』がこれだった。

あれほど軽蔑し、忌避した男妾に結局自分がなっていた。

聖吾は裏切られたと思い込み、逆上し、被虐と加虐の快感に浸りきっているようで抵抗も反発も敵わない。これが律にとって最悪のつぐないであることが、聖吾にとってえぐられた傷への贖《つぐな》いでもあるかのように、迷いなく律の身体に手をかける。

寒々とした微笑みを絶やすことなく命じた彼の言葉の端々には言葉にならない悲しみとやるせなさとがにじみ出ていた。

これが何らかの代償になるのなら。聖吾の慰《なぐさ》めになるのなら。

加納のような教養もなければ才覚もない。ピアノ以外の奉仕となれば、身体で奉仕することぐらいだ。だから今では三日にあげず、彼と身体を重ねていた。

にもかかわらず、行為に及ぶためらいは、未だに全て捨てきれずにいる。

「でも、僕、まだ帰ったばかりで。風呂も使っていませんし、あの……」

「そんなこと全然構わない。私がどんな思いで待っていたと思うんです。もう、あなたが戻ってこないんじゃないのかと、時計ばかり見てたのに……」

風にも当てない扱いだった自分をこうして、夜ごと男の劣情の捌《は》け口にする。まるで本物の恋人を掻き口説《くど》くように弄ぶ。

そんな聖吾の豹変こそが、彼の衝撃、受けた傷の深さを語っているかのようだ。

あんなに恩義を尽くした自分を疎《うと》んで逃げようとした不義理者だと聖吾は思い込んでいて、あれ以来、男妾のどんな言い繕いも受け入れずにいる。

だからこれは、聖吾の慈愛に背いたことへの代償だ。

「お願いです。お願い、待って……」

わかっているのに、身体が咄嗟《とっさ》に逃げをうつ。聖吾が忌々しげに顔をしかめる。と同時に、見た目のたおやかさを裏切るような性急さで口づけられた。

「……ん、っ、あ……、聖……っ」

律は小さく呻いて仰け反った。激しく胸を上下させ、キスの合間に息をしようとした途端、その唇をまた聖吾がすぐに塞ぎにかかる。

「……んっ、んんっ」

律が息苦しさに堪えかねて、更に頭を仰け反らせると、聖吾が窺うように薄目を開けた。彼の男妾になり下がり、キスですらも慣れない自分。

だが、かえってそれを楽しむように、聖吾が間近で双眸《そうぼう》を細める。律が思わず眉をしかめて睨《にら》み返すと、嘲笑うように聖吾が口接を深くする。

「律さん……」

と、合わせる角度を変えるたび、名を呼ぶ声は切なく震え、熱をはらんだ甘い吐息が頬をかすめる。次第に身体から力が抜けて、蕩《とろ》けたようになっている。

どこをどうすれば、どうなるか。

既に手の内を知り尽くしている聖吾に口腔深く貪られ、肉厚の舌先で歯列の裏をなぞられるうちに息が上がり、いつしか自分が聖吾以上に昂ぶった。

「……覚悟なさっていてください」

「え……っ？」

「あなたが二度と、私以外の誰とも抱き合おうとしなくなるまで、私があなたを慈しんで差し上げます」

妖しく双眸《そうぼう》を眇《すが》めた聖吾が、律の濡れた唇を、人差し指でゆったり拭って囁《ささや》いた。

「旦那様……」

囁《ささや》き返した律の声が不意に途切れた。

律は聖吾の瞳に魅入られたように恍惚として目を細め、自ら求めて彼にキスをねだりにいく。あざとく、そして淫猥《いんわい》に。

蒼いような深い闇に、白々と浮かぶ部屋の壁。

庭に面した西洋窓は、鎧戸で固く閉ざされている。赤々と燃えたつ暖炉の火だけが、静謐な書斎を照らし出していた。

互いの首に腕を絡め、うわごとのように名前を呼び合いながら性急にキスを交わし合う。互いの弾んだ息だけが、やけに卑猥《ひわい》に響いていた。

程なく聖吾に横抱きにされ、足早に寝室に運ばれるうちに下肢が疼いて脈打ち始める。

毎晩のように抱かれているからこそなのか、ほんの数日空いただけで、爪の先まで干上がったようだ。求めてやまない聖吾の愛撫は、一種の麻薬のようだと思う。やがてベッドの冷たい敷布に横たえられると、聖吾に額にキスされた。

「……可愛いひとだ。もう、こんなにして」

含み笑った聖吾の指が、反応しかけた律のそれを服の上からゆったり撫でる。

「あ……っ、やっ……」

律はぎゅっと奥歯を食いしばり、羞恥を堪えて声を抑える。しかし同時に獰猛《どうもう》なキスで口を深く塞がれて、舌を絡め取られていた。

「旦那様……」

痺《しび》れて呂律《ろれつ》が回らなくなり、律は甘えた口調で訴える。聖吾はぬるい笑みを浮かべると、律の目蓋に宥《なだ》めるようなキスを落とし、片手で下衣を脱がし始める。

「……旦那様」

こうして顔を背けていても、聖吾の視線が今どこをたどり、どこを上下しているのかまでわかってしまう。

聖吾が自ら着衣を脱ぐ音。

続いて自分のベルトが、性急に聖吾に外される音。

ズボンのチャックを下ろされる乾いた音にも羞恥を募らせ、律は手の甲で目元を覆い隠した。

「律さん。……綺麗だ、本当に」

恍惚として息を吐き、律の喉に聖吾が吸いつく。

「……そんな」

聖吾と違って肩幅もなく、肉づきも薄く、生白いだけの身体だという自覚がある分、情けなくなる。けれども、聖吾は律の肌を吸う音を濃密な静寂の中に淫靡に響かせ、火照《ほて》った両手で貧相な胸をきつく揉んで頬を寄せた。

握った拳を口に当て、必死に声を堪えても、過敏な胸の先端を聖吾の舌でくすぐられるたび、呼吸が乱れて身体が跳ねる。

「あ、……あっ、やっ！　ああ……っ」

意地の悪い指先で、胸先をこよりのようにこね回されると、鼻にかかった声が漏れた。

聖吾の荒らいだ熱い息。

せわしなく身体を撫でる湿った掌。

疼くように凝った乳首を口に含んで吸いつくと、上下に弾いていたぶる舌が卑猥《ひわい》な音を立てている。聖吾があの美しい唇が肌を吸い、舌で唾液を舐めずる様を脳裏に描いただけで更に、淫らに下肢が昂ぶる。

「あなたは本当に素直な人だ……」

嫌がる律に煽られでもしたように、律の左右の膝を胸につくまで押し曲げながらほくそ笑む。顕わにされた屹立は、聖吾の唾液と先走りの精液で、聖吾が軸を下から上に舐めねぶるたび、ぬらぬらと粘った音を響かせた。屹立の先端を何度も短く啄《ついば》まれ、律はそのたび声を上げ、胴をよじって涙する。

「や……っ、め……、あっ、あっ」

性器の軸の側面を伝い流れる先走りまで、聖吾が舌で舐め取りすすっていた。情欲を滾《たぎ》らせた目で、乱れる律を射抜きながら、見せつけるように舌を軸に滑らせる。

「ああ、あっ！　んん、そ、れ……」

内腿の肌を聖吾の髪がかすめるたび、腰を反らせて身悶《みもだ》える。律の声が媚《こび》を含んで甘く濡れてかすれると、聖吾は子供のように目を細め、愛撫をいっそう濃く深くした。ビクビクと、不規則に跳ねる律のそれに執拗なまでにしゃぶりつき、喉の奥まで咥《くわ》え込みながら唇の輪で扱《しご》き上げた。

更に聖吾は、唾液で濡らした人差し指で窄《しぼ》まりをくすぐりながら、節ばった指でごく浅い抽挿《ちゅうそう》をほどこした。

「あっ、あ……、聖吾。……あっ、ああっ」

律は熱く目を潤ませて、やだ、嫌と、舌足らずに訴える。けれども視線が合うたびに、悪どく微笑む聖吾の余裕が憎らしい。

にもかかわらず、聖吾の右手に握られた自分のそれは、ぬめった雫をはしたないほど滴らせている。こうして心の奥底まで凌辱していく美貌の男を、涙目になって睨《ね》めつける。

「そんな可愛い顔をしないでください。抑えが利かなくなってしまう」

なのに聖吾は残酷な笑みを浮かべて見せただけだった。直後に咬みつくようにキスされて、律は呻きながらも舌を絡めて必死で応える。

応えるしかない。

ただこうやって唇だけを重ねていれば、まるで恋人同士のようだった。競うように深めたキスを名残り惜しげに解いたあと、聖吾は慎重に律を裏返し、両手で臀部《でんぶ》を押し上げる。

「ここもして欲しそうですね……」

「あっ、……っ」

含み笑った聖吾の指で後孔を円を描いてなぞられ、擦られ、悩ましく身をくねらせる。腹這いにされた上に尻を開かれ、そんな所を舌でいじられている。ひくつく蕾を舌でつつかれ嬲《なぶ》られるのは厭《いと》わしく、何度されても羞恥と不安と罪悪感で心臓がつぶれてしまいそうになる。

なのに、傷つきやすい粘膜を、舌の熱い粘膜で舐められることに口づけにも似た高揚感も湧き立った。

刻々と時を刻む柱時計。静謐な部屋に響いているのは聖吾がほどこす愛撫の音。まるで耳からも犯されているかのようだ。

「嘘をついても無駄ですよ。あなたの身体が私をこんなに誘っている」

「もう、……あっ、も、駄目っ、もう、ああ……っ」

組んだ自分の腕の中に顔をうずめ、律がごねた時だった。

熱く濡れた充溢の先を押し当てられる気配がして、ビクリと頭を仰け反らせた。

「あっ！　いっ、……ああっ！　あっ……！」

質量のある熱塊でじりじり隘路を割り入られ、悲鳴じみた声が迸《ほとばし》り出る。

毎晩のように迎え入れ、聖吾の形に慣らされてきた身体でも、この瞬間は目蓋の裏に火花が散る。

内襞を擦られるむず痒いような掻痒感に息を弾ませ、夢中で敷布をかきむしる。

「律さん、怖がらないで。もう少しですから。息をして」

聖吾は背後で巧みに抜き差しをくり返し、長大なそれを収めていく。そして最後に腰骨の際に手をかけられて鋭角に腰を打ちつけられると、律は甲高く叫んで白い喉を反り返らせた。

「あ、すご、……、ああ、あ……っ！」

穿《うが》たれたそこから背骨を痺《しび》れるような愉悦が貫き、脳の芯まで震わせる。声もなく唇を喘がせている律の頰に、背後から聖吾が頰をすり寄せる。

「……律さん。誰にもやらない。私のものだ」

甘くくぐもる低い声が耳朶《じだ》をくすぐり、熱い舌でうなじを何度も舐められる。けれども、恍惚として振り返り、口づけを求めたその刹那、角度をつけて狙ったように穿《うが》たれた。

「あっ！　いっ、……ああっ！　あっ……！」

最初から容赦なく奥を穿《うが》たれ、立て続けに細かく激しく揺さ振られ、律はあられもない嬌声を張り上げる。

いちばん感じるその箇所を、剛直の先でくすぐられ、細かに伝わる卑猥《ひわい》な振動。粘膜が熱く擦れ合い、肉がぶつかる卑猥《ひわい》な音だけが響いていた。

律の背中に胸を合わせ、胴を固く抱き締める聖吾の声も乱れている。

「律さん。……すごい。締めつけてくる」

「あ、あっ、い、……い。いいから、もっと……！」

律は肩越しに振り返り、頭が上下に揺れるほど苛烈な抽挿《ちゅうそう》をくり返す男に切に訴える。こんなにも狂暴な光を瞳にたたえた聖吾が、野蛮な笑みを浮かべるたびに、指の先まで痺《しび》れていた。聖吾に抱かれる間だけ、卑屈になったり罪悪感も追い払う事ができていた。

今はこれが自分の仕事なのだと。その名目さえ与えられたら、どこまでも乱れてみせることができた。

そうやって、何もかも忘れさせてくれるほどの蜜な時間。

娼婦の仮面を被っていれば、煽られるまま、この狂暴な熱に溺れ狂ういやらしい自分を曝け出すことも。

律は突かれるたびに殊更高く啼きわめき、婬奔《いんぽん》に腰を揺らして更なる蹂躙を請い求めた。

たとえこれが聖吾にとって報復であり、劣情を処理するための行為であっても、こうしていれば束の間だけでも彼を独占できるのだ。

「こんなあなたも、あなたですよ。私に抱かれて泣いて私を呼ぶような」

「あっ、ああっ！　駄目、も……聖、吾……っ！」

「いいですから、もっと駄目になってください。律さん。私の身体で悶えるあなたの声が聞きたい」

背中に胸を重ね合わせ、凄まじい抽挿《ちゅうそう》をくり返していた聖吾が身体を起こして腰を反らせ、角度を変えて更に執拗に背後から打ちつける。

「律さん。私も……、私もですよ」

ベットが軋《きし》みを上げるほど、穿《うが》ち上げられて泣きじゃくり、もっと奥まで、もっとひどくと訴える。

よれた敷布をかきむしり、送り込まれる律動に合わせて腰を振っていた律は、最後に弾かれたように背筋をぐんと弓なりにしならせた。

「ああ、いく、あっ……、あ……っ！」

聖吾と、甘く消え入るように囁《ささや》いて、律は震えながら達していた。その瞬間、聖吾が背中に胸を合わせ、軸を片手で握り締めた。律の精液を一滴残らず絞り出そうとするように、扱《しご》いていっそう律を可憐に泣かせると。同時に聖吾も短く唸り、律の中に灼熱の放埓《ほうらつ》を溢れさせた。

「あ、……あ、律さん……っ」

聖吾は恍惚として天を仰ぎ、前後に腰を揺らめかせ、断続的に逐情した。

薄い尻の肉を鷲掴みにした指の力。

首にかかる荒い息にも感じ入り、律は陸に上がった魚のようにビクビクと痙攣をくり返していた。

「あ……っ、んんっ、んっ、……あっ」

律も感じ入った声を出しながら、法悦の海にたゆたうと、やがて肘を折って崩れ落ちた。

「律さん……」

と、背中に胸を合わせてきた聖吾もほっと息を吐く。まだ身体の奥深く繋がったまま、抱きすくめてきた聖吾の頬が、汗濡れたうなじに押し当てられた。その高い鼻梁が左右の頬をかすめるたびに、性懲りもなく胸が高鳴る。

激しく腰を打ちつけながら弾ませていた彼の息が、濃艶なキスが甘美であるほど彼の胸で今でも逆巻く憤怒の烈火が、透けて見えるようだった。

夜毎組み伏し、これほど残酷な仕打ちを重ねてもなお、飽き足らないほど聖吾の怒りは大きいのだ。

それでも当の自分は彼への思慕を捨てきれずにいる。

こんな行為は聖吾にとって、加虐の捌《は》け口でしかない。嘘で固めた睦言を交わし合う、淫売と客との関係。大人の遊びと同等だ。

わかっているのに、触れられるたびに身体も心も燃え上がり、羞恥も忘れて乱れてしまう。律は浅ましい胸の中できつく目を閉じ、疼き続ける胸の痛みに堪えていた。

◆

寝室のドアが注意深く閉じられた音で、律は不意に目を開けた。

スタンドの淡い光が仄暗く照らす室内を、寝着の単衣《ひとえ》をまとった聖吾が足音を忍ばせ、横切った。

律がベッドの中で身動《みじろ》ぐと、聖吾は肩を揺らして足を止めた。

「すみません。お起こししてしまいましたか？」

「……今、何時ですか？」

「三時ぐらいですよ。まだ早いですから、もう少しお休みなさい」

「……はい」

布団にくるまり、手足を縮めた律の脇で、ベッドのバネが沈んで揺れた。

互いの汗と体液で湿って汚れた敷布は取り替えられ、自分も寝着を着せられている。

こうして抱きつぶされて寝入っているうち、聖吾が情事の後始末までしてしまうのが暗黙の了解になっていた。

こんな『仕事』を命じるようになってから、もうひと月余り。

聖吾は奉仕をさせるというよりも、むしろ甘美な愛撫と巧みな技巧で男妾を口説《くど》いて酔わせ、惑乱させて吐精までをも強いてくる。聖吾自身の快楽よりも、律のそれこそを目的としているような閨なのだ。

やはり閨の中でも聖吾の中には矛盾しかない。

聖吾が自分に求めているのは『仕事』という名の贖《つぐな》いなのではないのかと、律は『男妾』の世話を焼く、不思議な主人をぼんやり眺めた。それより、こんな風に抱き合うことは『贖《つぐな》い』と名づけられた何かの名目でもあるかのように快楽だけを与えられ、情事の後始末までされている。

何より聖吾が苦しげに顔を歪ませながらも、撫でて舐めて吸って舐める行為の間、激しく息を乱れさせ、聖吾自身が惑乱しているようにしか見えないからだ。「今日は午後六時過ぎに私の弁護士が来ますから、律さんも同席して頂けますか？」

ベッドの脇に腰かけた聖吾が前髪を撫でてくる。律は猫のように目を細めたまま、夢うつつで問い返した。

「弁護士……ですか？」

髪をかき分けられる聖吾の指の心地よさに浸っていると、額に優しいキスが落ちてきた。

「律さんを私の養子に迎え入れたいと思っています。だから、その相談に」

確かめるように肌を吸い、唇を離した聖吾が艶然とした笑みを浮かべる。しかし、律は突然頭から冷水を浴びせられたように瞠目《どうもく》した。

「……養子？」

「ええ。書生のままでは、律さんが遠慮ばかりされるので」

ベッドの端に腰かけた聖吾は、律の額を撫で続けている。

「それに、こんな時世ですからね。いつ何時、私の身に何か起こらないとも限りません。その時には私の財産は律さんにお譲りできるようにしておかなくてはいけませんから」

「……で、ですが、旦那様はまだご結婚もされてませんし。いつか、ご自分のお子様がおできになられたら……」

聖吾の発言で律は一瞬にして覚醒した。

二十九歳の聖吾の若さで、自分のような成人に近い、しかも血縁のない男を養子にする必要がどこにあるというのだろう。そのうえ、聖吾は一代で築き上げた『水嶋財閥』の当主なのだ。

莫大な財産の相続人に、なぜ身内でもない、今や名実ともに男妾の自分がと、律は恐れ慄《おのの》いた。

「私は結婚なぞ致しませんから。その旨も書類に明記致しますからご安心ください。万が一、私が妻を娶《めと》ったとしても、財産の相続権は律さんです」

口ごもる律を遮って、聖吾は冷然として言い放つ。

律はベッドの上で肘をついて身を起こし、目を見開いて驚愕した。

「とにかく」

聖吾は肩で小さく息を吐き、困惑する律から顔を背けてベッドを離れる。

「養子の件は、律さんの御母上にも承諾して頂いております。御母上も病床のご自分以外に身寄りのない律さんには、正式な戸籍上の後見人が必要だと、おっしゃってくださいましたので」

聖吾は威嚇するように、中途半端に開いたドアをバタンと閉じた。まるで異論の余地など初めからないと、言わんばかりの口ぶりだ。

律は薄暗い部屋で、ドアの前に佇む聖吾を凝視したまま小首を傾げ、異形のものでも眺めるように右目を眇《すが》める。

少年のように小さな頭と、人形めいた端正な面立ち。

単衣《ひとえ》の寝着の襟元が、華奢な長い首筋のなめらかな稜線を際立たせている。

いつもどこかしら危うげで、その容姿は幼気《いたいけ》でさえあるのに、一旦手を掴まれると、どうあがいても振りほどけない。

凄まじい力で引きずられ、気づいた時には彼の一部になっている。

律はベッドの上で後ずさりした。

ベッドヘッドが背中に当たり、助けを求めるように泳がせた手が、火が消えた枕元のランプを払ってしまった。床に落ちたランプが甲高い金属音をたてて静寂を破っても、ドアの前の黒影は微動だにしていない。

このまま聖吾と暮らしたら、本当に頭から彼に呑み込まれ、人としての感情も意思も、根こそぎ奪われてしまうのだろう。

その確信に震えつつ、律が思わず固唾を呑んだ時だった。

主室で電話のベルがけたたましく鳴り、律は聖吾と、ほとんど同時にビクリと肩を波打たせた。

「誰だ、一体……」

聖吾が苦々しげに舌打ちをして寝室を出る。押し開かれたドアから主室の明かりが斜めに射し込み、受話器を取った音がした。

夜明け前のこんな時間にかかってきたのだ。

急を要する仕事だろうか。

何にしろ、朗報の可能性は低い気がした。

律が不吉な予感にかられていると、受話器が置かれる気配がした。直後に忙しない足音が近づいてきて、寝室の天井灯が点《とも》される。

「ど、……どうしたんです?」

寝着を着せられた律はベッドの上でたじろいだ。尋常ではない顔つきの聖吾が羽織を脱いでベッドの上に投げ捨てる。

「律さんも、すぐに出かける支度をなさってください」

歩み寄られた聖吾に口早に告げられる。

「御母上の容態が急変されたそうですから」

「えっ……?」

「危篤だそうです。律さん、早く……っ！」

聖吾に腕を引っ張られても、手足に力が入らず、立ち上がることもできずにいた。

瞬きするたび、半日前に別れたばかりの母の満ち足りた笑みが蘇る。

昨日の夕方、いつものように微熱が少々あったものの別段変わった様子もなく、また週末に会う約束をして帰ってきたのだ。

その母が、危篤だなんて。

ほとんど聖吾に剥ぎ取られるように寝着を着替え、諾々《だくだく》と手を引かれながら部屋を出た。

「乗ってください。私も同行しますから」

聖吾は車寄せで待たせた車に律を押し込む。庭の木立の隙間から黎明の朝日が正面から射し、律は虚ろに顔をしかめる。

「大丈夫です。医者も看護婦も付き添ってますから。奥方様はきっと持ち直されます」

律の手を握り締め、聖吾が耳元でくり返している。

だが、誰に何を言われても、もう何ひとつ心に言葉が響かない。

何が虚構で何が現実であるのかが、律にはまったくわからない。ただ心臓だけが逸《はや》る鼓動を打ちつけて、律を青ざめさせていた。

第十三章　華の塵

あの日の熱海も晴れだった。

あの頃はまだ、日差しの強さが春の到来を予感させるだけだった。

そして菩提寺の青空のもと、圧巻なまでに咲き誇った満開の桜の花は既に花びらを散らし始めていた。

東京の郊外にある伊崎家の墓の前に、聖吾と二人で立っている。

喪服の律は、立ちのぼる線香の白煙を目で追って、青い空を仰ぎ見た。

危篤の報せを受けて熱海に向かう車の中でも、こんな風に穏やかな空を見上げていた。

一体何がどうなろうとしているのかが、まるで理解できなくて。

頭も心も焼ききれてしまったみたいに動かなかった。

今はただ、春霞の空がきれいだと。

まだ固い蕾だった桜があれほどまでに美しかった熱海の日、母はこれから死のうとしていた。母は危篤に陥ったという。他でもない自分の母が。母だけが。

それが、たまらなく悔しくて。

腹立たしくて、律はあの日、空を見ながら泣いていた。

その時も側《そば》には彼がいて、律は身体のどこかが痛むみたいに眉をしかめて彼を見た。

母の急死以来、聖吾は『律さんが御母上とのお別れに、専念できるように』と、父と兄の眠る伊崎家の墓にこうして母を納骨するまで、通夜も葬儀も、全て仕切ってくれたのだ。

そんな聖吾は今、伊崎家の墓の前で手を合わせていた。

真新しい花が手向けられた墓前にしゃがみ込み、とても長い間、厳粛に祈りを捧げた後、名残惜しげに腰を上げた。

「律さんも、お疲れになられたでしょう……」

「いいえ。私は何も……」

顔色を曇らせる律を気遣い、聖吾が微笑みかけてくる。自分は本当に母の棺の側《そば》に座っていただけだった。ただでさえ多忙な上に今日の納骨まで何もかも請負ってくれた聖吾の方こそ、疲労困憊のはずだった。

「本当にありがとうございました。最後までこんなに良くして頂いて、母に代わって心より御礼を申し上げます」

彼が車を出してくれなかったら、急性心不全でその日のうちに亡くなった母の臨終に、間に合うこともなかっただろう。

「いいえ、そんな。当然の事をしたまでですから」

贅沢な屋敷で主治医に治療をほどこされ、肉親に看取られて逝った母は幸せだったと、心からそう思うことができる。自分のような男妾の身内にも慈悲深い聖吾が誠心誠意尽くしてくれたと、律は深々と頭を下げた。

「どうか、お顔を上げてください」

「本当に今までありがとう。聖吾」

万感の思いを込めて礼を言う。こんな風に目と目を合わせて話をしたのは、いつ以来だろう。聖吾はいつも不機嫌で、隣で自分も黙っていた。

聖吾の名前をこんなに愛おしく呼んだのも、一体どのぐらい前の事だったか。

聖吾はたじろいだように口ごもり、頭を微かに左右に振った。菩提寺の桜並木が、風に吹かれるたびに枝をたわめ、粉雪のように花びらを散らしていた。聖吾は墓石に刻まれた母の戒名に目をやると、再び肩で息をついた。

「……では、そろそろ戻りましょうか。近くの割烹に精進落としを頼んであります。そちらで昼食を頂きましょう」

聖吾に肩を抱かれて促されると、律は腕の中からそっと逃れて背後に退く。

「……律さん？」

「今まで、お世話になりました。亡き母ともども、旦那様から受けたご恩は生涯決して忘れません」

もう一度頭を下げた律が、最後に決然として目を上げる。

聖吾の黒髪を揺らしていたうららかな春風が、地面に積もった桜の花びらを波濤のように巻き上げた。

「……きっと、そう、おっしゃるだろうと思っていました」

聖吾は諦めにも似た微笑をたたえていた。

艶やかな黒髪が切なげに細められた目元にも乱れてかかり、彼をいつになく幼気《いたいけ》に見せていた。

律はうつむき、ぎゅっと拳を握り込む。

今この瞬間にも、焼けつくように恋をしている自分に自分が打ちのめされるようだった。

「納骨が済んだら、あらためて申し上げるつもりでいたんですが……」

聖吾は喪服の背広のポケットに両手を突っ込み、どこか投げやりな笑みを浮かべて続ける。

「財産目当てで構いません。律さんには私の養子になって欲しいと、そう申し上げても駄目ですか?」

「……聖吾」

「とにかく、一度屋敷に戻りませんか? どちらにしても今ここでする話でもないでしょう」

聖吾がポケットから右手を出して差し伸べた。律はその節ばった指に目を見張り、深く息を吸い込んだ。

今ここで、この手を取ってしまったら、きっとまた逃げられなくなる。

凄まじい力で引きずり込まれてしまうだろう。

「いいえ。……何も支度は要りません。ですからどうか、もうここで」

律はごつごつとした掌から顔を背けて、くり返す。聖吾が微かに息を呑む気配がしたが、視線を合わせることができずにいた。きつく奥歯を噛み締めて、今にもあの厚い胸の中に飛び込みたくなる衝動を、必死の思いで抑えていた。

この孤独な人を、もっと孤独にするのかと、ナイフのような罪悪感で心臓をえぐられるかのようだった。

だが、自分を抱いても聖吾はいつも苦しげだった。

慈しみながらも憎悪する相手が常に側《そば》にいて、幸せになれるはずがない。

だから聖吾も決して満たされないのだ。これ以上二人で一緒にいても。

「私と母がお世話になった御礼は一生をかけて少しずつでもお返しさせて頂きます。ですから、お暇を頂けませんでしょうか」

律は身体を腰から折るようにして頭を下げて、懇願した。

自分だけなら、どうにでも自活できるだろう。ただ、どうしてもタダでは手離さないと言うのであれば、どんなに少額ずつでも礼金を支払い続ける覚悟でいた。

すると、深く下げた頭の上に、聖吾の失笑が落ちてきた。

「あなたがこれ以上私に何を支払う義務があると、おっしゃるんです？」

「……ですが」

「あなたにはもう、充分すぎるほど働いて頂きましたよ……」

もう充分すぎるほどにと呟き、苦笑で歪めた顔を聖吾が背ける。

「……いいでしょう。わかりました。では、支度金はこちらで用意致します」

やがて聖吾はうつむきながら溜息を吐《つ》き、次に何かに救いを求めるように、一瞬空を仰ぎ見た。

けれどもすぐに背広の内ポケットから財布を取り出し、ありったけの紙幣を鷲掴みにして突き出した。

「今は手持ちがありませんので、とりあえずこれを当面の生活費にあててください。近いうちに、必ずお渡し致します」

「……要りませんよ。お金なんて」

律は雑に出された札束を、睥睨《へいげい》するように横目にした。しかし、聖吾は律の手を取り、無理やり握らせながら語気を強める。

「男というものは、別れ際にはこういうものを渡さなければ、落ち着かないものなんですよ」

聖吾は更に札束を握らせた律の手を、律の喪服の背広のポケットへ、強引にねじ入れようとする。

しかし、その手を咄嗟《とっさ》に振り払い、よろめきながら退いた。

「……口止め料って、ことですか？」

「どのように解釈して頂いても結構です」

花びらのように紙幣が舞う中、律は息を喘がせる。

間髪入れずに冷酷な方の聖吾が答える。こんな風に突然突き放したかのような物言いが、いっそ清々しくて苦笑した。

どのように解釈してもいいと言われて、律はますます気色《けしき》ばむ。一体どのように解釈すればいいのかすらもわからない
きっと養子にすると言い出したのも、男妾との醜聞を口止めさせるためだった。財産を継ぐ身

になってしまえば、彼の周りをうろつくゴシップ記者へのタレコミなんてしないだろうと算段したのだ。

そして養子の話を拒まれたなら、今度は金で解決しようとする。

金はなんて万能で、なんて薄汚いのだろう。金の話を持ち出されるなり、最後の一本だった縁のような細い糸まで切れた気がした。

聖吾にとって自分は既に奉公するべき主家筋ではなくなった。

いつでも取り替えの利く『男妾』にすぎなくなっていたことを、あらためて思い知らされるようだった。

そんなにしてまで切れたいのなら切れてやる。

律には聖吾の眼差しがまるで、こちらを馬鹿にしているような、傲岸不遜なものに感じられた。

「……要りませんよ。そんなもの」

「律さん」

「お金なんか貰わなくても聖吾を困らせたりしないって、言ってるだろう、さっきから……っ！」

律は思わず声を荒らげ、きつく眉をそばだてる。と同時に、怯《ひる》んだような顔をした聖吾に一歩近づいた。

「律……」

驚いた聖吾が首をすくめて律を見た。

律は逃すまいとするように、長身の彼の首に両手を回してしがみつき、うなじに頰をすり寄せた。

さようなら。人を信頼しないひと。

恐くて、あくどくて、冷たくて、こんなにもずるい男。ひどい人。

でも、だからこそ愛していた。

のめり込むようにして愛していたのだ。

「……元気で」

と、抱擁を解いた律はぎこちなく囁《ささや》いた。

茫然として黙り込んだ聖吾が妙に愛らしく、思いがけなく笑みがこぼれる。

律は慈しむように目を細め、拒絶するように背を向けた。

墓地から寺の境内に入る前、肩越しに思わず目をやると、桜の花が吹雪のように舞う中で、聖吾が黒の喪服の上着の裾を旗めかせていた。

彼が視界から消えるこの瞬間まで、満ち溢れるのは彼への愛しさ。

狂おしいほどの恋情だ。

ほどなく菩提寺の墓地から境内の門近くまで戻ってくると、紙芝居の前で子供達が何層もの人垣を成していた。

彼らの微々たる小遣いでも事足りるような見物料を支払えば、対価として煎餅や水飴などが配られる。しかし、どの子も紙芝居屋の朗々とした名調子に聞き入って、貰った駄菓子を口にするのも忘れている。

また、土産物屋が軒を連ねる門前通りも、参拝客の姿は稀だった。

おかっぱ頭の少女達が影踏みに興じる傍らで、丸刈りの少年達は木刀を振り回してのチャンバラ遊びに余念がない。

そんなのどかな情景が、今は別世界のように遠かった。

律はポケットの中の小銭を探った。その指先にしみついていて離れない、聖吾の滑らかな髪の感触を反芻《はんすう》している自分に気づいた途端、鼻の奥がつんと痛んで、熱い涙が溢れ出てくる。

慌てて見上げた春の空は、いつしかうららかに晴れ渡り、どこまでも青く澄んでいた。

「どうせあなたのことだから、大人しく言いなりになってるはずがないと思っていたけど……」

やっぱりねえと呟いて、瑛子はカフェーの楽屋鏡に映る律を見ながら微笑む。仕方がない子といったような口ぶりだ。

律は肩をすくめて恐縮し、瑛子に勧められたソファにおずおず座る。

瑛子は半年前に聖吾が乗り込んできて以来、こちらを訪ねることすらなかった無礼な自分を何事もなかったように受け止めてくれている。こんな時は、瑛子の懐深さが何よりもありがたく感じられ、律は目頭を熱くした。

「それで、あなた。これからどうするつもりなの？」

眉をしかめて律が懸命に涙を堪えていると、瑛子が水を向けてきた。瑛子には母が亡くなったことも、聖吾の屋敷を出てきた経緯も、楽屋を訪ねてすぐに説明した。

「……はい。あの、以前に母と一緒にお世話になっていた救護院で相談させてもらって、住む場所と仕事を探すつもりです。今度は僕だけですから身軽ですし、何とかなると思っています」

律はハンカチで慌ただしく目元を拭い、照れ隠しに苦笑した。

今は不安しかなかったが、それと同時に、いっそ晴れ晴れするほど何も持っていなかった。だから当面は救護院に身を寄せて、寝床の世話になりつつ仕事探しに専念しよう。

不思議なことに聖吾の屋敷に上がって以来、変にクソ度胸がついたようだと、律は含み笑って瑛子に答えた。

「……まあ、あなたが見かけによらず、意外に図太いこともわかってるけど。でも、今はどこも不況で救護院も空きがないって話だし。あなたみたいに若くて綺麗な男の子が路頭に迷ったりしたら、どんな目に遭うかわからないでしょうから」

化粧鏡に向かっていた瑛子が、鏡の前の棚に立てかけてあったハンドバッグに手を伸ばす。

そして、ビーズ刺繍がほどこされたバッグのガマ口を開け、厚みのある白封筒を取り出すと、応接セットのソファに腰かけている律の手前のテーブルに置いた。

「……瑛子さん、これは」

「いいから何も言わないで。あなたのためというより私のためだと思って、受け取ってくださらないかしら。このままあなたを手ぶらで帰して、私が後悔したくないだけだから」

瑛子はたおやかな微笑を口元にたたえ、戸惑う律の手に白封筒を握らせた。銀行名が印字された封筒の中身は確かめるまでもなく、相当額の札束に違いない。

咄嗟《とっさ》にそれを押し戻そうとする律の手を、瑛子はきつく掴んで力を入れた。

「これは、私があなたに無利子無期限で貸すお金だと思って頂戴。今はこんなに必要なくても、いつか急にどうしても必要になる時がくるかもしれないでしょう？　そのとき、思い出してくれればいいんだし。いずれ、あなたが自活できるようになって、お金の心配をする必要がなくなったら、返しに来て」

正面から目を合わせてきた瑛子に一言ずつ、噛んで含めるように言い聞かされると、律は反論できなくなっていた。

「私の知り合いが長屋の家主をしていて空きがあるから、借主を探して欲しいと言われていたの。ちょうどいいから頼んであげるわ」

瑛子に口添えしてもらい、当面の家賃はツケとして待ってもらう事になる。

瑛子のおかげで、その日のうちに根津《ねづ》の長屋に移ることまでできたのだ。

根津の長屋は木造二階建て。

まず玄関の三和土《たたき》を上がった所に六畳間。

三和土《たたき》の脇には台所。二階に上がる階段脇に便所がある。二階に上がれば、東向きに間口二間の座敷がある。

台所も便所も共同ではなく、間取りも充分すぎるほどだった。

毎朝、木造二階の窓を開け、物干し場まで出て東の空を仰ぐたび、瑛子と亡き父母兄に手を合わせ、感謝の祈りを捧げていた。

瑛子は返済期限も設けなかったが、律はそれでは自分の気が済まないと借用書を書き、担保として母の形見の指輪を瑛子のもとに預けている。もともとこれを質に入れて当座の生活費を得るつもりでいたのだが、瑛子が預かってくれれば質流れになる心配もないだろう。

「そんな水臭いこと言わないで頂戴」

瑛子は最後までいい顔をしなかった。

だが、こんなご時世で自分の身にも、いつ何があるかわからない。その時にはこれを売って返済金にしてくれと頼み込み、瑛子に無理やり握らせてきた。

そんな瑛子だからこそ、彼女の信頼に応えるためにも、一日でも早く借りた金を返したい。

それからというもの、律は早朝の新聞配達から深夜のカフェーの皿洗いまで、昼夜を問わず働いた。昨年、律がカフェーを辞めた時点で瑛子には新たな伴奏者が付き、今のところ新規の募集はないという。

瑛子は音楽の仕事を探せと釘をさしてきたが、あるかどうかもわからないピアノの仕事を漫然と探す余裕は自分にはない。

「おはようございます」

律が長屋の裏にある共同井戸に姿を見せると、顔見知りになった隣人達に挨拶を返される。

台所には水道もガスも通っているが、水道代を節約するため、長屋の住人のほとんどが井戸で洗濯をすませている。

「おはよう。律君。今日も朝から暑いね。嫌になっちゃう」

「洗濯してるってのに、もう汗でびしょ濡れなんだから」

雨除けの屋根の端から初夏の朝日が鋭角に差し込み、じりじり肌を焼くようだ。律は井戸端に盥《たらい》を置くと、隣人達に交じって洗濯を始めた。

洗濯板で木綿《もめん》のシャツを擦りながら、荒れて薄皮が剥けた自分の指に眉をひそめる。

病床の母を養っていた時も水仕事だけは避けてきたのは、ピアノが弾けなくなるのが恐かったからだった。

けれど、聖吾の屋敷を出た直後、音大は退学した。

学費を払えないからだ。

ピアノを弾くあてもないままで、手荒れを危惧していても仕方がない。律は微かに感じる寂しさを諦めとともに微笑みに変え、洗濯物を擦り続けた。

その頃には、リヤカーを引いて現れた魚売りや豆腐売り、小間物売りが井戸端に品物を並べ、洗濯とおしゃべりに勤《いそ》しむおかみさん相手に商売を始めていた。

「すみません。お先に失礼します」

家族が大勢住んでいる長屋の中で、一人暮らしは稀だった。一人分だけさっさと洗って干した律は、挨拶してから井戸端を去る。

今日の仕事は飲食店での昼飯時の配膳係と皿洗い。それから一度帰宅して休養し、夜はカフェバーでボーイをする。

配膳と皿洗いぐらいなら平気だが、ボーイの仕事はいずれはバーテンダーになり、カウンター内でシェイカーを振る予定になっている。ボーイよりバーテンダーの方が給金は三割増しになる。だから一日でも早くカクテルの配合や、シェイカーを美しく振るパフォーマンスを覚えたい。

一階のちゃぶ台で朝食の握り飯と味噌汁を食べながら、カクテルの名前と配合を記したメモを読み直し、暗記に精を出していた。すると、玄関先で「律君」という、耳慣れた女性の声がした。

「はい」

「これ。うちの朝ごはんの残りものなんだけど。良かったら食べてみて」

引き戸を開けると、西に二軒離れた家族のおかみさんに深鉢に入れたカボチャとインゲン豆の煮ものを渡された。

「いつもありがとうございます」

「お口に合うかしら?」

「はい。いつも美味しく頂いています」

母を日当たりの悪い救護院の長屋に寝かせていた時は、料理などしたことがなく、見よう見まねで飯を炊き、八百屋からもらい受けた廃棄される直前の菜っ葉で作った味噌汁と漬物ぐらいしか食べさせることができずにいた。

「そうだ、夏目《なつめ》さん」

戻りかけた夏目美奈子《みなこ》を呼び止める。

「迷惑じゃなかったら、僕に料理を教えて頂けませんか?」

いつも白飯と汁物だけでは、そのうち身体を壊してしまうかもしれない。そうかといって、漫然と隣人の厚意に期待するのは筋違いというものだ。

「夏目さんがいつも下さる料理が美味しいから、ぜひ。僕も自炊できるようになりたくて」

生活費を少しでも浮かせるためには自炊がいちばんだ。いくら疲れているからといって、夜鳴き蕎麦で済ませていては高くつく。

「あら、そんなことぐらい、お安い御用よ。どうせ三食作るんだし。朝は忙しいから、昼間や夕方、うちに来ればいいじゃない。作りながら教えるから」

「本当ですか？　ありがとうございます！」

自分でも顔がパッと輝くのがわかる気がした。申し出に応じた夏目も嬉しげだ。

仕事の合間の昼頃に早速夏目家を訪ねると、快く迎え入れられ、安堵の息をホッとつく。夏目は満面に喜色をたたえて律を台所に招いてくれた。

「今日は切り干し大根の煮物を作るから、側《そば》で見ていて。慣れれば十分もかけずにできる簡単で栄養たっぷりのおかずだから」

「はい。お願いします」

夏目は着物の袖をたすき掛けにして、台所のタイル仕立てのシンクに陶製の器を置き、乾物の切り干し大根を中に入れると、水で揉むようにして簡単に洗い始める。一度絞って水気をきると、あらためて水を入れた器にそれを戻して律に言う。

「切り干し大根は水で戻しすぎると香りも触感も悪くなるから。手早く洗ったら、新しい水に浸すのよ。一分ぐらいでいいの」

「はい」

律はノートにメモをする。その間に夏目は切り干し大根を水から引いて、ぎゅっと絞っている。

「この戻した水で煮るからね。戻した水は捨てないで」

「戻した水で煮るんですか？」

「最初に洗って、汚れは落としているからね。風味が残った戻し汁で煮ると美味しいのよ」

「そうなんですね」

水嶋の食卓にも並んだ煮物なのだが、料理の前にここまで手間をかけるとは、想像だにしなかった。

「もし手に入るなら、鍋に油を敷いて軽く炒めるの。大根の表面を油の膜で覆って中の旨味を逃がさないようにするためなんだけどさ。まあ、油なんて贅沢品だから。私はいつも炒めないで煮るけどね」

鍋をガスコンロにのせた夏目は、その貴重な油を鍋に敷き、大根を手早く炒める。きっと今日は手本を見せるということで奮発してくれた夏目の懇意がありがたい。次に細めに切った油揚げを入れ、鰹と昆布の出汁《だし》を加えると、砂糖と醤油で味を調える。

「火加減は最初から最後まで中火ぐらいかな。これで煮汁がほとんどなくなれば完成よ」

途中からの手順が手早すぎて、律は書き留めるだけで精一杯だったのだが、完成品を味見させてもらうと、五臓六腑に染み渡るような味わい深さに驚いた。

「どう?」

「美味しいです！　干した大根から日向の香りがすごくします」

「あら、まあ。可愛いことを言うのねえ」

胸を張る夏目もまんざらではない顔だ。

「これは律君が持ってって。ただ、食べる前にはそのつど鍋で煮直しなさいよ。この暑さでしょ。

腐りやすいから。念のため」

鍋から器に移し替えた煮物を夏目は律に差し出した。一人で食べるには、ちょうどいい分量だ。

「ありがとうございます」

器を両手で受け取ると、夏目は腰に手を当て、しみじみとした口調で続ける。

「律君はそうやって喜んでくれるから、嬉しいの」

「えっ？」

「私なんか何の取り柄もないのにさ。律君がありがとう、ありがとうって言ってくれるのが嬉しいの」

「そんな……」

「これからも面倒がらずにご飯はちゃんと作って食べなさい。自分のためだけに作るんじゃ、甲斐がないかもしれないけど。料理にしても掃除にしても、自分のためにちゃんと時間を使いなさい」

「はい。これからはそうします」

教官に訓令を述べられたように、直立不動になった律に夏目が豪快に笑い出す。ちょうどその時、尋常小学校が夏休み中で、朝から遊びに出ていた夏目の息子が帰ってきた。

「あっ、律君だ」

「こんにちは。今日はお母さんに美味しいおかずの作り方を教わったんだよ」

十歳になる夏目の息子が両腕を羽のように広げつつ、律に抱きついた。

「じゃあ、お昼ご飯食べたらメンコやって遊ぼうよ」

「これ。律君は夕方からお仕事なんだよ」

「お仕事なの？」

「うん。そうなんだ。今日は時間が作れないんだよ。ごめんね」

片手で煮物の器を持ち、片手で夏目の息子の頭を撫でてやる。

ここへ移り住み、まだ仕事が見つからずにいた頃は、牛乳瓶の紙蓋でするメンコ遊びやコマ回しが物珍しくて声をかけ、子供達に遊び方を教わった。やがて仕事も見つかって忙しさが増すにつれ、なかなか相手をすることができない子等への不義理が続いていた。

「今日はごめんね。もうすぐ仕事の支度をしないといけないんだ」

「なーんだ。つまんない」

よく懐いてくれている夏目の息子が唇をつんと突き出した。

「律君はこれからお仕事だって言ってるでしょう」

母親にたしなめられてむくれる彼に後ろ髪を引かれつつ自分の部屋に戻った律は棒手振《ぼてふ》りを担ぎ、売り文句をあげながら魚を売りに来た行商を呼び止める。

「へい。らっしゃい」

行商は前後の盥《たらい》を路地の地面に置いた。

「簡単に調理できる魚は何ですか？」

「……でしたら、イワシなんかはどうですか？　焼き網にのせて塩焼きにするだけで美味いですよ」

勧められたイワシは値段も手頃だ。律は即決して一尾を買い求めた。

白飯と味噌汁、夏目にもらった煮物に焼き魚が加わったちゃぶ台を思い描くと、顔がほころぶ。

寝て、起きて、ひと手間かけた滋味溢れる食事を取り、時間を忘れて必死に働き、眠りにつく。

つつましくとも、自分が切望していた生活がここにある。生きている。

さりげない生活の温もりが、肉親をすべて亡くしてしまった寂しさをも癒やしてくれる。今では瑛子に借りた金を返済することが生活の張りにさえなっていた。

イワシを一尾入れた鍋を片手に家に入る前、玄関先の郵便受けにたまったチラシを引き出していると、一通の書簡が足元に落ちた。

宛名を記した大らかな筆跡には見覚えがある。

「……長沼から？」

音楽学校の同期生で友人だった彼のものだ。

律は裏を返して差出し人を確認すると、その場で封を破った。

◆

聖吾の屋敷を出てから、三か月ほど経っていた。

長沼からの書簡によれば、長沼の家にピアノの家庭教師を希望する電話があったという。半年前に銀座で生徒募集をしていた話をどこかで聞いたらしいとも書かれていた。

もちろん、聖吾にばれてしまった時点で話を持ち込んだ店には全て断りを入れていた。

だが、今回希望してきた家族にはそこまで話は伝わっていないようだった。

律は公衆電話で長沼に連絡を取り礼を述べると、手紙に書いてあった連絡先に自ら断りの電話を入れることにした。

学費が工面できずに音大を退学した旨を伝えても、「私どもは、音大の学生さんでなくても構いませんので、お願いできませんでしょうか」と、拍子抜けするほど明るい声で返された。

電話の相手は、ピアノを始めたいという少年の母親だ。

「教えて頂きたいのはまだ五歳の息子ですし……。できれば外国人の方ではなくて、お若い日本人の方のほうがいいかと思いまして」

律は邪気のない母親の声に押しきられるまま、次の週には家を訪ねる約束を交わし、半ば呆然としながら受話器を置いた。

「良かったじゃないの。あなたがピアノを弾いていると、私もなんだかホッとするわ」

無理を承知で瑛子に頼み、開店前のカフェーのピアノで指慣らしをしていると、胸元の開いた夜会服をまとう瑛子が舞台の袖から姿を見せた。

「ありがとうございます」

律は得意のリストを奏でつつ、はにかみながら会釈で応える。この三か月間、ずっと頭の中だけで鳴り響いていた夜想曲の旋律が、彼の面影を蘇らせる。

聖吾のためにリストを奏でたあの夜の、恍惚とした彼の微笑が脳裏に浮かび、狂おしいほど胸が騒いだ。もしかしたら、ピアノと一緒に聖吾自身の面影を葬り去ろうとしていたのかもしれないと、律は伏せた顔を自嘲で歪める。

忘れようとあがいた分だけより鮮明に、まざまざと蘇るあの切れ長の双眸《そうぼう》。

優美な鼻梁。薄い唇。

その涼やかな立ち姿もふるまいも、夢のように美しい人。

そして同時に、哀しくなるほど孤独な男。

こうして自分の記憶に無理やりにでも蓋《ふた》をすれば、いつかは忘れたことまで本当に忘れ去ったりするのだろうか。

そんな日が来るということを心のどこかでは否定している。

それからも律は何かに憑かれたようにピアノの鍵盤を叩き続けた。

その翌週の土曜日に、律はピアノの家庭教師として郊外の高村《たかむら》家を訪れた。

優雅な曲線を描く鉄の門扉の前で居住まいを正し、緊張をほぐそうとして肩を二、三度上下させる。

今年の春には関東軍が愛新覚羅溥儀《あいしんかくらふぎ》を満州国の皇帝に即位させ、アメリカを筆頭とする列強各国との対立も激化している。

軍部からは忠君愛国精神ばかり鼓舞される中にあって、息子にピアノを習わせるような洒落者か、西洋趣味の家なのだろう。瀟洒な造りの洋館だ。

常緑樹が生い茂る広い庭。

洋館の外観は白い下見板《したみいたば》張りで、庭に面して両開き扉が等感覚で並んでいる。急勾配の切妻屋根には、煉瓦造りの煙突も突き出ていた。

律は門柱の呼び鈴を恐る恐る押すと、門扉の外で応答を待った。程なく正面の玄関から割烹着を着た中年女性が現れた。

「初めまして。高村様のご子息のピアノの教師として伺いました。伊崎律と申します」

「お待ち致しておりました。どうぞ、お入りくださいませ」

この邸宅の女中らしき女性に案内された応接間には、アップライトのピアノが壁際に置かれていた。ほどなく母親が小さな男の子の手を引いて姿を見せると、律はソファを立って頭を下げる。

「教師をお願いしました直弥《なおや》の母です。これから、どうぞよろしくお願い致します」

「こちらこそ、よろしくお願い致します」

直弥という男児も母親の腰にしがみつきつつ、律に向かって挨拶をする。

コテで巻いた耳隠の黒髪に半袖のブラウス、膝丈のスカートというモダンな装いの若い母は、息子の髪を撫でつけながら不安そうに律に訊ねた。

「この子はもう五歳なんですけれど……、ピアノを習わせるには遅すぎますでしょうか」

「そんなことはありません。僕もピアノを始めたのは五歳ですから、大丈夫です。何も問題ありませんよ」

律は自らピアノの前の椅子に腰をかけると、蓋《ふた》を開いた。

その傍らに立っても母親に抱きついたままの直弥が、母の背後から時折こちらを様子見している。人見知りする性質かもしれないと思い、律は努めて笑顔で続けた。

「でも、こんな小さな子供さんに、最初から音符を覚えさせたり鍵盤練習ばかりさせても音楽が楽しめませんから。僕はまず、直弥君にピアノを好きになってもらうことから始めたいと思います」

「……はあ、左様でございますか」

怪訝そうに相槌をうつ母親に律はにっこり微笑みかける。それからいきなり両手を鍵盤に叩きつけた。

途端に直弥がぎょっとして母親の足に縋《すが》っていたが、それでも悲壮な最期を予感させる劇的な曲調を殊更煽り、とびきり華麗に、ドラマティックに弾いてみせる。

「素敵な曲ですのね。なんだか胸がドキドキします」

「ショパンの幻想即興曲です。有名な楽曲ですので、いつか直弥君も弾くようになりますよ」

律の思惑通り、まず母親がピアノ魔力に惹きこまれていた。

一方の直弥は鍵盤の上を縦横無尽に駆け巡る律の指を、食い入るように見つめている。

『子供にはまず、音楽の力を知ってもらいましょう』

律に最初にピアノを教えた聖吾が、今日のように律と父親の前で模範演奏をしながらそう語った日のことを、今でも鮮明に覚えている。

直弥と同じく、彼の精密な指運びと壮麗な曲調に目からも耳からも圧倒され、瞬く間にピアノに魅了されていった。

練習すれば、きっと自分もあんな風になれる。

あの日、脳裏に刻まれた聖吾の姿があったからこそ、単調な基礎練習にも、難解な譜読みの訓練にも堪え抜いた。

律は小さな子供が『登りたい』と思える山に、自分がなってみせる必要性を自身の経験として母親に聞かせた。

それから、ドレミファソラシドの音階を何度も弾いて、直弥の耳に叩き込む。

次に直弥に目隠しをさせ、ドを弾いたり、ラを弾くなどして、それが何の音だったのかを直弥に聞いて当てさせた。そのあと、当てさせた音を音符で楽譜に書かせたりして楽しんだ。

「今日弾いた音を楽譜の順番に叩くだけで、直弥君の大好きな曲が弾けるようになるからね」

授業の最後に音当て問題で完成させた童謡の楽譜を渡してやると、直弥は跳ね回って喜んだ。

きっと次の授業日までの間、この楽譜がボロボロになるぐらい握り締め、自分から鍵盤を叩いて遊ぶに違いない。

こうして一音ずつ、もっと聞き分けることができるようになったなら、徐々に和音の聴音練習に移行する。これも聖吾直伝の練習法だ。

子供は目標を与えられ、その道に到達する楽しさを教えられれば、人に言われなくても努力します。

口癖のようだった聖吾の持論が、今の自分の指針でもある。

二時間もの授業の間、ずっと聖吾がここにいて、次に何をすればいいのかを語っているかのようだった。

約束の二時間があっという間に終了すると、直弥は頬を紅潮させて母親に飛びついた。

「次、先生はいつ来るの？」

キラキラした目で訴える直弥を抱き返しながら、母親も感じ入ったように律に告げた。

「この子は人見知りする性格なものですから、初対面の先生にうちとけられるか心配だったんですけど」

と、前置きした上で、次の授業日の相談を、彼女の方から持ちかけられた。

「それでは、来週の水曜日。また同じ時間に伺います」

律は直弥と母親に見送られ、高村家を後にした。

訪問した時は午後三時過ぎだったのだが、レッスンの後に珈琲を出されるなどしたために、屋敷の門を出る頃にはすっかり夕闇に包まれていた。

住宅街の路地にも、ぽつりぽつりと白い光を放つ街灯が灯され始める。

律は夢うつつのまま、表通りの乗り合いバスの停留所に来て、古びたベンチに腰をかけた。黒影となって屋根を連ねる家々はまるで影絵のようだった。

西の空に雲が棚引き、夕日に赤く照り映えている。

カラカラに乾いた未舗装の路地を行き交う円タクや荷車が律の前で土埃をあげて行き過ぎる。そんな昨日と同じ夕暮れの街並を眺めるうちに、ふいに胸中に熱いものがこみ上げてきた。

他人にピアノを教えるなんて初めてだったはずなのに、こんなに迷いなく教えることができたのは、聖吾の導きがあったから。

今、この瞬間にも彼がそっと肩に手をかけて、「よく頑張りましたね。お上手でしたよ」と労《ねぎら》う声が聞こえてくるかのようだった。

聖吾を思うと火傷のようにヒリヒリと胸が痛むのに、自分のどこかが聖吾に必ず繋がって、彼を思い出さずにいられない。いつのまにか妾にまでされ、最後は手酷く振られたくせにと、律は夕映えの空をふり仰ぎ、冷めた自嘲をもらしていた。

◆

『子供でも、大人の初心者でも、決して無理なく楽しみながら、それでいて確実にピアノが弾けるようになる』

そんな直弥への練習法が人づてに評判を呼び、いつのまにか週の予定のすべてがピアノの家庭教師で埋まるようになっていた。

飲食店での配膳や皿洗いなどを転々としていた頃に、近所の夏目から叱咤されたこともあって、丁寧に生活をするという目標も掲げている。

夏目にも「相当なお坊ちゃん育ち」だと呆れられたように、律は出汁《だし》をとることすら知らなかった。生家で暮らしていた頃は、厨《くりや》は男子禁制という風潮が残っていた。

聖吾に引き取られるまでは、病床の母には粥しか作れず、それを律も食べていた。貧しさのあまり味噌汁ひとつ付けられず、余った野菜で浅漬けなどをこしらえた。

長屋に越してからは、朝出勤する前に、水を入れた容器に昆布も入れて日陰に置き、出汁《だし》を取ることからはじめ、白飯と味噌汁に新鮮な青菜の胡麻和えなどを一品加えていた。

自家用車で移動していた頃とは違い、生徒の家から家への移動にも時間がかかる。朝出勤して夜帰宅するまで一度も家には戻らない。そんな日もある。

そうなると食生活はすぐにカフェーのピアノ弾き時代に逆戻りし、ほとんど立ち食い蕎麦か、少しでも時間に余裕があれば出勤する前に握り飯だけ作って持っていき、移動の合間に公園のベンチなどで食べている。

自宅の掃除や整理整頓は、いちばん後回しになっている。

帰ってきたらすぐに寝ることができるように、布団は一階の六畳間に敷いたまま。

日中に戻ることができないせいで、二階の物干し場に布団を干すこともなくなった。洗濯物は急な雨に備えて家の中に干している。

すっかりむさ苦しい男の一人暮らしの典型だ。

その頃には高村家で教師を始めて更に四か月が経っていた。

律が抱える生徒の中には直弥のように初心者の子供もいれば、音大を目指す受験生もいる。

日に日に責任は重くなっているものの、ピアノで収入が得られる喜びの方が勝っていた。

そんな中、律は当主と長沼からの要望を受け、コンサートに参加させてもらえることになった。

聞けば長沼家は当主が大の音楽好きらしく、屋敷の敷地の一角に音楽堂を設けるほどの熱の入れようだという。

けれど、コンサートのような正式な場でジャズを弾くのはいかがなものか。

そう考えた律は、長沼の私室でコンサートのプログラムを練っていた日、彼に尋ねてみた。

「何を言っているんだ。俺は、今回はお前のジャズセッションをプログラムのメインに据えるつもりでいるのに」

「えっ？　だけど……」

「何か問題があるのなら言ってくれ」

「問題っていうか。……上流階級の社交場では、俗っぽいジャズなんて流すものじゃないって僕は教わったから」

「水嶋様にか？」

「……うん。だから……」

「水嶋様には水嶋様のお考えがあって、そうおっしゃったんだろうけれど。俺は、普段はジャズには触れない客を招いているからこそ、お前にその腕前を披露して欲しいんだ。畏《かしこ》まった型通りのリサイタルなんて面白味も何にもないじゃないか。何度も言うけど、律は流行歌をアレンジすることもできるし、ジャズセッションでも腕を磨いたピアニストだ。少しでも来賓を楽しませることに専念してくれればいいんだよ」

そんな長沼の言葉に後押しされて、律は今回のプログラムの構成にジャズを盛り込むことにした。

◆

コンサート当日の夕方には長沼家を訪問して、当主への挨拶も済ませていた。

律は黒のスーツに白いシャツ、銀の小紋のネクタイに革靴という出で立ちに身を包んだ律は、長沼家でのコンサートに参加する者として遜色がないよう、髪も椿油で軽く撫でつけて艶を出した。前髪をバックにし、いつになく額を顕わにしている。

「やあ、伊崎君。待っていたよ」

長沼家の当主に朗らかに告げられ、律はあらためて礼を言う。

「今晩は。今日はお招き頂き、ありがとうございます」

「こちらこそ」

友人といえども相手は招待者。自分は招かれたピアニスト。礼儀はきちんと通したい。

「さっそくだけど、音楽堂に移ろうか」

律が挨拶を済ませたのを見た長沼は、芝生が敷き詰められた前庭に下りるため靴を履く。律も、女中が玄関から運んだとみえる自分の靴を履き、居間から同様に庭に下り立った。

プログラムや客の総数についての打ち合わせは既に済んでいる。音楽堂に早めに来たのは、指慣らしをするためだ。

「俺はお前の礼装なんて見たことがなかったけど。まるで欧米人みたいに良く似合ってるな。ほら。

日本人って腕も足も短くて、ずんぐりむっくりしてるだろ？　その点、律はびっくりするぐらい手足も長いし腰も細くて、顔も小さいだろ？　そのうえ絶世の美男子ときた」

長沼の感嘆は目の輝きで本心と知れる。それだけに、律は恐縮した。

「……そんなこと」

「いやあ、俺はあらためてお前はこんなに奇麗なんだって驚いたぐらいだよ」

長沼の口からは褒め言葉ばかりが出る。彼は決して他人を悪し様《あざま》にこき下ろさない。励ましや慰《なぐさ》めや称賛しか言葉にしない彼といると、それだけでホッとする。

ただ、そんな彼でも丹下は苦手としているようだ。

招待客には音大の同期生の名前もあったが、丹下の名前はそこにはない。一緒に居ることもある二人だったが、それは丹下が長沼の博愛主義につけ込んでいたのかもしれないと憶測した。

やがて視界に入ってきた音楽堂の正面玄関は、既に開かれて、使用人が忙しなく出入りしている。

次期当主である長沼が姿を見せると、彼らは一斉に手を止め頭を下げた。

「ご苦労様」

長沼は彼等を労《ねぎら》い、律はそれに続いて頭を下げる。ドーム型の白い建物の階段をいくつか上がり、長沼に続いて中に入る。

外部の雑音を塞ぐため、窓といえば天井近くの明り取りぐらいだ。照明は専ら天井灯のシャンデリアと、何本もの真鍮《しんちゅう》の間接照明。その天井には西洋風の天使が雄大に描かれ、荘厳な空気を醸している。

「もし、アメリカと戦争なんてことになったら、どうなるんだろうな。建物も音楽も」

シャンデリアが吊り下げられた天井画を見上げる長沼につられるように、律もまた天井画を振り仰ぐ。

長沼の憂慮を聞いていると、関東軍や政治家との太いパイプを有する聖吾が脳裏に浮かぶようだった。

彼が今、どこで何をしているかなど、知る由もない。

もしかしたら関東軍とともに満州に渡ってしまっているかもしれない。

胸の奥をキリキリ痛ませながら顔を下げ、口を噤《つぐ》んでしまっていた。

「こんな風に国境を越えた音楽を楽しむ機会は、どんどん少なくなるかもしれない。だから今日は俺達も客と一緒に存分に楽しもう」

「そうだな。お前の言う通りだ」

肘掛け椅子のついた客席は、正面の舞台を起点として扇形に配されている。舞台といっても客席からやや上段に造られているだけだ。客との隔たりが少ないところが長沼家の家風のようだと、律は感じた。

椅子の数は大体三十席弱。夕方からコンサートが始まって、終わったあとに母屋のホールで立席パーティになる流れだと聞いている。

律は早速、舞台のグランドピアノの前に腰かけた。

舞台には、バイオリンやチェロなどの弦楽器や、トランペットやフルートなどの管楽器奏者の席も用意されている。奏者達は指揮者との打ち合わせや音合わせに専念していた。

今日のプログラムでは、最初に長沼がクラシックを披露する。自分の出番はそのあとだ。

まずは流れを壊さずに、ソナタやワルツを弾いたあと、それらをベースに流行歌をクラシック風にアレンジしたオリジナルを披露する。そのままジャズセッションに繋げていって盛り上げて、最後は長沼の独奏曲で幕を引く。

音楽は畏《かしこ》まらずに楽しむものであり、楽しませるものでもあるという彼の指針は、瑛子達とのジャズセッションにも通じるものがある。

開演時間が近づくと、音合わせをしていた奏者達は控室に戻っていった。

律が控室の閉じられたカーテンをそっとめくり、窓から外を見ていると、馬車で来館した煌《きら》びやかな貴賓が、ぞくぞく音楽堂へと吸い込まれていくのが目に入った。当主と夫人、長沼の三人が、音楽堂の玄関で客を出迎えている。

律は訪れる客の顔をずっと見ていた。

聖吾は長沼がピアノ教師の仲介役だったことを知っている。

だから、万が一招待されても丁重に断りを入れるだろう。そんなことは、わかりきっているのに。

万が一が起こらないかと願っている。祈っている。

会えたところで、交わせる言葉は何もない。

きっと目と目を交わすこともない。

それでもいいからピアノを聖吾に聞かせたい。彼がそこにいるのなら、想いの丈を込めるのに。

普段は胸に閉じ込められた恋しい気持ちや、やるせなさ、寂しさや絶望感や侘《わび》しさを、音色に込めて渡すのに。

第十五章　返済金

晩秋の木枯らしが初冬の寒風に変わる頃。

瑛子に借りた支度金返済の目途もつき、律は歳暮の品を携えて、カフェーの瑛子の楽屋に嬉々として訪れた。歳暮は瑛子が好きな紅茶の茶葉の詰め合わせにした。

「なんだか顔つきが大人っぽくなったわね。目に力があるって感じかしら」

瑛子は律が贈った紅茶の茶葉をポットに入れると、ストーブにかけていたヤカンの湯を注ぎ、いつものように白地に花柄模様のカップで、もてなしてくれる。

「いつもご無沙汰してしまい、申し訳ございません」

「そんなこと全然いいのよ。ピアノ教師としてのあなたの評判は、私も時々聞いていたの。『あの腕も良くて品のある話題の美男教師は、私の前の伴奏者だったんだろ』って言われることが、今は私の自慢なんだから」

「そんな……。僕の噂が瑛子さんのご迷惑になっていませんでしょうか」

「迷惑だなんてとんでもない。私も鼻が高いって言ってるのよ？」

社交辞令だとわかっていても、過分な褒め言葉でも、瑛子に褒められるだけで自然に頬が緩んでしまう。律は勧められた応接セットに、瑛子と向かい合わせに腰を下ろした。

豊満な身体の稜線を強調したブルーのドレスを身にまとい、大きく開いた胸元には、今夜もダイヤの首飾りが煌《きら》めきを放っている。

国そのものが急速に軍国主義に傾斜していく中、瑛子の楽屋は相変わらず、花や宝石や外国製の化粧品、香水瓶や絹のドレスや豪奢な毛皮で埋め尽くされていた。

「それで、もうピアノの家庭教師だけでも生活できるの？」

「はい。ありがとうございます。お陰様で、最近は生徒さんのお宅で演奏会をさせて頂いたりもしています」

「あら。まあ、随分ご出世なさったわねえ」

優雅な仕草で紅茶のカップを唇に寄せていた瑛子が目を見開いて、おどけて答える。

長沼家でのコンサートも大盛況で、その日のうちに律は大勢の来賓からコンサートの申し込みを受けていた。

今まで通りのピアノの教師に加えて、演奏会でのピアニストという新たな職を得た律は、こうなることを期待していたという長沼の友情に心の底から感謝した。

ただし、とある家で行われた曲目と、別の家で催されるコンサートの曲目が重ならないよう、構成するのは至難の業だ。それでも、それを続けている。

出演料は教師の仕事の数倍だ。

また、喜んでくれた来賓からの寸志も桁外れ。

カフェーの営業が始まる前など、隙間時間に瑛子と瑛子のカフェーの主人の懇意に甘えてピアノを弾かせてもらい、編曲をする。新曲を作る。聖吾が思い描いていたのは一流の交響楽団に職を得て、公の場でピアノを弾く律の姿だったのかもしれないが。それとは真逆だ。

瑛子の楽屋で居住まいを正した律は、緊張もあってか、喉を詰まらせた。咳払いしてから再び姿勢をあらためる。

「……それで、あの。遅くなってしまって申し訳なかったんですが」

律はおもむろに熨斗《のし》袋を出し、応接セットのテーブルに置いた。

「支度金としてお借りしていたお金です。あの時は、瑛子さんのお陰で命を繋いだようなものでした。本当に、ありがとうございました」

最後にソファから立って脇に移り、深々と一礼した。感極まって、そのまま顔を上げられずにいると、瑛子が紅茶のカップをソーサーに戻した気配がした。

「それじゃあ、このお金は水嶋様に返していらっしゃい」

ソファで足を組んだ瑛子は出された熨斗《のし》袋の上下を返し、律に向かって押し戻した。また、その傍らには律が預けた母の形見の指輪の小箱も並べる。

「……えっ？」

律は思わず息を呑み、瞬きも忘れて瑛子を見つめた。

聖吾の名前を口にされて虚を衝かれ、それきり時間が止まったように動けなくなる。どうして瑛子と聖吾がと、意味をなさない思考がぐるぐる回り続けていた。

「このお金はあなたがここへ来る前に水嶋様が置いていったものだったの。確か、あなたのお母様が亡くなられて、すぐの頃だったかしら」

そう告げた瑛子は、胸苦しさを吐き出すように深く長く嘆息した。

ソファの背もたれに身体を預けて脚を組み、テーブルの煙草入れから細いシガーを取り出。

火をつける瑛子を、唖然としたまま見つめる律に一瞥をくれ、深く煙を吸い込んだ
「もしも、あなたが私を頼ってきたら、これを渡してやって欲しい。でも、自分が出した金だとわかれば、あなたは決して受け取らないだろうから、私が貸したことにしておいてくれって言われたの」

「まさか、そんな……」

律は信じられないと、呻くように呟いた。

「でも、どうしてそこまで僕なんか」

しかも、瑛子の口ぶりでは、自分が屋敷を出る前に、聖吾はこうなることを予測して、あらかじめ手を打っていたかのようだった。

律が思わずひとりごちると、瑛子は間髪入れずに失笑した。

「いつまでとぼけるつもりなの？　あの高慢チキで嫌味な男が、カフェーの歌手に頭を下げて言ったのよ？　あなたが自立できるまで、くれぐれも面倒をみてやって欲しいって」

瑛子はソファの背もたれから身を起こし、煙草の灰を灰皿に落とした。

「水嶋様がいらした時、私はお二人のためにも、律さんが今度こそ自分の力で自立する必要があるんじゃないですかって、申し上げたの。だから、あなたには最初の支度金だけは渡したけれど、面

倒をみるといっても、後はあなたが自分で自分の居場所を作っていくのを見守っただけ」

「瑛子さん……」

「あなたはちゃんと自分で立ってみせたでしょう？　これでも私は人を見る目はある方なの」

「そんな……、そんなこと……」

少女のように肩をすくめて笑う瑛子が、見る間に涙で霞んで見えなくなった。堪えきれずに頬を伝った涙の雫が、膝でハタハタ跳ねていた。

聖吾も瑛子も、どんなに危なっかしくても自力で居場所を作るまで、信じて見守る立場に徹してくれていた。

「でも。だって、そんなこと。聖吾は全然僕には何も……」

むしろ最後は冷たく突き放してきた。聖吾の冷然とした眼差しと、刺すような言葉が次々脳裏に浮かんできた。

律は溢れ出る涙と、心の深いところからこみ上げる罪悪感で身体を石のように強張らせた。

もし今、なにか一言でも口にしたら、自分が粉々に壊れて散ってしまいそうだと、咄嗟《とっさ》に拳で口を押さえる。

思えばあの時、墓前で聖吾が豹変したのは、金で解決させようとする振りをしてでも、支度金を受け取らせたい必死さからきたものだったのか。

自分ではなく瑛子からなら受け取るだろうと予測もして。

それを額面通りに受け取って。

あの札束に託された、聖吾の想いに気がつきもしなかった。

自分だけが傷ついたみたい被害者面して激高し、聖吾を怒鳴りつけた自分の浅慮が身につまされた。

いつも一方的に聖吾に対して怒っては、引きこもる。その悪癖をあの時もくり返してしまっていたのか。

申し訳ない。

そんな陳腐な言葉しか出てこない。

消え入りたいほど恥ずかしかった。

膝に顔をつっ伏した律の背中に瑛子の掌が添えられる。

「でもねえ、あの方。あなたが私の若いツバメだった、みたいなことを仰ってたから、びっくりしちゃって」

「……えっ?」

律は思わず顔を上げた。瑛子はおどけるように、ひょいと眉を上げて見せる。

「だから、ひと回りも年下の坊やに手を出すほど、私は不自由していませんって、怒鳴りつけてやったのよ。ああ見えて、あの方も恋をすると大概周りが見えなくなる方なのかしら。あなたに近づく輩は、男だろうと女だろうと、全部親の仇《かたき》みたいな顔、なさっていたわよ」

聖吾の暴言を豪快に笑い飛ばし、あらためて真紅の唇で煙草を挟んだ。

そして、テーブルの上に放置された熨斗《のし》袋を取り上げて、律の上着の胸ポケットに突っ込んだ。

「本当は口止めされてたんだけど。あんまりあなたが鈍いから、水嶋様が気の毒になっちゃって」

瑛子は再びソファによりかかる。まだ微動だにする事もできない律を煽るように、勢い良く煙の煙を吐き出した。

「あとはご自分の目で確かめていらっしゃい」

白い煙のベールが晴れると、漫然と微笑む瑛子が姿を見せる。

ブルーのドレスの胸元に、ダイヤの首飾りを煌《きら》めかせながら脚を組み替え、悠然と紫煙をくゆらす瑛子は、女優のように美しかった。

第十六章　夢の続き

律は雲の上を歩くような心持ちで瑛子の楽屋を後にした。

日が暮れたばかりの裏路地は、置き看板やカフェーの無数の電光飾がけばけばしい光を放ち、目を爛々と輝かせた男達が夢遊病者のようにさまよっている。律は彼らに逆らって駅を目指し、放心したまま路地を抜けた。

まるで自分と同じように聖吾が想ってくれているような瑛子の口ぶりに、息苦しいほど鼓動が昂ぶり、眩暈《めまい》がしそうになっていた。

そうあって欲しいと願いながら、そんなはずはないと笑う自分が、ずっと交互にせめぎ合う。

けれども、きっと聖吾のことだ。

彼はおそらく、かつては仕えた家の息子に最後の忠義を尽くしただけに決まっている。そんな彼の篤い懇意に背いたからこそ、聖吾の怒りは大きかった。

義憤に近いやりきれなさから、かつての主人を妾にする蛮行へ走らせた。

律は自分に強く言い聞かせ、何とか冷静になろうとする。

だから、瑛子に預けたこの金も、彼にとっては世間知らずの主人に向けたせめてもの温情であり、手切れ金。

恩を仇で返した自分なんて、聖吾に想われる資格すらない。

期待するな。

期待するなと、頭の中で声がする。

やがて照明灯で照らし出された市電の明るい駅舎が視界に入ると、律はたまらず雑踏の中で足を止めた。

駅舎の木造屋根に所狭しと立ち並ぶ琺瑯《ほうろう》看板。それを見るともなしに仰ぎ見て、肩で軽く息をつく。

駅前には帰宅を急ぐ乗降客が溢れ出し、広場の前には彼らを待ち受ける円タクや乗り合いバスが数珠つなぎに連なっている。

その傍らでは人足達が駅舎から運び出された小荷物を次々荷車に積み上げ、わら縄でくくりつけていた。

律は人でごった返したロータリーの歩道を駆け抜け、駅舎の軒下にある公衆電話のボックスまで来た。

外套の内ポケットに収めた熨斗《のし》袋の厚みに上着の上からそっと触れる。たとえ聖吾の本心はどうであれ、借りた金は返さなければ。

ともすれば、狂ったように叫んで走って逃げ出しそうになっているほど緊張している自分を叱り飛ばして、小窓のついた木製扉を引き開けた。かじかむ指を震わせながら料金箱に硬貨を落とし、電話の受話器を持ち上げる。

回転式のダイヤル盤で聖吾の屋敷の電話番号を回すたび、はち切れそうに鼓動が逸《はや》る。番号を回す輪にかけた人差し指もに見えて震えていた。

記憶している番号をやっとのことで回し終え、ボックスの内壁に背中を預ける。ほどなく始まる呼び出し音を数えながら、律は祈るように目を閉じた。

まずは電話交換手に取り次がれ、水嶋家からの返答を待つ。

聖吾は電話に応じてくれるのか。

母の墓前で別れて以来、一年あまり音信不通のままだった。

今更話すことなど何もないと跳ねつけられるかもしれない。最悪の予感が脳裏をよぎると、引きつるように胸が軋《きし》んで息苦しくなる。

いっそ留守であって欲しいと願いながら天を仰いだ時だった。若い男の声で応《いら》えがあった。

『お待たせ致しました。水嶋でございます』

耳に当てた受話器から『水嶋』姓を名乗られた刹那、跳び上がるように慄《おのの》いた。律は声を上擦らせながらかろうじて言う。

「あ……っ、あの……、僕、あの、伊崎律と申します。夜分に恐れ入りますが、御主人様をお呼び頂けますでしょうか」

『畏《かしこ》まりました。少々お待ちくださいませ』

すぐに受話器が電話台にそっと置かれる音がした。続いて、板間の廊下を踏む足音が遠ざかる。

律は崩れるように膝に手をつき、腹の底から息を吐く。

もしかしたら、取り次ぐ事さえ拒まれるかもと構えたせいか、身体の力が一気に抜けた。

取り次いだ者が『不在』だと言わなかったという事は、少なくとも屋敷には戻っているのだろう。

あまりに緊張したせいか、冷たい汗が玉のように背中や胸を伝い流れる。律は一旦受話器を左に持ち変え、受話器を握った右手の汗を外套で拭くなどした時、気がついた。今のは加納の声だった。

加納は一年経った今もまだ、聖吾の右腕として屋敷にいる。

聖吾の内懐に入り込み、聖吾と密に暮らしている。たぶん一年前よりずっと深く。

それに比べて自分なんぞ聖吾の恩に背いたうえに、屋敷を飛び出た不届き者だ。とっくに記憶の片隅に追いやられたに決まっている。加納が側《そば》にいるのなら。

もし、このままあからさまに居留守を使われたなら、どうしよう。

二度と立ち直れなくなる気がして鼓動が一気に速まった。

律は受話器を耳に当て、ぎゅっと固く目を閉じる。

そのまままきつく眉を寄せ、息を凝らして待っていると、突然階段を駆け下りるような足音が受話器の向こうで轟《とどろ》いた。

「な……っ、えっ？　なに」

思わず律は受話器を耳に当て直し、電話器本体をまじまじと見つめた。

同時に向こうで受話器を取り落とされて机に落ちたような衝撃音がした。鈍く鼓膜に伝わる音に、顔をしかめた時だった。

『律さん？　もしもし……、律さんですか……っ』

一瞬耳から離した受話器から、切羽詰った男の声がして、律はハッと息をつめた。

聖吾の声だ。

聖吾が出てくれたと思った瞬間、ぷつりと糸が切れたように、頭の中が真っ白になる。受話器を下ろして眺めてはまた耳に当て、一人で右往左往していると、木製扉の小窓から外で順番を待つ若い男に訝《いぶか》しそうに覗き見られる。

慌てて扉に背を向けて硬貨を足しつつ、受話機を寄せる間にも送話口から喚き続ける声がした。

『もしもし？　律さん？　律さんじゃないんですか……!?』

少し内にこもったような甘い語尾は聖吾のものだ。彼の声を耳で直に感じた瞬間、指の先まで甘美な痺《しび》れが伝っていった。律は心臓を鷲掴みにされたようにきつく目を閉じ、上下に胸を喘がせた。

「……お久しぶりです。伊崎です」

震える声でかろうじて答えると、今度は聖吾が送話口の向こうで息を呑む。

律は受話器を右手で握り締めた。

それきり何から話せばいいのかわからずに、激しく瞳を震わせる。すると、程なく聖吾がぽつりと言った。

『お久しぶりです。……お元気でしたか？』

努めて明るくふるまおうとするような、ひどく優しい声だった。

話をするたび、聖吾の吐息が胸を震わせ、喉がつまって言葉にならない。

聖吾の深い配慮に後ろ足で砂をかけた愚かな『身内』は、どんなに冷たくあしらわれても仕方がないと思っていたのに、むしろ肩を抱くかのように話しかけられ、返事の代わりに一気に涙が溢れ出る。

『……律さん？』

「あの……、僕。実は、……お借りしていたお金を、近いうちにお返ししたいと思ってて……」

それでも泣いていることを悟られまいと、途切れ途切れに声を張る。合間に顔から受話器を外して洟《はな》をすすり、頬の涙を指で左右に払って拭う。

けれども受話口の向こうで聖吾が、『借りた……、金？』と、怪訝そうに呟いた。

律は我に返って顔を上げ、慌てて口早につけ足した。

「あの、実はさっき瑛子さんから話を聞いてきたんです。でも、あの、もちろん瑛子さんは、口止めされていたと、仰っていました。だけど、それを僕が無理を言って話してもらって……」

しかし、言葉を重ねるほどに、聖吾の不穏な空気が密度を増した。

今度は顔が上気してきて息が上がり、身振り手振りも加わった。きちんと話をしようと焦るほど、気持ちと言葉が噛み合わなくなる。律は送話口で息を弾ませ、汗濡れた髪を何度もかき上げた。すると不意に声高に訊ねられた。

『律さん。今、どちらにいらっしゃるんですか？』

「えっ……？」

『すぐに行きます。ご自宅ですか？』

「待って！　今、僕、外にいるから……」

律は慌てて遮った。聖吾はそれなら家まで行くと断言した。引っ越した際に住所だけは報せてあるので、場所の目星もつくのだろう。

『戻っていらっしゃるまで、待っています』

有無を言わさず一方的に電話を切られ、律は見る見るうちに青ざめた。

この所の忙しさから掃除もろくにしていない。

部屋干しの洗濯物も取り込みもせず、干しっぱなしだ。まるでゴミ屋敷と化した自分の部屋が脳裏に浮かんだ瞬間、まろぶように電話ボックスを飛び出ていた。

聖吾より先に何としてでも自宅に帰り、せめて一階の茶の間だけでも何とかしよう。律は市電に飛び乗った。

走りに走って根津の下宿に戻ったものの、長屋の前には既に長身の人影がある。

満月を見上げるようにして佇む彼の吐く息が白かった

◆

杉丸太の電柱に吊るされた傘電球に羽虫がたかり、微かな羽音を立てていた。

「……聖吾」

激しく息を弾ませながら、律は薄暗い路地の真ん中で足を止めた。

「ご無沙汰致しておりました」

聖吾はゆっくり頭を下げた。

中折帽を取った聖吾が街路灯の薄灯りのもと、はにかんだような笑みを浮かべる。襟の黒いコートをまとった姿は、記憶の中の面影よりも数段優雅に感じられ、律はその場で立ち尽くす。

一年もの歳月を経てもなお、震えがくるほど美しい聖吾。律は上から下までしみじみと見惚れるように視線でたどり、最後にあらためて顔を上げた。

「聖吾も元気そうで良かった……」

声に出して言った瞬間、胸の奥から熱いものが逆巻くように突き上げて、何も言えなくなっていた。

まるで銀行家の手先達から救ってくれた、七年ぶりのあの再会。

あの瞬間にまで戻った気がした。

美しくて聡明な従者を七年たっても忘れられずにいたように、今度もまた、少しも忘れられずにいたのだと思い知らされるようだった。

こんなにも好きな、ひどくて冷たい、愛しい聖吾。

だが、もし暴漢から聖吾に救われた、あの再会の瞬間に二人で戻ることができたとしても、自分達はきっと同じ過ちをくり返す。聖吾の支配下で生きる自分に堪えきれず、同じ結末を迎えたはずだ。

だからこれで良かったんだと、離れ離れになってみて初めて気づかされた深い愛情。

律は聖吾のもとを離れて初めて、彼を信じることができた気がした。

律のそんな声にならない声と想いに応えるように、聖吾が目元を和らげ微笑んだ。

「そうだ、聖吾」

このまま汚水の匂いが鼻をつき、土埃が舞う未舗装の路地に立たせているのも憚《はばか》られ、律は聖吾の前を横切ると、長屋の玄関先まで走って伝える。

「どうぞ、入って。汚くしていて悪いけど」

引き戸の鍵を回し開け、玄関に靴を脱ぎ捨てる。

天井の裸電球を点《とも》して万年床を隅に押しやり、干しっぱなしの洗濯物や、本や楽譜を次々押し入れに投げ込んだ。代わりに奥から石油ストーブを出してくる。

そして、律は気がついた。

聖吾は旦那様ではなくなった。

出会った時と同じように、聖吾と名前を呼んでいる。

律は玄関の狭い三和土《たたき》で待つ彼を見る。

その、ひそやかな佇まい。微笑みをたたえた彼は高圧的で厳めしかった旦那様としてではなく、一人の近しい男性としてそこにいた。

水嶋聖吾が、ここにいる。

胸中で囁《ささや》いた律は目頭が熱くなる。

「ごめんね、本当に汚くて。靴下汚れちゃうかもしれないけど、良ければ上がって」

朗らかさを装いながらも目頭の涙を指で払い、普段は滅多につけないストーブに火を入れたあと、座布団の埃を払い落として聖吾に勧める。

ここ数か月は二階への階段を昇り降りする時間も惜しくなっていた。毎朝、瑛子がいるカフェーに向けた拝礼だけは欠かさなかったが、二階の部屋はほとんど使わず、全部の用事をこの六畳一間で済ませていた。

よりにもよって聖吾を初めて招いたこんな日に、こんな醜態を晒《さら》すなんてと、律は苦虫を噛みつぶしたような顔で家の中を走り回った。

「お忙しくしていらっしゃるんですね」

けれども聖吾はそんな律を愛でるように笑んでいる。乱雑に脱ぎ捨てられた律の靴を揃えて並べ、その横に聖吾も靴を脱いだ。

「……い、あの、……だけど。いつもは、もう少しちゃんとしてるんだけど……」

「そんなに仰らなくても、わかっています。律さんは几帳面な方なんですから」

慰《なぐさ》めの言葉を口にしつつも表情は崩れたままだ。いたたまれずに、ますます焦って言い訳をすると、座敷に上がった聖吾が律の背中に片手を添えて言い足した。

「ご自宅に迎え入れてくださっただけで充分です。もしかしたら家に上げては頂けないかもしれないと、そう覚悟してきましたから」

「聖吾……」

律は儚《はかな》げに微笑む聖吾を見上げたまま、かける言葉を失った。

聖吾を家に入れないなんて、考えもしない事だった。

「そんなに忙しくなさっていて、お身体の負担になっているのではないですか？」

肩口から部屋の中を覗き込まれる。背中に感じる聖吾の掌が熱かった。「忙しいのは確かだけれど。ピアノの家庭教師の他にもコンサートの仕事がもらえるようになっていて、大変は大変だけど、やりがいもあるし、楽しいんだ」

「だからといって身体を壊してしまったら、そのやりがいのある仕事まで手放さなくてはならなくなるかもしれないんです。私も事業を立ち上げた時は、入った仕事を断ることに不安とためらいがありました。今断ってしまったら、その評判が悪評として流れてしまうかもしれない。そうなったらどうしようかと、不安の方が勝っていました」

「聖吾」

聖吾の方から頑固な胸の扉を開いた気がした。だが、すぐに鬼のように角を立てた『後見人』になっていた。

「実入りのよいコンサートを優先するなど、まずは生活を立て直してみてはいかがですか？　律さんご自身がお元気でいなければ、良いパフォーマンスはできません」

滔々《とうとう》と言い含められ、律はむしろ笑みをこぼしていた。こんな風に過保護のあまりに口うるさくなるところまで変わっていない。変わっているのは、聖吾の言葉を命令ではなく心配として受け取ることができる自分がいることだ。

「そうだね。聖吾の言う通りだね」

忠言を跳ねのけたりせず、律は真摯《しんし》に受け入れた。

「失礼します」

立っていた聖吾はようやくコートを脱いで折り畳み、座卓の前に正座した。そんな彼の様子を窺いながら二人分のお茶を入れ、ちゃぶ台に並べると、律もまた正座した。

「……あの、良かったら足も楽にして」

律は座卓で湯気をあげる湯呑みを見て、もっと良い物があったのにと後悔する。

「……それで、これなんだけど」

真向かいに座した律は会話の糸口がつかめずに、肩や尻をもじつかせると、ようやくふくさの包みを座卓に乗せた。

紫のそれを四方に解いて熨斗《のし》袋を出し、天地を返して聖吾の手元に近づける。

「これは……？」

厚みのあるそれに顔を寄せ、聖吾が怪訝そうに首を傾げる。

「聖吾が僕のために用意して、瑛子さんに預けてくれたっていうお金。……僕、あの、全然そんなこと知らなくて……」

律は語尾を震わせて、握った拳を口に当てた。

こうして彼を前にすると、あらためて自分の愚かさ加減が嫌になる。

最後まで冷徹な支配者として聖吾を罵《のの》り、傷つけた。それをどう詫《わ》びようかと必死に言葉を探していた。

だが、聖吾は湯呑みの隣に置かれた袋にちらりと目をやり、自嘲めいた苦笑を浮かべた。

「やはり、私の援助はお嫌でしたか？」

寂しそうに告げられて、律は慌てて否定した。

「違うよ、そうじゃないんだ」

「でしたら、これはもう律さんに差し上げたつもりでいたものです。おそらく榊原さんからもお聞き及びになっているかと思いますが、私はお金を渡しただけでした。住所は律さんが教えてくださったのでわかっていましたが、こそこそ裏であなたを嗅ぎ回るような真似はしていません。この一年間、私はあなたの身の上を案じてはいましたが、手出しをしたりはしませんでした。あなたは必ず自分の力で独り立ちする。これはそれを成し遂げた律さんご自身への報酬です。遠慮なく受け取って頂くことが、私や榊原さんのいちばんの望みなのですよ」

聖吾は律が出した湯呑みを持ち上げ、口の渇きを湿らせた。そして息を大きく吐き出した。

雑然とした部屋の中で、ストーブの上に置きっぱなしのやヤカンがしゅんしゅん音を立てている。

「わかったよ」

律は机の上の熨斗《のし》袋を両手で持った。

これは聖吾の気持ちなのだ。目には見えない想いを形にしたもの。感慨深く袋の正面を眺めた後、それを軽く掲げて厳粛に言う。

「ありがとう、聖吾。このお金を無理やり返そうとするのは、僕を助けたいっていう聖吾や瑛子さんの気持ちも受け取らないってことになる。ほどこしを受けるのは辛いから、今日まで必死に働いて、一日でも早く返済したいと思っていたけど。正直言って、このお金が貯金できれば僕の生活も気持ちも安定するから、ありがたく頂くよ」

額から手元に下ろした熨斗《のし》袋に視線を戻し、律は感慨深げにじっと見た。

「ありがとう、律さん」

聖吾の声にも安堵の色が混ざっていた。けれども腿の上に置かれた拳には、一層力がこめられた。

「私はあなたをお慕い申し上げております」

まるで懺悔《ざんげ》でもするように、聖吾の顔が見る間に強張る。

律は際限まで見開いた目を瞬いた
「えっ……？」

「もうずっと。……もしかしたら伊崎家に迎え入れられ、律さんがご自分の兄上以上に私を求めてくださった、あのお小さい頃から、あなたを私はもうずっと、ずっと私の唯一無二の主人として、お慕い申し上げてきたのかもしれません」

聖吾の様子はまるで神父の前で告解《こっかい》をすませた罪人のように静かだった。

こんなに安らいだ聖吾の顔は初めてだ。

「いつか、あなたがおっしゃってくださったように、私も七年前に伊崎の御屋敷を辞した後、あなたを忘れたことは一日としてありませんでした。でもあの頃の私はあまりにも無力だった。何ひとつ、自分の思うようにはならなかった。だから、いつか必ずあなたを全力でお守りできる人間になって、あなたのもとに戻るつもりでいたんです」

「聖吾……」

「下男だった私が財閥の当主と呼ばれるようになった後も、あなたはまったく態度を変えなかった。それがどんなに私の救いとなり、慰《なぐさ》めになったかわかりません。きっと、そう言えば良かったんです。あなたは主家筋の方だからとか。私は後見人だからとか。名目を並べるだけで自分の気持ちを言わずにいたから、あなたを傷つけたんだと、悔やんでいました。……あれから、ずっと」

聖吾は苦い後悔に身を焼くようにそれきり口を噤《つぐ》んでしまう。

「だったら、どうして僕にあんなこと……」

最初から好きだったというのなら、どうしてあんな男妾がするような事までさせたのか。

律がか細く呟くと、聖吾は剣で胸を刺されたような顔になる。

「あなたが仕事を探しているのがわかってから、自暴自棄になってたんです。何をしても、日に日に距離を置かれて焦っていたのに、やっぱり屋敷を出ようとなさっているのかと」。

まるで幼い子供が親の叱責を恐れるように語尾を小さくしていった。

「あのカフェーの瑛子という歌手には、心から安心しきった顔を見せていらっしゃるのに、私には少しも懐いてくださらない。それがまるで彼女に先を越されたようで悔しくて腹立たしくて。私は自分を制御できなくなっていました」

「そんな……」

「一度でもあなたを抱いてしまったら、どんな名目でも構わない。罪悪感よりあなたを抱ける欲の方に勝てなくなってしまっていました」

「聖吾」

「心からお詫《わ》び致します。律さんには何の罪もなかったのに」

それきり口を噤《つぐ》んだ聖吾から、悔恨の念がひしひしと伝わる。

律は身体がぐらりと傾いだような眩暈《めまい》を感じて目を閉じた。

本当にどうしていいのか、わからなかっただけなのだ。

自分と同じように聖吾もまた。

「違うんだ……、聖吾。全然そんなつもりじゃなかったのに」

立ち上がった律は聖吾の側《そば》で膝をつく。気づけば夢中で聖吾を抱き締めていた。

腹の底から突き上げる衝動のまま聖吾の髪に口づけて、自分の頬を押し当てる。今はそうすることでしか、この腕の中で凍えたように固まる彼を説き伏せられない気さえした。

「僕が勝手をしたせいで、そんな思いをさせたなんて……」

「いいえ！　……いいえ」

聖吾は語気を強めて続けて言った。

「律さんがお怒りになるのは当然でした。私は律さん自身のお気持ちよりも、自分があなたにしてあげたかったことの方を優先していただけだったんです」

律の言葉を鋭く遮り、険しい口調で自身を咎《とが》め、贖罪にまみれた目をして続ける。

「これから、もしも助けが必要であれば、どんな事でもおっしゃってください。あなたの力になれるなら、私はどんな事でも致します」

聖吾は声を一段低くして、律の肩を掴んだ両手に力を込める。

その、『どんな事でも』するといった言葉の真意は――

あの傲岸不遜な関東軍の軍人に襲われかけた時に見せた聖吾の姿が蘇る。律は小さく仰け反り、コクリと喉を鳴らしていた。

「聖吾……」

「ですからこれは、決して手切れ金でもほどこしなどでもありません。律さんが受け取るべき正当な理由があるものです」

聖吾は言うだけ言って座卓に手をつき、立ち上がる。

「こんな夜分に押しかけたりして、申し訳ございませんでした。でも、こうして一年ぶりに思いがけなくお目にかかれて嬉しかった。……本当に」

律の言葉を遮り、そのままコートを掴んで肘にかけ、帽子を手にして背を向ける。

「聖吾っ……！」

律は悲鳴のように声を張り、靴下のままで三和土《たたき》に飛び下りた。聖吾の前に回り込み、玄関の戸は後ろ手に、しっかり押さえつけていた。

「……律さん？」

聖吾は驚いたような声を出し、眉を上げて律を見た。律はそうして出口を塞いだまま、壊れたみたいにぎくしゃく首を左右に振った。

「……い、行かないで。お願い。僕だって聖吾が好きなのに……」

唖然としている聖吾を見上げて、涙ながらに訴える。

背後の木戸の隙間から真冬の冷気がさし込んで、歯の音が鳴るほど震えていた。

信じられないものを見るように目を見張る聖吾に律の中で何かが弾ける。

「僕だって、ずっとそうだった！　聖吾は僕を昔の主人だとしか思ってないのに、僕だけこんなに聖吾が好きで、……惨めでみっともないって思ってた。だから僕も言えなかったし、言っても無駄だと思ってた……」

欲しかったのは主人に対する敬愛でも忠誠でもない。

どんなに与えられても飢えて飢えて、心はヒリつくように餓《かつ》えていた。あの頃の胸の痛みはそのままに、大粒の涙を溢れさせる。

「お願いだから、もう僕を置いていかないで。僕が本当に好きなら。聖吾……」

縋《すが》るように懇願しても、聖吾は何も言わなかった。声を張って迫るほど、コートを肘にかけた聖吾がどんどん遠のく気さえした。

「何か言って」

凍えるような沈黙に、言葉は空しく霧散する。律は張り裂けそうな胸の痛みに堪えながら、浅い呼吸をくり返していた。

もう声も出せない。後ろ手にした戸口のノブを握り締め、泣き濡れた目を苦痛で歪めた瞬間に、肘にかけたコートを聖吾が投げ捨てた。

玄関に落ちた黒いコート。目を移した律はその胸の中にかき寄せられていた。

「聖……っ」

「律さん……！」

低く呻いて律のうなじに頬を押しつけ、それきり聖吾が動かなくなる。

律が少しでも身動《みじろ》ぐと、逃がすまいとするように、更にきつく抱き締められて背がしなる。

「聖……吾」

途切れ途切れに愛しい人を呼びながら、律は最後に目を閉じた。

この腕の強さ。

胸の厚み。

肌の匂いが、あらゆる言葉を奪い去る。

律も夢中で抱き返し、泣き濡れた頬を背広の襟に押しつけた直後、突然身体を離された。

声を上げかけた律は、噛みつくように口づけられて息を呑む。

聖吾に強く抱きすくめられ、何度も角度を変えながら、隙なく唇を重ね合わせる。

律にとっては永遠にも似た瞬間が、火花のように眼裏《まなうら》に散り、荒々しくも一途なキスに応えるように、聖吾の頭をかき寄せた。

おずおず口を開いた途端、すかさず舌を絡め取られ、吸い上げてくる肉厚の舌。息をつぐ間も惜しいほど、熱い吐息も眼差しも、どんなに好きかを互いに叫び合っていた。

「律さん……」

僅かに口接をほどいた聖吾が軽く息を弾ませて、律の頬を両手で包み込む。

はにかみながら微笑み返した律の目蓋を小さく啄《ついば》み、愛撫のように髪を撫で梳《す》き、額に頬に短いキスをくり返す。

律もまた、最後に上唇をかすめていった唇を、追いかけるように身を乗り出して、愛しい人の肩に腕をからめる。

「……大好き、聖吾。僕の聖吾」

束の間キスを解いて額を合わせつつ、律は小声でくり返す。

本当に好き。

本当に。

心から愛していた。

恨んでいた。

忘れるなんてできないぐらいに。

本当に愛している。

こんな風に抱かれても、かつては決して告げられなかった想いの丈を声にする。すると、笑っているのに涙が溢れる。

「誓って、あなたに約束します。もう二度と、どこにも置いていったりしない……」

律の目の奥を真摯《しんし》に射抜き、語尾をかすれさせた聖吾の瞳も熱く潤んで震えていた。

「聖吾……」

思いもよらない誓いの言葉に、瞳も息も熱く震わせ、恋人の目を見つめ返すと、聖吾の指が律の肩に食い込む。

「……聖吾」

思いつめたように険しく眉を寄せたまま口を噤《つぐ》んだ彼に声をかけた時、いきなり身体を引き離された。更に無言で万年床の方に押されて、律が小さく声を上げた。

「わっ、なっ、なに……っ」

座卓の脚に足をとられてよろめいた律は、隅に寄せた布団の上に倒れ込む。

まるで図ったように寝具の上に転がされ、あっけにとられて顔を上げると、聖吾は既に背広の上着を脱いでいでいた。

いつになく余裕を失い、劣情を滾《たぎ》らせている獣じみた双眸《そうぼう》に、律の吐息も甘く震える。

「……大好き、聖吾」

律もまた陶然として囁《ささや》きながら、淫靡に笑んでセーターを脱ぎ、シャツのボタンを外しにかかる。

けれどもシャツの前を肌けた聖吾に見咎められて、制される。

「駄目ですよ、律さん。自分で脱いだら」

悪どく笑った聖吾が、天井灯のつまみの紐を引き下げた。

不意に闇に覆われた六畳一間を、長身の影が突っ切って、律の前で膝をつく。

「あなたを脱がせる楽しみを、私から奪ってはいけません」

シャツのボタンに手をかけた律の指を、聖吾が掴んで唇を寄せる。湿った唇の感触とともに、熱をはらんだ息がかかり、最後にちらりと舐められた。

「聖吾……」

目の奥に昏い光をたたえたまま、名残惜しげに指へのキスをくり返す聖吾に恍惚として魅入られていると、ゆったり肩を押されつつ、静かに布団に横たえられた。

「……おかしいですね」

律の隣に身を寄せながら笑みを浮かべ、半端に開いたシャツのボタンを聖吾が片手で外しにかかる。律は薄闇に浮かぶ美しい顎の稜線に、夢見心地で指を添え、かすれた声で問い返す。

「おかしいって……？」

「さっきから、私の顔ばかり見ていらっしゃる」

「だって、すごく好きなんだ……」

秀でた額も優美な鼻梁も、恐いような切れ長の目も朱の唇も。

律は聖吾の頬に流れた髪をそっとかき上げ、彼の耳へとかけ直した。

幼い頃から恋い求めてきた得難い人。

そんな彼に、こうして触れているだけで胸が詰まり、指まで痺《しび》れてくるかのようだ。

「私もすごく不思議です」

「……えっ？」

「一年前、あなたを手離す決意をしたら、あなたの方から戻ってきた」

「聖吾……」

聖吾は目の前の霧が晴れたみたいに目を細め、律の素肌の胸に手を置いた。

「あっ、……」

素肌に直に触れられて、息も鼓動も跳ね上がり、思わず高い声が出た。その唇をすかさずキスで塞がれながら、胸の尖りを愛しむように撫で回されて呼吸が乱れる。それでもまだどこかしら躊躇《ちゅうちょ》をみせる聖吾を煽るように、鼻にかかった甘い声音を響かせた。

聖吾はやがて喉元にまでキスを降らせて肌を吸い、胸に這わせた掌を尻の方まで滑らせた。

「……あっ、聖、やっ、ああっ」

「律さん。……信じられない。また、こうしてあなたを抱けるだなんて……」

恍惚として囁《ささや》いた息が、卑猥《ひわい》に凝った胸の突起をかすめて消える。むず痒いような左右の乳首を吸い出され、舌で弾かれ、つつかれて、交互に激しく舐めしゃぶられると、涙も嬌声も止まらなくなる。律は顔を左右に振り向けながら片手で敷布を握り締め、いやらしく肢体をくねらせた。

「あっ、あっ、ん、……ああっ」

ざらついた舌で擦られ舐められ、熱い息を吐きかけながらきつく吸われて甘噛みされる。

思わず膝が立ち上がり、甲高い嬌声が迸《ほとばし》り出る。咄嗟《とっさ》に顔を傾けて、胸の上に視線を移した律を闇の中で聖吾が眺めていた。

「……律さん。もうこんなにして」

つんと尖った乳首を摘んで満足そうに囁《ささや》くと、汗で湿った掌を脇から腿へ滑らせた。

反応しかけた律のそれを、ウールのズボンの布越しにからかうように撫でられて、背中がぐんと反り返る。

「あっ！　あっ、や……、ああっ！」

「下着も濡らして。悪い子だ」

唾液にまみれた胸の突起を淡く食み、聖吾が嬉しげに目元を細めている。

どんな困難にも立ち向かい、己の才覚でもって財閥を作り上げた貫禄すらある。

「……聖吾」

そんな男の微笑みに、あえなく胸をときめかせ、どんな責め苦も許してしまう。

ズボンのベルトを引き抜かれ、下着の中をまさぐられても、もっと深い愛撫が欲しくなり、腰を突き出す格好になる。

「腰を上げて」

囁《ささや》かれ、ズボンごと下衣を下げようとする彼のために、尻まで浮かせた。

「律さん……。今日は優しくしたいのに、無理かもしれない。我慢できない」

裸の胸に顔を埋め、聖吾が苦しげに囁《ささや》いた。

蒼いような闇の中、ねちねちとした卑猥《ひわい》な音が響き始め、じんじんするほど凝った乳首を舌で弾かれ、いたぶられる。片方の手は、もう片方の乳首を摘み上げ、紙縒《こよ》りのようにひねって苛み、時折その手が脚の間を撫で擦る。

律は聖吾の甘美な責め苦にあっという間に追い上げられ、悩ましく腰をうねらせた。

「あ……っ、あっ、もう、め……」

堪らず聖吾の頭を押し戻し、髪を掴んで訴えた。

すると、聖吾があざとくほくそ笑み、吸いついた乳首をようやく解放する。

「やっぱり、あなたのことになると……、抑えが利かなくなってしまう」

聖吾は頭を起こして苦笑した。

言いながらその手は唾液にまみれた乳首を名残惜しげに撫でている。

それでもようやく息を継ぎ、律はほっと弛緩した。全力疾走したように、鼓動が早鐘を打っていた。

聖吾にされると、逃げたくなるほど感じてしまう。こんなにすぐに乱れてしまう未熟な自分が相手では、聖吾がきっと楽しめない。すると、そんな杞憂を宥《なだ》めるように頬や額にキスの雨が降ってきた。

「……律さん」

囁《ささや》く聖吾の息が熱かった。

啄《ついば》むような優しいキスが喉を伝って再び胸まで下りてくると、律は弾かれたように飛び起きた。

「あっ、だ……！　駄目って、それ……っ」

咄嗟《とっさ》に胴をよじって暴れたが、膝を掴まれ戻される。聖吾に怪しい視線を投げられて、思わず律が怯《ひる》んだ隙に聖吾の吐息と舌先が性器の先にひやりと触れた。

「や、だ、……って！　やめて、聖吾、ああ……っ」

最後に諦めにも似た声をもらし、布団の端を握っていた。

聖吾はこの口淫がなぜだか好きで、いつもこちらが泣き喚くまでやめてくれない。一度も射精を許さずに巧みに焦らしていたぶるのだ。

眉を寄せて目をつぶり、始まったばかりの蹂躙に、期待と怯えを募らせる。

性器の先端にだけ聖吾が何度もキスをくり返す。そのたび腰が浮き上がり、鼻にかかった息が漏れた。

「あ……っ！　んんっ、……あっ！　それ……っ、あっ、あっ」

あまりに反応しすぎて恥ずかしい。

こんなに悶えて乱れるなんてと、にわかに羞恥が湧いてくる。それなのに、甘えてもっととねだるような甲高い声が出てしまう。

聖吾に軸を舐めしゃぶられる卑猥《ひわい》な音にも煽られて、鼓動も性器も張り裂けそうになっていた。

しかし、聖吾は律の性器を喉の奥まで咥《くわ》え込み、いたぶるように唇の輪で扱《しご》き出す。

軸を伝って流れる蜜を舌に絡めて啜り上げ、先端の窪みを尖らせた舌で前後になぞり、愛おしそうに音をさせて何度も何度も吸われると、悲鳴じみた声が出る。

軸を伝って流れ落ちる熱い唾液と体液が、薄い茂みの根元を湿らせ、敷布に冷たく染み込んだ。

「お願い、……やめて。もう、お願い」

胸を上下に喘がせて、悲痛な声音で哀訴する。それでも吐息と一緒に含み笑いが闇に紛れて聞こえてくるだけ。

「……でも、好きなんです。律さんをこうしているのが」

聖吾は恍惚として語尾を消え入らせ、夢見るように目を閉じる。手の中のそれに愛おしそうに頬を寄せ、舌の腹ですくうように舐め上げてはまた先端にキスをする。

「このまま舐め溶かしてしまいたいほど、あなたが可愛い……」

こんな風に限界にまで追い立てられ、放埒《ほうらつ》の寸前で嬲《なぶ》られ続けていたら、もう先に心臓の方がどうにかなってしまうだろう。律は泣き濡れた目で懇願した。

「わかっていますよ。律さんは、本当はこちらの方が好きなんですよね……？」

聖吾は律の足の間に頭を埋め、内腿にも頬を寄せて呟いた。

言いながら湿めらせた律の『こちらの方』に、節だった指を滑り込ませる。

「あっ、わっ、聖吾……、そこ」

一年ぶりに人の指が後孔に触れられ、律はあたふた頭を起こして喚き立てた。

「危ない、急に動かないで」

咄嗟《とっさ》に聖吾が律の肩を押し戻し、間近に顔を寄せて言う。

「大丈夫です。……あなたを良くしたいんです。おわかりでしょう？」

何かの呪文にかかったように、思考も意識も霧散するのを感じていた。律は促されるまま諾々《だくだく》と腹這いになり、敷布の上に身を伏した。

「動かないでくださいね。ゆっくり息だけしていて」

と、折り曲げた律の両膝を律自身で抱えるように指示をしてから、聖吾が優しく先導する。

合間に耳朶《じだ》を食みながら湿った指で後孔をくすぐられ、いやらしく尻が揺れてしまう。

「痛みませんか？　大丈夫？」

気遣わしげに問われるたびに、首を左右に振って応える。

生温かい体液を指で後孔に塗り込めつつ上下に内襞を擦られるたび、熱をもった粘膜が卑猥《ひわい》な音を立てていた。

そんな場所まで視線で炙《あぶ》られ、消え入りたいほど恥ずかしいのに、聖吾の弾んだ息がかかっただけで達してしまいそうになる。

敷布を噛んで必死に声を殺していた時、注意深く出入りしていた長い指が、奥の小さな膨らみを確かめるように上下した。

「あっ！　ああ……っ、やっ、ああっ！」

「いい声だ」

弾かれたように顎を突き上げ、律は嬌声を迸《ほとばし》らせる。

内襞の膨らみを擦る指の動きがあざとさを増し、律は華奢な肢体をのたうたせた。

「あっ、んんっ！　あっ、あ……っ。も、う、やだっ……て、こんな」

やがて、仰向けからうつ伏せにされた体位が次第に尻だけ突き出すような格好になる。もっと、もっと欲しいとねだる。

それでも容赦なく指の抽挿《ちゅうそう》は加速する。

くちゃくちゃと肉を咀嚼《そしゃく》するような、あられもない音をわざとのように響かせて、耳からもいやらしく犯される。

口淫の責め苦がやめばやんだで、そのままもっと乱される。

律は敷布に顔を埋めたまま、肩で荒い息をする。

「も、……やめ、お願い。お願い、聖吾」

背後の聖吾をふり仰ぎ、目を潤ませて訴えた。擦られた内襞が溶炉のように蕩《とろ》けて熱い。自分だけが昂ぶって浅ましく泣いているようで、律は恨みがましく睨《にら》みつけた。

「も、……、きて。はやく、僕の中……」

途切れ途切れに懇願しても、聖吾は面食らったように瞠目《どうもく》したまま答えない。律は焦れてごねて、目尻を険しく吊り上げた。

そうして聖吾が律の背後で身体を起こすと、膝立ちになる。

「やっぱり、あなたにだけはかなわない……」

苦笑しながらうそぶいて、背中をそっと啄《ついば》んだ。

「聖吾……」

「わかっています。ゆっくり、深く息をして……」

律の腰に手をかけて、ひくつくように蠢く後孔に灼熱の切っ先を押し当てた。思わず息を呑んだものの、身構える隙もなく、ほとんど同時に隘路に聖吾が分け入った。

「あっ、あっ……！　ああっ、聖……っ！」

逞しい剛直で身体をゆっくり割り裂かれていく衝撃に、律が悲鳴を上げかけた。けれども枕の端を噛みながら、必死に声を殺していると、聖吾に頬を擦り寄せられる。

「律さん、大丈夫です。そんなに力を入れないで」

途中で動きを止めた聖吾が、耳朶《じだ》をゆったり食んで囁《ささや》いた。視線を向けた律と淡いキスを交わしながら、片手で胸の突起を撫で回す。

「あっ、やだっ……急に」

「綺麗だ、律さん。本当に可愛いらしい……」

腫れた乳首をきつく捏ねられ、艶めいた声でかき口説《くど》かれて、律は腰をくねらせた。しかし、そんな妖しいうねりに合わせるように、聖吾が巧みに入ってくる。最後に律の腰を両手で掴んで固定すると、仰け反るようにして腰を打ちつけ、低く唸って全て収めた。

「あっ、あ……っ！　いっ、ああっ……！」

思わず天を仰いで声を上げると、ぎょっとした聖吾が慌てて覗き込んでくる。

「律さん、律さん？　大丈夫でしたか？　痛みましたか？」

「ううん。全然。全然そんなの……」

一年ぶりに聖吾の雄を受け入れて、冷たい汗をかいたものの、全て収めてしまえばやがて、潮が引いていくように圧迫感も鎮まった。

律は腹の底から息をつき、目を閉じた。

身体のいちばん深い所で聖吾の脈動を感じると、隙なく心も満たされて、熱い涙が頬を流れる。そんな律の涙ごと抱き締めようとするように、律の背中に胸を合わせ、胴に回された聖吾の腕にも、更に力が込められる。

「律さん。……お慕いしています」

聖吾は律のうなじに口づける。律は耳朶《じだ》をくすぐる吐息にすらも感じて顎を突き上げる。

直後にうなじに頬をすりつけて、甘える聖吾が切なくなるほど愛おしく、目が合うたびにキスをした。

「僕も……。僕も聖吾が本当に好き」

息を逸《はや》らせ、貪るように口を合わせて訴える。聖吾も優しげに目を細め、腰をゆったり送り込み、肩や背中に短いキスを降らせていた。時折気遣わしげに律を見ながら、互いの粘膜を馴染ませるように腰を回して出し入れすると、次第にその抽挿《ちゅうそう》を深くした。

「あっ、んん……！　いいっ！　あ、聖、吾……っ」

左右の尻を鷲掴みにされ、下から角度をつけて穿《うが》ち上げられ、律はあられもない声を張り上げる。蕩《とろ》けきった粘膜を鋭く擦られ、めくり上げられ、細い喉を仰け反らせ、感じ入る。

聖吾が腰を打ちつけるたびに、奥まで塗り込められていた体液が、泡をつぶして捏ねるような、卑猥《ひわい》な音を立てている。ねっとり甘い悦楽が、背骨を伝って這い上り、胸にも響いて涙が溢れる。

「ね……、もっ、……と。ゆっく、……り。ゆっくりして」

背後を仰いで懇願しても、聖吾に忌ま忌ましげに返される。

「無理、ですよ。もう、充分優しくしたでしょう」

「あっ、も、う……っ、そんな……、だって、ああっ！」

獰猛《どうもう》に奥を打ちつけたあと、打って変わって淫蕩に腰を回して揺らめかせ、蕩《とろ》けきった内奥をいたぶるように擦られる。そうして何度も角度を変えて浅く深く穿《うが》たれて、奥の奥まで突き入れられて乱される。

「あっ、ああっ！　……、い、ああ、聖吾……っ」

あやすような緩慢な抽挿《ちゅうそう》にさえ、感じすぎて泣いてしまう。

なのに、悲鳴じみた声で喚いて泣きじゃくりながらも、もっと深くとねだるように自ら尻を突き出して、聖吾に合わせて揺らしてしまう。

聖吾も唇を引き結び、先刻までの涼しい顔が嘘のように猛り狂い、律を獰猛《どうもう》に責め立てる。そんな聖吾を仰ぎ見るたび、律の頬を歓喜の涙がとめどなく伝い流れ、全身が火で炙《あぶ》られるように熱くなる。

「聖吾、熱い。……あっ、中が、……っ」

「あなたも熱くて、……すごくいい」

呟いた聖吾が律の肩口を撫で擦り、背中に胸を押しつける。うなじにきつく吸いついて、肌から口を放すたび、荒い呼気を撒き散らしていた。その間ずっと獰猛《どうもう》に腰を叩きつけ、律からのキスを子供のように拙くせがんで口づける。

一年前は愛撫を深くされるたび、心はやるせないほど乾いていた。

今は、身体も心も芯から溶かされている。

「律さん、律。……ああ、愛している」

切なく息を弾ませながら告げる聖吾を恍惚として振り仰ぎ、律は熱い涙を溢れさせた。

「僕もだ、聖吾。だから、もっと。もっ……と、ああっ、あ……っ」

涙で声を詰まらせる律に、聖吾が噛みつくようなキスで応える。律もまた、どんなに好きかをわからせたくて熱い息を交わし合い、口接を更に深くする。

「ああっ、い……いっ、そこ、ああっ！」

いっそう激しさを増す攻勢に、視界もぶれて前のめりになり、律は思わず逃げを打つ。それを逃がすまいとするように、聖吾に腰骨をがっしり掴まれ動けない。やまない甘美な責め苦に炙《あぶ》られ、天を仰いですすり泣き、突かれるままに喘ぎ続ける。

「ああっ、い……いっ、そこ、ああっ！」

殊更感じる箇所ばかり、角度を変えて何度も何度も穿《うが》ち上げられ、律は悲鳴じみた声を出す。次第に加速していく抽挿《ちゅうそう》に、意識の際まで追い上げられ、不意に息も声もかすれて途切れる。

「あっ、……聖っ、ああ、いっ……っ！」

背を弓なりにしならせた瞬間、自分と聖吾の輪郭が溶けて交わり、二人ともに灼熱の渦に呑まれていった。

弾けるように吐精しながらビクビクと跳ねる身体ごと、抱きすくめられて息が苦しい。

律は陶然として目を閉じて、身体の奥を熱く湿らす聖吾の熱を感じていた。

「ああっ、あ……、熱、ああ……っ」

小刻みに肩を震わせる律の肩口に顔を埋め、聖吾が二度、三度と遂情する。しかも、自分が吐き出した体液を、もっと奥へと塗り込めるように緩やかな抽挿《ちゅうそう》をくり返し、貪欲に律を貪り尽くした。

そうして、したたかに潤された内奥から粘液が溢れ出し、火照《ほて》った内腿を伝い流れた。

「あっ、あ……っ、聖、吾……」

律はやがて、深い夢から目覚めたように、泣き濡れた目を瞬いた。肩越しに振り向けた顔に聖吾の弾んだ吐息がかかり、汗にまみれた熱い頰にキスされた。涙で煙った視界の中で、聖吾がこの上もなく幸せそうに笑んでいる。

「……私の律さん」

甘く囁《ささや》いた聖吾のキスが雨のように降り注ぎ、目を開ける事もできなくなる。律はくすぐったさに首をすくめて含み笑った。

まだ身体の奥に聖吾自身を引き止めたまま、腰をひねって寝返りを打ち、胸と胸を重ねると、愛しい人の広い肩に腕を絡める。

「僕の聖吾……」

声に出して言ってしまうと面映《おもは》ゆくなり、笑みがこぼれる。思わず聖吾に抱きつくと、慈しむように抱き返された。

まるで出会った頃の子供のように目が合うたびに笑みを交わし、羽のようなキスを重ねる。

「ありがと。……嬉しい」

想いの丈を告げ合うまでに何度も別れ、そのたび出会い直してきた。

今日という日にたどりつくまで、どれほどの人に支えられ、助けられてきたかを思うと、尽きない感謝が泉のように湧き上がり、眦《まなじり》をまた、熱い涙が伝い流れる。

「律さん……」

聖吾が吐息のような笑みをもらし、親指の腹で涙のあとを拭ってくれた。

律は汗濡れた聖吾の肩口に顔をうずめ、まだ少し速い鼓動を合わせた胸に感じながら、この上なく満ち足りた想いで目を閉じた。

最終章　あなたの景色

翌朝、一階の部屋で身支度を整え、コートに袖を通した聖吾が中折帽を手に下げた。

東の腰高窓から冬の朝の淡い日差しが射し込んで、六畳間に佇む長身の影を落としていた。

「……それじゃ、律さん」

聖吾がどこか寂しげな微笑を浮かべて告げてきた。律は軽く瞠目《どうもく》し、二人分の温もりが残る布団を畳む手を止める。

「もう、行っちゃうの？」

「すみません。今朝は、どうしても外せない商談があるんです」

つい恨みがましい声を出したせいか、聖吾が甘く眦《まなじり》を蕩《とろ》けさせた。

聖吾は畳に膝をついた律の手を取り、立ち上がらせると、その胸の中に抱き寄せる。

「昨日は本当に嬉しかった……」

万感の思いを噛み締めるような聖吾の甘美な囁《ささや》きは、いつも律の鼓動を狂おしいほど昂ぶらせ、身体の深部に火を点《とも》す。

「僕もだ、聖吾」

律は聖吾に応えるように、夢中で彼を抱き返した。厚い胸板に頬をすり寄せ、再び乞うように目を上げると、額に頬に惜しみないキスが降ってくる。

「律さん。少しお願いがあるのですが」

深いキスを解いた聖吾が色めいたかすれ声で囁《ささや》いた。

「何？」

律もまた、夢見心地で問い返す。

「もし、差し支えなければ二階の部屋も見せて頂きたいのですが……」

「……えっ？」

早朝の、それも離れがたい恋人同士の睦言とはまったく無縁の申し出に、一気に現実に引き戻されて目を見張る。

「に……、二階は何も物を置いていないけど。やっぱり掃除ができなくて……。聖吾のコートに埃がついちゃうよ」

越してきた当初は毎日雨戸を開けて瑛子を拝み、箒《ほうき》も使い、空気の入れ替えもしていたのだが、このところ瑛子への拝礼が済むと雨戸はずっと閉めたまま。家具がないため、二階に上がる用事もなく、そのうち、そのうちと掃除を先延ばしにしてきてしまった。

生活拠点の一階がこの有り様では、二階はうなっているのだろうと、点検しようと言い出したのか律は愛想笑いを浮かべつつ、二階に続く階段の間口を塞ぐように立ちはだかる。

「……できれば、見たいものがあるんです」

「だから二階には何もないって」

「部屋の中が見たいのではありません」

空き家同然の二階に行ってまで、見たいものなんてあるのか訝《いぶか》しむ。けれども聖吾は一度言い出すと、梃子《てこ》でも動かない。阻止することを諦めて、渋々ながら頷《うなず》いた。

「わかったよ」

「ありがとうございます」

上りかけた階段が、既に埃まみれだ。続いた聖吾も軽く咳き込む。申し訳ないと恥じ入りながら二人して二階の六畳間に入り、律はがたついた雨戸を焦って開き、窓を開けて振り向いた。

冬の朝の寒風が吹きすさび、ひゅうと音を立てている。同時に積った埃も舞い上がる。そんな部屋に彼がいる。

「聖吾も早く窓辺においでよ。埃が服についちゃうよ」

律は脳裏に描いた惨状を直視できずに、早く早くと呼び寄せた。

聖吾は何の小言もなく、素直に従い、隣まで来る。二階には物干し用の板縁のベランダがついている。聖吾は部屋との境目に置かれた下駄をつっかけ、半ば放心したかのように手摺りの方へ進み出た。

東向きのベランダから見上げた空は、冬の曇天。

所々の雲間から、斜めに地上を照らす朝日が、長身の彼の影を板縁に薄く長く伸ばしている。

何か思うところがあるような気配を察した律は、窓際に留まった。

聖吾は手摺りに手をついた。

「あなたの中にはこの景色があって、ここから一心不乱に身を立てていらっしゃったんですね」

感慨深く呟いて、ぐるりと周囲を見渡した。

トタン屋根の長屋がひしめき合った街並みだ。増築に増築を重ねたような傾いだ家や、トタン屋根が飛ばされないよう、大きな石を何個ものせた家もある。

また、朝食の支度をしているのだろう。

長屋の棟のあちらこちらで白い湯気が立ち上る。

棟と棟との合間の路地は曲がりくねり、学校へ向かう子供の甲高いおしゃべりが響いている。まるでスズメの鳴き声だ。小さな身体に不似合いな肩掛け鞄とツバのついた学帽と。

早朝から勤めに出かける会社員は、市電の最寄り駅を目指して歩く。

真冬の淡い日差しは彼等に等しく降り注がれ、トタンの屋根はキラキラと、陽光を弾き返している。

「そうだよ。ここに来て、僕が初めて目にした景色なんだ。これが僕の生活なんだよ」

律は隣まで来て胸を張る。手摺りから身体を離した聖吾が、たおやかに微笑んだ。

「目に焼きつけておきますね。あなたと迎えた朝のこの街並みを。……あなたに会えない時には、この風景を思い出します。この安らかな街並みのどこかであなたが雄々しく生きていることを」

「聖吾……」

二階に上がりたがったのは、寂しがり屋の聖吾らしい要求だった。

聖吾が吐く息が淡く透き通るようで美しい。真冬の朝の薄日が当たっている。どこまでも、どこまでも彼が愛おしい。

胸に満ちる愛しさが、熱い血潮と化していた。

「あと、……こんなことを言ったら」

と、視線を一度床に落とした聖吾が顔を上げつつ、話を続ける。

「こんなことを言ったりしたら、また甘やかすなと、あなたに叱られそうなんですが」

律の頬を指の背で撫で、聖吾は再び視線をウロウロさまよわせた。小首を傾げた律が軽く眉を上げ無言で続きを促すと、聖吾は遠慮がちに口を開いた。

「うちで使っていらした律さんの部屋は、今もそのままにしてあります。ピアノの練習が必要でしたら、いつでも好きな時に弾きにいらしてください」

律の拒絶を恐れるように、目に見えて顔を強張らせている。

「それから、律さんに和佳が辛く当たっていたそうですね。私の目が行き届かずに、律さんには本当に申し訳ないことを致しました」

「……えっ？」

もうすっかり記憶の彼方に消えていた彼女の名前を口にされ、律は言葉を詰まらせる。

老獪《ろうかい》な女中頭の名前と一緒に脳裏をよぎっていったのは、気難しげに眉をひそめ、こちらを蔑むように細められた険しい眼差し。

古めかしい丸髷《まるまげ》の日本髪と、嘲笑にも似た微笑みだ。

「実は、律さんがうちを出られてしばらくした後、彼女がゴシップ専門の芸能記者に内々の話をもらしていたことがわかりまして」

と、苦々しげに目を伏せる。

聖吾が予定外に帰宅した際、和佳が女中仲間に『あの男妾を追い出してやった』と、自慢げに話していたという。

聖吾は、たまたまその場に居合わせてしまい、厳しく詰問したらしい。

それだけでなく、彼女の身辺調査も重ねた結果、律の悪評ばかりをでっち上げ、ゴシップ記者に吹き込んでいたことも判明したと、皺を刻んだ眉間の辺りに悔恨をにじませた。

「和佳は即刻解雇して彼女の田舎に帰しました。ですからもう何の遠慮もいりません。前のようにご自分の家だと思って、いつでもいらしてくださいませんか？」

肩に置かれた聖吾の熱い掌からも、彼の真摯《しんし》な想いが伝わってくる。

「それから、加納君のことですが」

聖吾の口から彼の名前を出された律は、ぎくりと顔を強張らせた。

やはり加納は今でも屋敷にいるのだ、と。

あれから一年も経っている。

今では聖吾の側近中の側近として、辣腕を奮っているに違いない。

劣等感と引け目を感じて律は視線を落として押し黙る。

決して彼には悪気はない。

むしろ遜《へりくだ》り、尊重してくれている。それは充分わかっている。

わかってはいても、まばゆい彼の大きくて暗い影が自分に射すようで、いたたまれない時がある。

すっかり顔色を曇らせた律に反して、聖吾は半ば笑いを噛み殺したかのような顔で話を続けた。

「加納君はまもなくイギリスとフランスに留学します。私が世話をしてやれるのは、加納君が帰国するまでの費用です。その後の進路は彼次第です。私にできる事があるのなら、もちろん力になりますが、伊崎家の書生ではなくなります」

「留学？」

「ええ。ですので加納君のことで律さんが気を揉む必要は、一切ありませんから」

「えっ？」

頷《うなず》きながら微笑む聖吾は、どこかしら嬉しげだ。

「加納君から聞きました。律さんが私達のことを公私ともに親密な関係なのではと、疑っている節があると」

聖吾は堪えようにも身体の奥から沸き立つ泡のくすぐったさに堪えきれないといった顔で、口角を引き上げる。

「そんな！　僕は何も加納さんに……」

確かに、加納に対して取るに足らない焼餅でいじけていた。そんな子供じみた感情に翻弄されていたことを、加納にも聖吾にも知られていた。一気に頬が熱くなり、一瞬声を荒らげたが、今更だ。

「うちには律さんを煩《わずら》わせるものは、もう何もありません。何もお気になさらず、いつでもいらしてください」

「僕は加納君の優秀さは知っているから、煩《わずら》わしいなんて思ってなかったよ。ただ……」

聖吾は少しでも妬いてくれた事が嬉しいと言わんばかりに笑っている。

こんなに素の顔で喜ばれ、幸せそうに微笑まれたら、ぐうの音も出なくなる。律は少しだけ顔を伏せ、身体の前で組んだ手をもじつかせた。

「……じゃあ、必要な時にはそうするから」と、最後は明るく笑い、目を上げた。

実際、ピアノの教師が自前のピアノを持たないというのは大きな問題だったのだ。

必要に応じてカフェーのピアノを貸してもらっていたのだが、いつまでも瑛子に甘える訳にはいかないと、思案していたところだった。

「良かった。……そうして頂けると、私も嬉しい」

「うん。ありがとう」

聖吾は心から安堵したように、晴れやかな顔になる。

そんな彼を面映《おもは》ゆく見上げたまま、律は驚くほど素直に『ありがとう』と言えた自分を不思議に感じていた。

一年前は何をされても申し訳なく、息苦しいだけだった。

大事にされればされるほど、かえって自分の無力さばかりが意識され、卑屈に小さくなっていた。

けれども今は、聖吾の心尽くしの気遣いを彼の想いの深さごと素直に受け取ることができる。

自信をもって、ありがとうと言える自分がいた。

きっと、あの頃は自分があまりに脆弱で、何ひとつ聖吾に見合わずにいた。その苛立ちをぶつけて彼を傷つけてばかりいたのだと、猛省した。

けれども、これでも少しは逞しくなれていたのだろうか。くすぐったい気持ちで肩をすくめる。

「律さん、どうかしましたか？」

「うん。でもその前に一階に戻ろう。ベランダは寒いから」

「ああ、そうでしたね。そう致しましょう」

窓を閉めると、薄暗くて急こう配の階段を二人で慎重に下りていく。

そうしながら律は掃除の徹底はもちろんのこと、今後聖吾が来てくれた時のために、カシミヤの手入れに適した馬毛の洋服ブラシやハンガーやハンガーラック、革靴用の手入れ用品なんかも用意しなければ、などと考えた。

身だしなみは紳士のたしなみ。

無舗装の裏路地を歩いてきて、土埃で白くなった靴のまま翌朝送り出すなんて、聖吾ではなく自分の恥だと思ったからだ。

これを機に二階を整理して、それらの小物や、一階に放置した楽譜の山も片づける棚も買わなくては。

「先程は、どうなさいましたか？」

「えっ？」

思考がすっかり次に来てくれた時のことに飛んでいた。浮かれきっていた。視界の隅に入った万年床も処分して、新品に取り替えようとまで思っていた。ただし布団は一組で、枕はふたつだ。

あれやこれやと妄想しては、にやけていた律は一瞬、呆けた顔で彼を見た。

「何だっけ？」

「ベランダを出る前に、急に笑っていらっしゃったじゃありませんか」

「ああ、そうか」

雑然とした部屋を見ながらなので、説得力には欠けるものの、律は言う。

「これでも少しは地に足のついた大人になれたのかなって思っていただけ。自画自賛で恥ずかしいけど」

「自画自賛なんかじゃありません。あなたはここで地に足をつけ、立派に身を立てていらっしゃいます」

大げさに聞こえるほどに力説され、律は満面の笑みをふりまいた。

「あのね。できるだけ近いうちに、一緒に何か食べに行こうよ」

「律さんとですか？　それは嬉しい」

聖吾は本当に嬉しそうな声で言い、背広の内ポケットから黒い手帳を取り出した。

「何を召し上がりたいですか？　フランス料理でも懐石料理でも、何でもお好きなものをおっしゃってください」

当然のように訊ねられ、律は慌てて否定した。

「違うよ、そうじゃないんだ。今度は僕に、ご馳走させて欲しいってこと！」

「え……っ？」

「もちろん、聖吾がいつも行ってるような一流店なんて無理だけど。でも、いつか聖吾に何か御礼ができたらって、ずっとそう思っていたんだよ」

瑛子に返すために必死に貯めたあの金で、心ばかりの礼をしよう。

律は身振り手振りで力説した。聖吾は、しばらく何かを考え入っているような顔をしていたが、やがて艶然と微笑んだ。

「……わかりました。お誘い、ありがたくお受け致します」

儚《はかな》げな淡い笑みを口元に浮かべつつ、開いた手帳を上着に収めた。しかし、律をそっと抱き寄せて、どこか切なさのにじむ声音で呟いた。

「本当に、ご立派になられたんですね……」

「聖吾？」

「だんだん律さんのお役に立てる事がなくなりそうで、少し寂しい気がします」

律のか細いうなじに額を押し当て、聖吾がぐずるように語尾を濁した。

律は思わず聖吾を剥がして彼を見た。すると、上質な黒羅紗のコートをまとい、中折帽を被った紳士がいじけて眉を下げている。

「なんだよ、急に。そんなこと」

面食らいながら一笑に付した途端、聖吾の眉間にきゅっと皺が寄せられた。

聖吾の屋敷にいた時は、何を思い、何を考えているのかがわからなかった。表情からは窺い知れない主人が時折恐かった。そんな聖吾が今は拗《す》ねたり沈んだり、喜色をたたえていたりする。

彼は今、水嶋聖吾を生きている。

それがとてつもないほど嬉しくて。

律は子供のように拗《す》ねている恋人の頬を両手で挟み、彼に短いキスをした。

「僕は全然何も困ってなくても、やっぱり聖吾が必要だし、聖吾に側《そば》にいて欲しいけど？」

両手を背中の後ろで組むと、ぎゅっと彼を抱き締める。微笑みながら顎をツンと突き上げる。

「……律さん」

「でもね。そんな風に寂しいって言ってもらえると嬉しいよ」

聖吾の背広の胸に熱くなった頬を摺り寄せる。

「これからは僕も思ったことは、ちゃんと言葉にしていくよ。もしかしたら上手く説明できなくて、混乱させたりするかもしれないけど。加納君のことみたいに早とちりして勝手に拗《す》ねたり落ち込んだりして、聖吾を困らせないよう努力する。僕は、僕の言いたいことが伝わるまでは諦めない。自分の気持ちを言葉にするのは大変だし、すごく恐いことだけど、言わずに避けたりしているうちに、どんどんすれ違ったりしたくないもの」

それは、自戒の意味も込められていた。

言えばもっと怒らせるかも。今よりこじれてしまうなら、自分が黙ってさえいればという、その場凌《しの》ぎの沈黙が溝を深めていったのだ。

また、聖吾の真意に傾聴せず、自分勝手に解釈しては怒ったり、聖吾を非難したりする自分の軽率さも反省に含まれる。

だから、もう二度と同じ轍は踏むまいと、律は恋人を見上げた笑顔に、あらたな決意をみなぎらせた。

「……ええ、律さん」

聖吾は律と真正面から目を合わせ、その言葉を噛み締めるように何度も深く頷《うなず》いた。

「私も、あなたにでしたら、その日の仕事の愚痴も話せる気がします」

「……本当に？」

「ええ。本当にですよ。約束します」

疑わしげに念を押す律に聖吾がにっこりした。

笑み崩れ、小さい子供にするように、何度か頭に手を置かれた律は、持論をぶった自分が急に気恥しくなる。の頭を数回はたいた。小さな子供にするような、聖吾の仕草がくすぐったくなり、律は恋人の胸を逃れ出た。

「じゃあ、とりあえず今度の食事はどうしよう？　聖吾はやっぱり洋食の方が好きだよね？」

「私は洋食でなくても、構いませんよ」

「でも、聖吾は肉が好きだから。だったら、銀座のローマイヤなんかどう？　あそこはステーキもシチュウも美味しいらしいし、仔牛のカツレツもあるんだって？　僕、まだ仔牛のカツレツなんて食べたことないんだよ」

「ええ、いいですよ。銀座のローマイヤで」

「でも、新橋のつばめグリルのハンブルグステーキも、一度食べてみたかったんだよね。だけど、もう聖吾は絶対食べたことあるんだよね？　仔牛のカツレツもハンブルグステーキも」

持論をぶった照れ隠しに座布団をはたいたり、手近な本を部屋の隅に積み重ねたりしていると、

「でしたら、つばめグリルにしましょうか」という、おうむ返しの返事がすぐさま戻る。

「何だよ、もう！　さっきも言いたいことは口に出して言い合おうねって、言ったのに！　ずっと僕に合わせてばかりじゃないか」

律は唇を尖らせながら、憤る。

聖吾は蕩《とろ》けるように笑んだまま、中折帽のひさしを上げつつ晴れやかに言い返す。

「だって、本当に私はどこだろうと嬉しいんです。あなたとならば銀座のローマイヤでも、新橋のカフェーでも」

「聖吾……」

聖吾が『新橋のカフェー』にでもと、言ってくれた。

瑛子のジャズのバック奏者だった過去を『汚点』のように蔑んでいたあの聖吾がと、律は驚き、息を呑んだ。

「あのうらぶれたカフェーでの生活が、あなたを変えてしまっていた。私には、それが腹立たしくて堪らなかった。あなたの成長に全く関われなかった悔しさも、たぶんありました。なにより爪弾きにされたようだと、本気で彼女を恨んだんです」

だから、瑛子を目の仇《かたき》にしたのだろうと、打ち明けられた。

聖吾は三和土《たたき》に置かれた汚れた靴でも平気で履いた。

そんな彼に側《そば》まで来るよう促され、律は玄関先まで進み出た。すると、段差のある玄関の三和土《たたき》に佇む長身の聖吾を、珍しく見下ろす格好になる。

いつもと逆の目線に戸惑い、気恥ずかしくなり、視線がどこにも定まらない。

しかし同時に、聖吾にそっと両手を取られ、つられるように目を上げた。

「ですから、近いうちに二人で御礼を兼ねて、瑛子さんのもとに伺いましょう」

「……聖吾」

かつてはカフェーで伴奏すること自体を堕落のようになじった彼が、それは律にとっての成長だったと認めてくれた。

その厳かな声音が律の胸にも深く沁み入り、言葉の代わりに彼の頭を抱き込んだ。

「律さん……」

吐息をかすれさせた恋人の額に、律は万感の想いで口づけた。

この作品に対する皆様のご意見・ご感想をお待ちしております。

おハガキ・お手紙は以下の宛先にお送りください。

【宛先】

〒150-6008 東京都渋谷区恵比寿4-20-3 恵比寿ｶﾞｰﾃﾞﾝﾌﾟﾚｲｽﾀﾜｰ 8F
（株）アルファポリス　書籍感想係

メールフォームでのご意見・ご感想は右のＱＲコードから、
あるいは以下のワードで検索をかけてください。

アルファポリス　書籍の感想　検索

ご感想はこちらから

本書は、「アルファポリス」（https://www.alphapolis.co.jp/）に掲載されていたものを、
改稿、加筆のうえ、書籍化したものです。

東京《とうきょう》ラプソディ
手塚エマ（てづか　えま）

2023年 11月 20日初版発行

編集－飯野ひなた
編集長－倉持真理
発行者－梶本雄介
発行所－株式会社アルファポリス
〒150-6008 東京都渋谷区恵比寿4-20-3 恵比寿ｶﾞｰﾃﾞﾝﾌﾟﾚｲｽﾀﾜｰ8F
TEL 03-6277-1601（営業） 03-6277-1602（編集）
URL https://www.alphapolis.co.jp/
発売元－株式会社星雲社（共同出版社・流通責任出版社）
〒112-0005 東京都文京区水道1-3-30
TEL 03-3868-3275
装丁・本文イラスト－笠井あゆみ
装丁デザイン－AFTERGLOW
（レーベルフォーマットデザイン―円と球）
印刷－中央精版印刷株式会社

価格はカバーに表示されてあります。

落丁乱丁の場合はアルファポリスまでご連絡ください。

送料は小社負担でお取り替えします。

ISBN 978-4-434-32916-6 C0093